FEDERICO
GARCÍA
LORCA

FEDERICO

GARCÍA LORCA

Obras selectas

EDICIÓN ESPECIAL
AUSTRAL

Primera edición: junio, 2011
Cuarta edición: enero, 2020

Avda. Diagonal, 662-664
08034 Barcelona
www.planetadelibros.com

Diseño de cubierta: más!gráfica
Ilustración de cubierta: *Limones* © Federico García Lorca, VEGAP, Madrid, 2011. Foto Oronoz

Depósito legal: M. 13.802—2011

ISBN 978—84—670—3684—8

Espasa, en su deseo de mejorar sus publicaciones, agradecerá cualquier sugerencia que los lectores hagan al departamento editorial por correo electrónico: sugerencias@espasa.es

Impreso en España/Printed in Spain
Impresión: Unigraf, S. L.

El papel utilizado para la impresión de este libro está calificado como **papel ecológico**
procede de bosques gestionados de manera **sostenible.**

SUMARIO

LIBRO DE POEMAS
(1921)

A MI HERMANO PAQUITO

PALABRAS DE JUSTIFICACIÓN

Ofrezco en este libro, todo ardor juvenil y tortura, y ambición sin medida, la imagen exacta de mis días de adolescencia y juventud, esos días que enlazan el instante de hoy con mi misma infancia reciente.

En estas páginas desordenadas va el reflejo fiel de mi corazón y de mi espíritu, teñido del matiz que le prestara, al poseerlo, la vida palpitante en torno recién nacida para mi mirada.

Se hermana el nacimiento de cada una de estas poesías que tienes en tus manos, lector, al propio nacer de un brote nuevo del árbol músico de mi vida en flor. Ruindad fuera el menospreciar esta obra que tan enlazada está a mi propia vida.

Sobre su incorrección, sobre su limitación segura, tendrá este libro la virtud, entre otras muchas que yo advierto, de recordarme en todo instante mi infancia apasionada correteando desnuda por las praderas de una vega sobre un fondo de serranía.

VELETA

JULIO DE 1920
(Fuente Vaqueros, Granada)

Viento del Sur,
moreno, ardiente,
llegas sobre mi carne,
trayéndome semilla
de brillantes
miradas, empapado
de azahares.

Pones roja la luna
y sollozantes
los álamos cautivos, pero vienes
¡demasiado tarde!
¡Ya he enrollado la noche de mi cuento
en el estante!

Sin ningún viento,
¡hazme caso!,
gira, corazón;
gira, corazón.

Aire del Norte,
¡oso blanco del viento!
Llegas sobre mi carne
tembloroso de auroras
boreales,
con tu capa de espectros
capitanes,
y riyéndote a gritos
del Dante.
¡Oh pulidor de estrellas!
Pero vienes
demasiado tarde.
Mi almario está musgoso
y he perdido la llave.

Sin ningún viento,
¡hazme caso!,
gira, corazón;
gira, corazón.

Brisas gnomos y vientos
de ninguna parte.
Mosquitos de la rosa
de pétalos pirámides.
Alisios destetados
entre los rudos árboles,
flautas en la tormenta,
¡dejadme!
Tiene recias cadenas
mi recuerdo,
y está cautiva el ave
que dibuja con trinos
la tarde.

Las cosas que se van no vuelven nunca,
todo el mundo lo sabe,
y entre el claro gentío de los vientos
es inútil quejarse.
¿Verdad, chopo, maestro de la brisa?
¡Es inútil quejarse!

Sin ningún viento,
¡hazme caso!,
gira, corazón;
gira, corazón.

LOS ENCUENTROS DE UN CARACOL AVENTURERO

DICIEMBRE DE 1918
(Granada)

A Ramón P. Roda

Hay dulzura infantil
en la mañana quieta.
Los árboles extienden
sus brazos a la tierra.
Un vaho tembloroso
cubre las sementeras,
y las arañas tienden
sus caminos de seda
—rayas al cristal limpio
del aire—.
En la alameda
un manantial recita
su canto entre las hierbas.
Y el caracol, pacífico
burgués de la vereda,
ignorado y humilde,
el paisaje contempla.
La divina quietud
de la Naturaleza

le dio valor y fe,
y olvidando las penas
de su hogar, deseó
ver el fin de la senda.

Echó a andar e internóse
en un bosque de yedras
y de ortigas. En medio
había dos ranas viejas
que tomaban el sol,
aburridas y enfermas.

«Esos cantos modernos
—murmuraba una de ellas—
son inútiles.» «Todos,
amiga —le contesta
la otra rana, que estaba
herida y casi ciega—.
Cuando joven creía
que si al fin Dios oyera
nuestro canto, tendría
compasión. Y mi ciencia,
pues ya he vivido mucho,
hace que no lo crea.
Yo ya no canto más...»

Las dos ranas se quejan
pidiendo una limosna
a una ranita nueva
que pasa presumida
apartando las hierbas.

Ante el bosque sombrío
el caracol se aterra.
Quiere gritar. No puede.
Las ranas se le acercan.

«¿Es una mariposa?»,
dice la casi ciega.
«Tiene dos cuernecitos
—la otra rana contesta—.
Es el caracol. ¿Vienes,
caracol, de otras tierras?»

«Vengo de mi casa y quiero
volverme muy pronto a ella.»
«Es un bicho muy cobarde
—exclama la rana ciega—.
¿No cantas nunca?» «No canto»,
dice el caracol. «¿Ni rezas?»
«Tampoco: nunca aprendí.»
«¿Ni crees en la vida eterna?»
«¿Qué es eso?»
«Pues vivir siempre
en el agua más serena,
junto a una tierra florida
que a un rico manjar sustenta.»

«Cuando niño a mí me dijo
un día mi pobre abuela
que al morirme yo me iría
sobre las hojas más tiernas
de los árboles más altos.»

«Una hereje era tu abuela.
La verdad te la decimos
nosotras. Creerás en ella»,
dicen las ranas furiosas.

«¿Por qué quise ver la senda?
—gime el caracol—. Sí creo
por siempre en la vida eterna
que predicáis...»

Las ranas,
muy pensativas, se alejan,
y el caracol, asustado,
se va perdiendo en la selva.

Las dos ranas mendigas
como esfinges se quedan.
Una de ellas pregunta:
«¿Crees tú en la vida eterna?»
«Yo no», dice muy triste
la rana herida y ciega.
«¿Por qué hemos dicho, entonces,
al caracol que crea?»
«Por qué... No sé por qué
—dice la rana ciega—.
Me lleno de emoción
al sentir la firmeza
con que llaman mis hijos
a Dios desde la acequia...»

El pobre caracol
vuelve atrás. Ya en la senda
un silencio ondulado
mana de la alameda.
Con un grupo de hormigas
encarnadas se encuentra.
Van muy alborotadas,
arrastrando tras ellas
a otra hormiga que tiene
tronchadas las antenas.
El caracol exclama:
«Hormiguitas, paciencia.
¿Por qué así maltratáis
a vuestra compañera?

Contadme lo que ha hecho.
Yo juzgaré en conciencia.
Cuéntalo tú, hormiguita.»

La hormiga, medio muerta,
dice muy tristemente:
«Yo he visto las estrellas.»
«¿Qué son estrellas?», dicen
las hormigas inquietas.
Y el caracol pregunta
pensativo: «¿Estrellas?»
«Sí —repite la hormiga—,
he visto las estrellas,
subí al árbol más alto
que tiene la alameda
y vi miles de ojos
dentro de mis tinieblas.»
El caracol pregunta:
«¿Pero qué son estrellas?»
«Son luces que llevamos
sobre nuestra cabeza.»
«Nosotras no las vemos»,
las hormigas comentan.
Y el caracol: «Mi vista
sólo alcanza a las hierbas.»

Las hormigas exclaman
moviendo sus antenas:
«Te mataremos; eres
perezosa y perversa.
El trabajo es tu ley.»

«Yo he visto a las estrellas»,
dice la hormiga herida.

Y el caracol sentencia:
«Dejadla que se vaya,
seguid vuestras faenas.
Es fácil que muy pronto
ya rendida se muera.»

Por el aire dulzón
ha cruzado una abeja.
La hormiga, agonizando,
huele la tarde inmensa,
y dice: «Es la que viene
a llevarme a una estrella.»

Las demás hormiguitas
huyen al verla muerta.

El caracol suspira
y aturdido se aleja
lleno de confusión
por lo eterno. «La senda
no tiene fin —exclama—.
Acaso a las estrellas
se llegue por aquí.
Pero mi gran torpeza
me impedirá llegar.
No hay que pensar en ellas.»

Todo estaba brumoso
de sol débil y niebla.
Campanarios lejanos
llaman gente a la iglesia,
y el caracol, pacífico
burgués de la vereda,
aturdido e inquieto,
el paisaje contempla.

CANCIÓN OTOÑAL

NOVIEMBRE DE 1918
(Granada)

Hoy siento en el corazón
un vago temblor de estrellas,
pero mi senda se pierde
en el alma de la niebla.
La luz me troncha las alas
y el dolor de mi tristeza
va mojando los recuerdos
en la fuente de la idea.

Todas las rosas son blancas,
tan blancas como mi pena,
y no son las rosas blancas,
que ha nevado sobre ellas.
Antes tuvieron el iris.
También sobre el alma nieva.
La nieve del alma tiene
copos de besos y escenas
que se hundieron en la sombra
o en la luz del que las piensa.

La nieve cae de las rosas,
pero la del alma queda,
y la garra de los años
hace un sudario con ellas.

¿Se deshelará la nieve
cuando la muerte nos lleva?
¿O después habrá otra nieve
y otras rosas más perfectas?
¿Será la paz con nosotros
como Cristo nos enseña?
¿O nunca será posible
la solución del problema?

¿Y si el amor nos engaña?
¿Quién la vida nos alienta
si el crepúsculo nos hunde
en la verdadera ciencia
del Bien que quizá no exista,
y del Mal que late cerca?

¿Si la esperanza se apaga
y la Babel se comienza,
qué antorcha iluminará
los caminos en la Tierra?

¿Si el azul es un ensueño,
qué será de la inocencia?
¿Qué será del corazón
si el Amor no tiene flechas?

¿Y si la muerte es la muerte,
qué será de los poetas

y de las cosas dormidas
que ya nadie las recuerda?
¡Oh sol de las esperanzas!
¡Agua clara! ¡Luna nueva!
¡Corazones de los niños!
¡Almas rudas de las piedras!
Hoy siento en el corazón
un vago temblor de estrellas
y todas las rosas son
tan blancas como mi pena.

CANCIÓN PRIMAVERAL

28 de marzo de 1919
(Granada)

I

Salen los niños alegres
de la escuela,
poniendo en el aire tibio
del abril canciones tiernas.
¡Qué alegría tiene el hondo
silencio de la calleja!
Un silencio hecho pedazos
por risas de plata nueva.

II

Voy camino de la tarde,
entre flores de la huerta,
dejando sobre el camino
el agua de mi tristeza.
En el monte solitario,
un cementerio de aldea
parece un campo sembrado
con granos de calaveras.

Y han florecido cipreses
como gigantes cabezas
que con órbitas vacías
y verdosas cabelleras
pensativos y dolientes
el horizonte contemplan.

¡Abril divino, que vienes
cargado de sol y esencias,
llena con nidos de oro
las floridas calaveras!

CANCIÓN MENOR

Diciembre de 1918
(Granada)

Tienen gotas de rocío
las alas del ruiseñor,
gotas claras de la luna
cuajadas por su ilusión.

Tiene el mármol de la fuente
el beso del surtidor,
sueño de estrellas humildes.

Las niñas de los jardines
me dicen todas adiós
cuando paso. Las campanas
también me dicen adiós.
Y los árboles se besan
en el crepúsculo. Yo
voy llorando por la calle,
grotesco y sin solución,
con tristeza de Cyrano
y de Quijote,
redentor
de imposibles infinitos

con el ritmo del reloj.
Y veo secarse los lirios
al contacto de mi voz
manchada de luz sangrienta,
y en mi lírica canción
llevo galas de payaso
empolvado. El amor
bello y lindo se ha escondido
bajo una araña. El sol
como otra araña me oculta
con sus patas de oro. No
conseguiré mi ventura,
pues soy como el mismo Amor,
cuyas flechas son de llanto,
y el carcaj el corazón.

Daré todo a los demás
y lloraré mi pasión
como niño abandonado
en cuento que se borró.

ELEGÍA A DOÑA JUANA LA LOCA

DICIEMBRE DE 1918
(Granada)

A Melchor Fernández Almagro

Princesa enamorada sin ser correspondida.
Clavel rojo en un valle profundo y desolado.
La tumba que te guarda rezuma tu tristeza
a través de los ojos que ha abierto sobre el mármol.

Eras una paloma con alma gigantesca
cuyo nido fue sangre del suelo castellano,
derramaste tu fuego sobre un cáliz de nieve
y al querer alentarlo tus alas se troncharon.

Soñabas que tu amor fuera como el infante
que te sigue sumiso recogiendo tu manto.
Y en vez de flores, versos y collares de perlas,
te dio la Muerte rosas marchitas en un ramo.

Tenías en el pecho la formidable aurora
de Isabel de Segura. Melibea. Tu canto,
como alondra que mira quebrarse el horizonte,
se torna de repente monótono y amargo.

Y tu grito estremece los cimientos de Burgos.
Y oprime la salmodia del coro cartujano.
Y choca con los ecos de las lentas campanas
perdiéndose en la sombra tembloroso y rasgado.

Tenías la pasión que da el cielo de España.
La pasión del puñal, de la ojera y el llanto.
¡Oh princesa divina de crepúsculo rojo,
con la rueca de hierro y de acero lo hilado!
Nunca tuviste el nido, ni el madrigal doliente,
ni el laúd juglaresco que solloza lejano.
Tu juglar fue un mancebo con escamas de plata
y un eco de trompeta su acento enamorado.

Y, sin embargo, estabas para el amor formada,
hecha para el suspiro, el mimo y el desmayo,
para llorar tristeza sobre el pecho querido
deshojando una rosa de olor entre los labios.

Para mirar la luna bordada sobre el río
y sentir la nostalgia que en sí lleva el rebaño
y mirar los eternos jardines de la sombra,
¡oh princesa morena que duermes bajo el mármol!

¿Tienes los ojos negros abiertos a la luz?
O se enredan serpientes a tus senos exhaustos...
¿Dónde fueron tus besos lanzados a los vientos?
¿Dónde fue la tristeza de tu amor desgraciado?
En el cofre de plomo, dentro de tu esqueleto,
tendrás el corazón partido en mil pedazos.

Y Granada te guarda como santa reliquia,
¡oh princesa morena que duermes bajo el mármol!
Eloísa y Julieta fueron dos margaritas,

pero tú fuiste un rojo clavel ensangrentado
que vino de la tierra dorada de Castilla
a dormir entre nieve y cipresales castos.

Granada era tu lecho de muerte, Doña Juana,
los cipreses, tus cirios,
                                        la sierra, tu retablo.
Un retablo de nieve que mitigue tus ansias,
¡con el agua que pasa junto a ti! ¡La del Dauro!

Granada era tu lecho de muerte, Doña Juana,
la de las torres viejas y del jardín callado,
la de la yedra muerta sobre los muros rojos,
la de la niebla azul y el arrayán romántico.

Princesa enamorada y mal correspondida.
Clavel rojo en un valle profundo y desolado.
La tumba que te guarda rezuma tu tristeza
a través de los ojos que ha abierto sobre el mármol.

¡CIGARRA!

3 DE AGOSTO DE 1918
(Fuente Vaqueros, Granada)

A María Luisa

¡Cigarra!
¡Dichosa tú!,
que sobre lecho de tierra
mueres borracha de luz.

Tú sabes de las campiñas
el secreto de la vida,
y el cuento del hada vieja
que nacer hierba sentía
en ti quedóse guardado.

¡Cigarra!
¡Dichosa tú!,
pues mueres bajo la sangre
de un corazón todo azul.
La luz es Dios que desciende,
y el sol
brecha por donde se filtra.

¡Cigarra!
¡Dichosa tú!,
pues sientes en la agonía
todo el peso del azul.

Todo lo vivo que pasa
por las puertas de la muerte
va con la cabeza baja
y un aire blanco durmiente.
Con habla de pensamiento.
Sin sonidos...
Tristemente,
cubierto con el silencio
que es el manto de la muerte.

Mas tú, cigarra encantada,
derramando son, te mueres
y quedas transfigurada
en sonido y luz celeste.

¡Cigarra!
¡Dichosa tú!,
pues te envuelve con su manto
el propio Espíritu Santo,
que es la luz.

¡Cigarra!
Estrella sonora
sobre los campos dormidos,
vieja amiga de las ranas
y de los oscuros grillos,
tienes sepulcros de oro
en los rayos tremolinos
del sol que dulce te hiere

en la fuerza del Estío,
y el sol se lleva tu alma
para hacerla luz.

Sea mi corazón cigarra
sobre los campos divinos.
Que muera cantando lento
por el cielo azul herido
y cuando esté ya expirando
una mujer que adivino
lo derrame con sus manos
por el polvo.

Y mi sangre sobre el campo
sea rosado y dulce limo
donde claven sus azadas
los cansados campesinos.

¡Cigarra!
¡Dichosa tú!,
pues te hieren las espadas invisibles
del azul.

BALADA TRISTE

PEQUEÑO POEMA

ABRIL DE 1918
(Granada)

¡Mi corazón es una mariposa,
niños buenos del prado!,
que presa por la araña gris del tiempo
tiene el polen fatal del desengaño.

De niño yo canté como vosotros,
niños buenos del prado,
solté mi gavilán con las temibles
cuatro uñas de gato.
Pasé por el jardín de Cartagena
la verbena invocando
y perdí la sortija de mi dicha
al pasar el arroyo imaginario.

Fui también caballero
una tarde fresquita de mayo.
Ella era entonces para mí el enigma,
estrella azul sobre mi pecho intacto.
Cabalgué lentamente hacia los cielos.
Era un domingo de pipirigallo.

Y vi que en vez de rosas y claveles
ella tronchaba lirios con sus manos.

Yo siempre fui intranquilo,
niños buenos del prado,
el *ella* del romance me sumía
en ensoñares claros:
¿quién será la que coge los claveles
y las rosas de mayo?
¿Y por qué la verán sólo los niños
a lomos de Pegaso?
¿Será esa misma la que en los rondones
con tristeza llamamos
estrella, suplicándole que salga
a danzas por el campo?...

En abril de mi infancia yo cantaba,
niños buenos del prado,
la *ella* impenetrable del romance
donde sale Pegaso.
Yo decía en las noches la tristeza
de mi amor ignorado,
y la luna lunera, ¡qué sonrisa
ponía entre sus labios!
¿Quién será la que corta los claveles
y las rosas de mayo?
Y de aquella chiquita, tan bonita,
que su madre ha casado,
¿en qué oculto rincón de cementerio
dormirá su fracaso?

Yo solo con mi amor desconocido,
sin corazón, sin llantos,
hacia el techo imposible de los cielos
con un gran sol por báculo.

¡Qué tristeza tan seria me da sombra!
Niños buenos del prado,
cómo recuerda dulce el corazón
los días ya lejanos...
¿Quién será la que corta los claveles
y las rosas de mayo?

MAÑANA

7 DE AGOSTO DE 1918
(Fuente Vaqueros, Granada)

A Fernando Marchesi

Y la canción del agua
es una cosa eterna.

Es la savia entrañable
que madura los campos.
Es sangre de poetas
que dejaron sus almas
perderse en los senderos
de la Naturaleza.

¡Qué armonías derrama
al brotar de la peña!
Se abandona a los hombres
con sus dulces cadencias.

La mañana está clara.
Los hogares humean,
y son los humos brazos
que levantan la niebla.

Escuchad los romances
del agua en las choperas.

¡Son pájaros sin alas
perdidos entre hierbas!

Los árboles que cantan
se tronchan y se secan.
Y se tornan llanuras
las montañas serenas.
Mas la canción del agua
es una cosa eterna.

Ella es luz hecha canto
de ilusiones románticas.
Ella es firme y suave,
llena de cielo y mansa.
Ella es niebla y es rosa
de la eterna mañana.
Miel de luna que fluye
de estrellas enterradas.
¿Qué es el santo bautismo,
sino Dios hecho agua
que nos unge las frentes
con su sangre de gracia?
Por algo Jesucristo
en ella confirmóse.
Por algo las estrellas
en sus ondas descansan.
Por algo madre Venus
en su seno engendróse,
que amor de amor tomamos
cuando bebemos agua.
Es el amor que corre
todo manso y divino,
es la vida del mundo,
la historia de su alma.

Ella lleva secretos
de las bocas humanas,
pues todos la besamos
y la sed nos apaga.
Es un arca de besos
de bocas ya cerradas,
es eterna cautiva,
del corazón hermana.

Cristo debió decirnos:
«Confesaos con el agua,
de todos los dolores,
de todas las infamias.
¿A quién mejor, hermanos,
entregar nuestras ansias
que a ella que sube al cielo
en envolturas blancas?»

No hay estado perfecto
como al tomar el agua,
nos volvemos más niños
y más buenos: y pasan
nuestras penas vestidas
con rosadas guirnaldas.
Y los ojos se pierden
en regiones doradas.
¡Oh fortuna divina
por ninguno ignorada!
Agua dulce en que tantos
sus espíritus lavan,
no hay nada comparable
con tus orillas santas
si una tristeza honda
nos ha dado sus alas.

LA SOMBRA DE MI ALMA

DICIEMBRE DE 1919
(Madrid)

La sombra de mi alma
huye por un ocaso de alfabetos,
niebla de libros
y palabras.

¡La sombra de mi alma!

He llegado a la línea donde cesa
la nostalgia,
y la gota de llanto se transforma
alabastro de espíritu.

(¡La sombra de mi alma!)

El copo del dolor
se acaba,
pero queda la razón y la sustancia
de mi viejo mediodía de labios,
de mi viejo mediodía
de miradas.

Un turbio laberinto
de estrellas ahumadas
enreda mi ilusión
casi marchita.

¡La sombra de mi alma!

Y una alucinación
me ordeña las miradas.
Veo la palabra amor
desmoronada.

¡Ruiseñor mío!
¡Ruiseñor!
¿Aún cantas?

LLUVIA

ENERO DE 1919
(Granada)

La lluvia tiene un vago secreto de ternura,
algo de soñolencia resignada y amable,
una música humilde se despierta con ella
que hace vibrar el alma dormida del paisaje.

Es un besar azul que recibe la Tierra,
el mito primitivo que vuelve a realizarse.
El contacto ya frío de cielo y tierra viejos
con una mansedumbre de atardecer constante.

Es la aurora del fruto. La que nos trae las flores
y nos unge de espíritu santo de los mares.
La que derrama vida sobre las sementeras
y en el alma tristeza de lo que no se sabe.

La nostalgia terrible de una vida perdida,
el fatal sentimiento de haber nacido tarde,
o la ilusión inquieta de una mañana imposible
con la inquietud cercana del dolor de la carne.

El amor se despierta en el gris de su ritmo,
nuestro cielo interior tiene un triunfo de sangre,
pero nuestro optimismo se convierte en tristeza
al contemplar las gotas muertas en los cristales.

Y son las gotas: ojos de infinito que miran
al infinito blanco que les sirvió de madre.

Cada gota de lluvia tiembla en el cristal turbio
y le dejan divinas heridas de diamante.
Son poetas del agua que han visto y que meditan
lo que la muchedumbre de los ríos no sabe.

¡Oh lluvia silenciosa, sin tormentas ni vientos,
lluvia mansa y serena de esquila y luz süave,
lluvia buena y pacífica que eres la verdadera,
la que amorosa y triste sobre las cosas caes!

¡Oh lluvia franciscana que llevas a tus gotas
almas de fuentes claras y humildes manantiales!
Cuando sobre los campos desciendes lentamente
las rosas de mi pecho con tus sonidos abres.

El canto primitivo que dices al silencio
y la historia sonora que cuentas al ramaje
los comenta llorando mi corazón desierto
en un negro y profundo pentágrama sin clave.

Mi alma tiene tristeza de la lluvia serena,
tristeza designada de cosa irrealizable,
tengo en el horizonte un lucero encendido
y el corazón me impide que corra a contemplarle.

¡Oh lluvia silenciosa que los árboles aman
y eres sobre el piano dulzura emocionante;
das al alma las mismas nieblas y resonancias
que pones en el alma dormida del paisaje!

SI MIS MANOS PUDIERAN DESHOJAR

10 DE NOVIEMBRE DE 1919
(Granada)

Yo pronuncio tu nombre
en las noches oscuras,
cuando vienen los astros
a beber en la luna
y duermen los ramajes
de las frondas ocultas.
Y yo me siento hueco
de pasión y de música.
Loco reloj que canta
muertas horas antiguas.

Yo pronuncio tu nombre,
en esta noche oscura,
y tu nombre me suena
más lejano que nunca.
Más lejano que todas las estrellas
y más doliente que la mansa lluvia.

¿Te querré como entonces
alguna vez? ¿Qué culpa
tiene mi corazón?

Si la niebla se esfuma,
¿qué otra pasión me espera?
¿Será tranquila y pura?
¡¡Si mis dedos pudieran
deshojar a la luna!!

EL CANTO DE LA MIEL

NOVIEMBRE DE 1918
(Granada)

La miel es la palabra de Cristo,
el oro derretido de su amor.
El más allá del néctar,
la momia de la luz del paraíso.

La colmena es una estrella casta,
pozo de ámbar que alimenta el ritmo
de las abejas. Seno de los campos
tembloroso de aromas y zumbidos.

La miel es la epopeya del amor,
la materialidad de lo infinito.
Alma y sangre doliente de las flores
condensada a través de otro espíritu.

(Así la miel del hombre es la poesía
que mana de su pecho dolorido,
de un panal con la cera del recuerdo
formado por la abeja de lo íntimo.)

La miel es la bucólica lejana
del pastor, la dulzaina y el olivo,
hermana de la leche y las bellotas,
reinas supremas del dorado siglo.

La miel es como el sol de la mañana,
tiene toda la gracia del estío
y la frescura vieja del otoño.
Es la hoja marchita y es el trigo.

¡Oh divino licor de la humildad,
sereno como un verso primitivo!

La armonía hecha carne tú eres,
el resumen genial de lo lírico.
En ti duerme la melancolía,
el secreto del beso y del grito.

Dulcísima. Dulce. Este es tu adjetivo.
Dulce como los vientres de las hembras.
Dulce como los ojos de los niños.
Dulce como las sombras de la noche.
Dulce como una voz.
O como un lirio.

Para el que lleva la pena y la lira,
eres sol que ilumina el camino.
Equivales a todas las bellezas,
al color, a la luz, a los sonidos.

¡Oh! Divino licor de la esperanza,
donde a la perfección del equilibrio
llegan alma y materia en unidad
como en la hostia cuerpo y luz de Cristo.

Y el alma superior es de las flores.
¡Oh licor que esas almas has unido!
El que te gusta no sabe que traga
un resumen dorado del lirismo.

ELEGÍA

DICIEMBRE DE 1918
(Granada)

Con un incensario lleno de deseos,
pasas en la tarde luminosa y clara
con la carne oscura de nardo marchito
y el sexo potente sobre tu mirada.

Llevas en la boca tu melancolía
de pureza muerta, y en la dionisíaca
copa de tu vientre la araña que teje
el velo infecundo que cubre la entraña
nunca florecida con las vivas rosas
fruto de los besos.

En tus manos blancas
llevas la madeja de tus ilusiones,
muertas para siempre, y sobre tu alma
la pasión hambrienta de besos de fuego
y tu amor de madre que sueña lejanas
visiones de cunas en ambientes quietos,
hilando en los labios lo azul de la nana.

Como Ceres dieras tus espigas de oro
si el amor dormido tu cuerpo tocara,
y como la virgen María pudieras
brotar de tus senos otra vía láctea.

Te marchitarás como la magnolia.
Nadie besará tus muslos de brasa.
Ni a tu cabellera llegarán los dedos
que la pulsen como
las cuerdas de un arpa.

¡Oh mujer potente de ébano y de nardo!,
cuyo aliento tiene blancor de biznagas.
Venus del mantón de Manila que sabe
del vino de Málaga y de la guitarra.

¡Oh cisne moreno!, cuyo lago tiene
lotos de saetas, olas de naranjas
y espumas de rojos claveles que aroman
los nidos marchitos que hay bajo sus alas.

Nadie te fecunda. Mártir andaluza,
tus besos debieron ser bajo una parra
plenos del silencio que tiene la noche
y del ritmo turbio del agua estancada.

Pero tus ojeras se van agrandando
y tu pelo negro va siendo de plata;
tus senos resbalan escanciando aromas
y empieza a curvarse tu espléndida espalda.

¡Oh mujer esbelta, maternal y ardiente!
Virgen dolorosa que tiene clavadas
todas las estrellas del cielo profundo
en su corazón ya sin esperanza.

Eres el espejo de una Andalucía
que sufre pasiones gigantes y calla,
pasiones mecidas por los abanicos
y por las mantillas sobre las gargantas
que tienen temblores de sangre, de nieve,
y arañazos rojos hechos por miradas.

Te vas por la niebla del otoño, virgen
como Inés, Cecilia, y la dulce Clara,
siendo una bacante que hubiera danzado
de pámpanos verdes y vid coronada.

La tristeza inmensa que flota en tus ojos
nos dice tu vida rota y fracasada,
la monotonía de tu ambiente pobre
viendo pasar gente desde tu ventana,
oyendo la lluvia sobre la amargura
que tiene la vieja calle provinciana,
mientras que a lo lejos suenan los clamores
turbios y confusos de unas campanadas.

Mas en vano escuchaste los acentos del aire.
Nunca llegó a tus oídos la dulce serenata.
Detrás de tus cristales aún miras anhelante.
¡Qué tristeza tan honda tendrás dentro del alma
al sentir en el pecho ya cansado y exhausto
la pasión de una niña recién enamorada!

Tu cuerpo irá a la tumba
intacto de emociones.
Sobre la oscura tierra
brotará una alborada.
De tus ojos saldrán dos claveles sangrientos,
y de tus senos, rosas como la nieve blancas.
Pero tu gran tristeza se irá con las estrellas,
como otra estrella digna de herirlas y eclipsarlas.

SANTIAGO

(BALADA INGENUA)

25 DE JULIO DE 1918
(Fuente Vaqueros, Granada)

I

Esta noche ha pasado Santiago
su camino de luz en el cielo.
Lo comentan los niños jugando
con el agua de un cauce sereno.

¿Dónde va el peregrino celeste
por el claro infinito sendero?
Va a la aurora que brilla en el fondo
en caballo blanco como el hielo.

¡Niños chicos, cantad en el prado,
horadando con risas al viento!

Dice un hombre que ha visto a Santiago
en tropel con doscientos guerreros;
iban todos cubiertos de luces,
con guirnaldas de verdes luceros,

y el caballo que monta Santiago
era un astro de brillos intensos.

Dice el hombre que cuenta la historia
que en la noche dormida se oyeron
tremolar plateado de alas
que en sus ondas llevóse el silencio.

¿Qué sería que el río paróse?
Eran ángeles los caballeros.

¡Niños chicos, cantad en el prado,
horadando con risas al viento!

Es la noche de luna menguante.
¡Escuchad! ¿Qué se siente en el cielo,
que los grillos refuerzan sus cuerdas
y dan voces los perros vegueros?

—Madre abuela, ¿cuál es el camino,
madre abuela, que yo no lo veo?

—Mira bien y verás una cinta
de polvillo harinoso y espeso,
un borrón que parece de plata
o de nácar. ¿Lo ves?
—Ya lo veo.

—Madre abuela. ¿Dónde está Santiago?
—Por allí marcha con su cortejo,
la cabeza llena de plumajes
y de perlas muy finas el cuerpo,
con la luna rendida a sus plantas,
con el sol escondido en el pecho.

Esta noche en la vega se escuchan
los relatos brumosos del cuento.

¡Niños chicos, cantad en el prado,
horadando con risas al viento!

II

Una vieja que vive muy pobre
en la parte más alta del pueblo,
que posee una rueca inservible,
una virgen y dos gatos negros,
mientras hace la ruda calceta
con sus secos y temblones dedos,
rodeada de buenas comadres
y de sucios chiquillos traviesos,
en la paz de la noche tranquila,
con las sierras perdidas en negro,
va contando con ritmos tardíos
la visión que ella tuvo en sus tiempos.

Ella vio en una noche lejana
como esta, sin ruidos ni vientos,
el apóstol Santiago en persona,
peregrino en la tierra del cielo.

—Y comadre, ¿cómo iba vestido?
—le preguntan dos voces a un tiempo.

—Con bordón de esmeraldas y perlas
y una túnica de terciopelo.

Cuando hubo pasado la puerta,
mis palomas sus alas tendieron,
y mi perro, que estaba dormido,
fue tras él sus pisadas lamiendo.
Era dulce el Apóstol divino,
más aún que la luna de enero.
A su paso dejó por la senda
un olor de azucena y de incienso.

—Y comadre, ¿no le dijo nada?
—le preguntan dos voces a un tiempo.

—Al pasar me miró sonriente
y una estrella dejóme aquí dentro.

—¿Dónde tienes guardada esa estrella?
—le pregunta un chiquillo travieso.

—¿Se ha apagado —dijéronle otros—
como cosa de un encantamiento?

—No, hijos míos, la estrella relumbra,
que en el alma clavada la llevo.

—¿Cómo son las estrellas aquí?
—Hijo mío, igual que en el cielo.

—Siga, siga la vieja comadre.
¿Dónde iba el glorioso viajero?

—Se perdió por aquellas montañas
con mis blancas palomas y el perro.
Pero llena dejóme la casa
de rosales y de jazmineros,

y las uvas verdes de la parra
maduraron, y mi troje lleno
encontré a la siguiente mañana.
Todo obra del Apóstol bueno.

—¡Grande suerte que tuvo, comadre!
—sermonean dos voces a un tiempo.

Los chiquillos están ya dormidos
y los campos en hondo silencio.

—¡Niños chicos, pensad en Santiago
por los turbios caminos del sueño!

¡Noche clara, finales de julio!
¡Ha pasado Santiago en el cielo!

La tristeza que tiene mi alma,
por el blanco camino la dejo,
para ver si la encuentran los niños
y en el agua la vayan hundiendo,
para ver si en la noche estrellada
a muy lejos la llevan los vientos.

EL DIAMANTE

NOVIEMBRE DE 1920
(Granada)

El diamante de una estrella
ha rayado el hondo cielo,
pájaro de luz que quiere
escapar del universo
y huye del enorme nido
donde estaba prisionero
sin saber que lleva atada
una cadena en el cuello.

Cazadores extrahumanos
están cazando luceros,
cisnes de plata maciza
en el agua del silencio.

Los chopos niños recitan
su cartilla; es el maestro
un chopo antiguo que mueve
tranquilo sus brazos muertos.

Ahora en el monte lejano
jugarán todos los muertos
a la baraja. ¡Es tan triste
la vida en el cementerio!

¡Rana, empieza tu cantar!
¡Grillo, sal de tu agujero!
Haced un bosque sonoro
con vuestras flautas. Yo vuelvo
hacia mi casa intranquilo.

Se agitan en mi cerebro
dos palomas campesinas
y en el horizonte, ¡lejos!,
se hunde el arcaduz del día.
¡Terrible noria del tiempo!

MADRIGAL DE VERANO

Agosto de 1920
(Vega de Zujaira)

Junta tu roja boca con la mía,
¡oh Estrella la gitana!
Bajo el oro solar del mediodía
morderé la manzana.

En el verde olivar de la colina
hay una torre mora,
del color de tu carne campesina
que sabe a miel y aurora.

Me ofreces en tu cuerpo requemado,
el divino alimento
que da flores al cauce sosegado
y luceros al viento.

¿Cómo a mí te entregaste, luz morena?
¿Por qué me diste llenos
de amor tu sexo de azucena
y el rumor de tus senos?

¿No fue por mi figura entristecida?
(¡Oh mis torpes andares!)
¿Te dio lástima acaso de mi vida,
marchita de cantares?

¿Cómo no has preferido a mis lamentos
los muslos sudorosos
de un San Cristóbal campesino, lentos
en el amor y hermosos?

Danaide del placer eres conmigo.
Femenino silvano.
Huelen tus besos como huele el trigo
reseco del verano.

Entúrbiame los ojos con tu canto.
Deja tu cabellera
extendida y solemne como un manto
de sombra en la pradera.

Píntame con tu boca ensangrentada
un cielo del amor,
en un fondo de carne la morada
estrella de dolor.

Mi pegaso andaluz está cautivo
de tus ojos abiertos;
volará desolado y pensativo,
cuando los vea muertos.

Y aunque no me quisieras te querría
por tu mirar sombrío,
como quiere la alondra al nuevo día,
sólo por el rocío.

Junta tu roja boca con la mía,
¡oh Estrella la gitana!
Déjame bajo el claro mediodía
consumir la manzana.

CANTOS NUEVOS

AGOSTO DE 1920
(Vega de Zujaira)

Dice la tarde: «¡Tengo sed de sombra!»
Dice la luna: «Yo, sed de luceros.»
La fuente cristalina pide labios
y suspiros el viento.

Yo tengo sed de aromas y de risas,
sed de cantares nuevos
sin lunas y sin lirios,
y sin amores muertos.
Un cantar de mañana que estremezca
a los remansos quietos
del porvenir. Y llene de esperanza
sus ondas y sus cienos.

Un cantar luminoso y reposado
pleno de pensamiento,
virginal de tristezas y de angustias
y virginal de ensueños.

Cantar sin carne lírica que llene
de risas el silencio.
(Una bandada de palomas ciegas
lanzadas al misterio.)

Cantar que vaya al alma de las cosas
y al alma de los vientos
y que descanse al fin en la alegría
del corazón eterno.

ALBA

ABRIL DE 1919
(Granada)

Mi corazón oprimido
siente junto a la alborada
el dolor de sus amores
y el sueño de las distancias.
La luz de la aurora lleva
semilleros de nostalgias
y la tristeza sin ojos
de la médula del alma.
La gran tumba de la noche
su negro velo levanta
para ocultar con el día
la inmensa cumbre estrellada.

¡Qué haré yo sobre estos campos
cogiendo nidos y ramas,
rodeado de la aurora
y llena de noche el alma!
¡Qué haré si tienes tus ojos
muertos a las luces claras
y no ha de sentir mi carne
el calor de tus miradas!

¿Por qué te perdí por siempre
en aquella tarde clara?
Hoy mi pecho está reseco
como una estrella apagada.

EL PRESENTIMIENTO

AGOSTO DE 1920
(Vega de Zujaira)

El presentimiento
es la sonda del alma
en el misterio.
Nariz del corazón,
palo de ciego
que explora en la tiniebla
del tiempo.

Ayer es lo marchito.
El sentimiento
y el campo funeral
del recuerdo.

Anteayer
es lo muerto.
Madriguera de ideas moribundas
de pegasos sin freno.
Malezas de memorias
y desiertos
perdidos en la niebla
de los sueños.

Nada turba los siglos
pasados.
No podemos
arrancar un suspiro
de lo viejo.
El pasado se pone
su coraza de hierro
y tapa sus oídos
con algodón del viento.
Nunca podrá arrancársele
un secreto.

Sus músculos de siglos
y su cerebro
de marchitas ideas
en feto
no darán el licor que necesita
el corazón sediento.

Pero el niño futuro
nos dirá algún secreto
cuando juegue en su cama
de luceros.
Y es fácil engañarle;
por eso,
démosle con dulzura
nuestro seno.
Que el topo silencioso
del presentimiento
nos traerá sus sonajas
cuando esté durmiendo.

CANCIÓN PARA LA LUNA

Agosto de 1920

Blanca tortuga,
luna dormida,
¡qué lentamente
caminas!
Cerrando un párpado
de sombras, miras
cual arqueológica
pupila.
Que quizá sea...
(Satán es tuerto)
una reliquia.
Viva lección
para anarquistas.
Jehová acostumbra
sembrar su finca
con ojos muertos
y cabecitas
de sus contrarias
milicias.

Gobierna rígido
la faz divina

con su turbante
de niebla fría,
poniendo dulces
astros sin vida
al rubio cuervo
del día.
Por eso, luna,
¡luna dormida!,
vas protestando
seca de brisas,
del gran abuso,
la tiranía
de ese Jehová
que os encamina
por una senda,
¡siempre la misma!,
mientras él goza
en compañía
de Doña Muerte,
que es su querida...

Blanca tortuga,
luna dormida,
casta Verónica
del sol que limpias
en el ocaso
su faz rojiza.
Ten esperanza,
muerta pupila,
que el Gran Lenín
de tu campiña
será la Osa
Mayor, la arisca
fiera del cielo

que irá tranquila
a dar su abrazo
de despedida
al viejo enorme
de los seis días.

Y entonces, luna
blanca, vendría
el puro reino
de la ceniza.

(Ya habréis notado
que soy nihilista.)

ELEGÍA DEL SILENCIO

JULIO DE 1920

Silencio, ¿dónde llevas
tu cristal empañado
de risas, de palabras
y sollozos del árbol?
¿Cómo limpias, silencio,
el rocío del canto
y las manchas sonoras
que los mares lejanos
dejan sobre la albura
serena de tu manto?
¿Quién cierra tus heridas
cuando sobre los campos
alguna vieja noria
clava su lento dardo
en tu cristal inmenso?
¿Dónde vas si al ocaso
te hieren las campanas
y quiebran tu remanso
las bandadas de coplas
y el gran rumor dorado
que cae sobre los montes
azules sollozando?

El aire del invierno
hace tu azul pedazos,
y troncha tus florestas
el lamentar callado
de alguna fuente fría.
Donde posas tus manos,
la espina de la risa
o el caluroso hachazo
de la pasión encuentras.
Si te vas a los astros,
el zumbido solemne
de los azules pájaros
quiebra el gran equilibrio
de tu escondido cráneo.

Huyendo del sonido
eres sonido mismo,
espectro de armonía,
humo de grito y canto.
Vienes para decirnos
en las noches oscuras
la palabra infinita
sin aliento y sin labios.

Taladrado de estrellas
y maduro de música,
¿dónde llevas, silencio,
tu dolor extrahumano,
dolor de estar cautivo
en la araña melódica,
ciego ya para siempre
tu manantial sagrado?

Hoy arrastran tus ondas
turbias de pensamiento
la ceniza sonora
y el dolor del antaño.
Los ecos de los gritos
que por siempre se fueron.
El estruendo remoto
del mar, momificado.

Si Jehová se ha dormido
sube al trono brillante,
quiébrale en su cabeza
un lucero apagado,
y acaba seriamente
con la música eterna,
la armonía sonora
de luz, y mientras tanto,
vuelve a tu manantial,
donde en la noche eterna,
antes que Dios y el Tiempo,
manabas sosegado.

BALADA DE UN DÍA DE JULIO

JULIO DE 1919

Esquilones de plata
llevan los bueyes.

—¿Dónde vas, niña mía,
de sol y nieve?

—Voy a las margaritas
del prado verde.

—El prado está muy lejos
y miedo tienes.

—Al airón y a la sombra
mi amor no teme.

—Teme al sol, niña mía,
de sol y nieve.

—Se fue de mis cabellos
ya para siempre.

—¿Quién eres, blanca niña?
¿De dónde vienes?

—Vengo de los amores
y de las fuentes.

Esquilones de plata
llevan los bueyes.

—¿Qué llevas en la boca
que se te enciende?

—La estrella de mi amante
que vive y muere.

—¿Qué llevas en el pecho,
tan fino y leve?

—La espada de mi amante
que vive y muere.

—¿Qué llevas en los ojos,
negro y solemne?

—Mi pensamiento triste
que siempre hiere.

—¿Por qué llevas un manto
negro de muerte?

—¡Ay, yo soy la viudita,
triste y sin bienes,

del conde del Laurel
de los Laureles!

—¿A quién buscas aquí,
si a nadie quieres?

—Busco el cuerpo del conde
de los Laureles.

—¿Tú buscas el amor,
viudita aleve?
Tú buscas un amor
que ojalá encuentres.

—Estrellitas del cielo
son mis quereres,
¿dónde hallaré a mi amante
que vive y muere?

—Está muerto en el agua,
niña de nieve,
cubierto de nostalgias
y de claveles.

—¡Ay!, caballero errante
de los cipreses,
una noche de luna
mi alma te ofrece.

—¡Ah Isis soñadora!
Niña sin mieles,
la que en boca de niños
su cuento vierte.
Mi corazón te ofrezco.
Corazón tenue,
herido por los ojos
de las mujeres.

—Caballero galante,
con Dios te quedes.
Voy a buscar al conde
de los Laureles.

—Adiós, mi doncellita,
rosa durmiente,
tú vas para el amor
y yo a la muerte.

Esquilones de plata
llevan los bueyes.

Mi corazón desangra
como una fuente.

IN MEMORIAM

AGOSTO DE 1920

Dulce chopo,
dulce chopo,
te has puesto
de oro.
Ayer estabas verde,
un verde loco
de pájaros
gloriosos.
Hoy estás abatido
bajo el cielo de agosto
como yo bajo el cielo
de mi espíritu rojo.
La fragancia cautiva
de tu tronco
vendrá a mi corazón
piadoso.
¡Rudo abuelo del prado!
Nosotros
nos hemos puesto
de oro.

SUEÑO

MAYO DE 1919

Mi corazón reposa junto a la fuente fría.

(Llénalo con tus hilos,
araña del olvido.)

El agua de la fuente su canción le decía.

(Llénala con tus hilos,
araña del olvido.)

Mi corazón despierto su amores decía.

(Araña del silencio,
téjele tu misterio.)

El agua de la fuente lo escuchaba sombría.

(Araña del silencio,
téjele tu misterio.)

Mi corazón se vuelca sobre la fuente fría.

(Manos blancas, lejanas,
detened a las aguas.)

Y el agua se lo lleva cantando de alegría.

(¡Manos blancas, lejanas,
nada queda en las aguas!)

PAISAJE

JUNIO DE 1920

Las estrellas apagadas
llenan de ceniza el río
verdoso y frío.

La fuente no tiene trenzas.
Ya se han quemado los nidos
escondidos.

Las ranas hacen del cauce
una siringa encantada,
desafinada.

Sale del monte la luna,
con su cara bonachona
de jamona.

Una estrella le hace burla
desde su casa de añil
infantil.

El débil color rosado
hace cursi el horizonte
del monte.

Y observo que el laurel tiene
cansancio de ser poético
y profético.

Como la hemos visto siempre
el agua se va durmiendo,
sonriyendo.

Todo llora por costumbre,
todo el campo se lamenta
sin darse cuenta.

Yo, por no desafinar,
digo por educación:
«¡Mi corazón!»

Pero una grave tristeza
tiñe mis labios manchados
de pecados.

Yo voy lejos del paisaje.
Hay en mi pecho una hondura
de sepultura.

Un murciélago me avisa
que el sol se esconde doliente
en el poniente.

¡Pater noster por mi amor!
(Llanto de las alamedas
y arboledas.)

En el carbón de la tarde
miro mis ojos lejanos,
cual milanos.

Y despeino mi alma muerta
con arañas de miradas
olvidadas.

Ya es de noche, y las estrellas
clavan puñales al río
verdoso y frío.

NOVIEMBRE

NOVIEMBRE DE 1920

Todos los ojos
estaban abiertos
frente a la soledad
despintada por el llanto.

Tin
tan,
tin
tan.

Los verdes cipreses
guardaban su alma
arrugada por el viento,
y las palabras como guadañas
segaban almas de flores.

Tin
tan,
tin
tan.

El cielo estaba marchito.
¡Oh tarde cautiva por las nubes,
esfinge sin ojos!

Obeliscos y chimeneas
hacían pompas de jabón.

Tin
tan,
tin
tan.

Los ritmos se curvaban
y se curvaba el aire,
guerreros de niebla
hacían de los árboles
catapultas.

Tin
tan,
tin
tan.

¡Oh tarde,
tarde de mi otro beso!

Tema lejano de mi sombra,
¡sin rayo de oro!
Cascabel vacío.
Tarde desmoronada
sobre piras de silencio.

Tin
tan,
tin
tan.

PREGUNTAS

MAYO DE 1918

Un pleno de cigarras tiene el campo.
—¿Qué dices, Marco Aurelio,
de estas viejas filósofas del llano?
¡Pobre es tu pensamiento!

Corre el agua del río mansamente.
—¡Oh Sócrates! ¿Qué ves
en el agua que va a la amarga muerte?
¡Pobre y triste es tu fe!

Se deshojan las rosas en el lodo.
¡Oh dulce Juan de Dios!
¿Qué ves en estos pétalos gloriosos?
¡Chico es tu corazón!

LA VELETA YACENTE

DICIEMBRE DE 1920
(Madrid)

El duro corazón de la veleta
entre el libro del tiempo.
(Una hoja la tierra
y otra hoja el cielo.)
Aplastóse doliente sobre letras
de tejados viejos.
Lírica flor de torre
y luna de los vientos,
abandona el estambre de la cruz
y dispersa sus pétalos,
para caer sobre las losas frías
comida por la oruga
de los ecos.

Yaces bajo una acacia.
¡Memento!
No podías latir
porque eras de hierro...
Mas poseíste la forma:
¡conténtate con eso!
Y húndete bajo el verde

légamo,
en busca de tu gloria
de fuego,
aunque te llamen tristes
las torres desde lejos
y oigas en las veletas
chirriar tus compañeros.
Húndete bajo el paño
verdoso de tu lecho.
Que ni la blanca monja,
ni el perro,
ni la luna menguante,
ni el lucero,
ni el turbio sacristán
del convento,
recordarán tus gritos
del invierno.
Húndete lentamente,
que si no, luego,
te llevarán los hombres
de los trapos viejos.
Y ojalá pudiera darte
por compañero
este corazón mío
¡tan incierto!

CORAZÓN NUEVO

JUNIO DE 1918
(Granada)

Mi corazón, como una sierpe,
se ha desprendido de su piel,
y aquí la miro entre mis dedos
llena de heridas y de miel.

Los pensamientos que anidaron
en tus arrugas, ¿dónde están?
¿Dónde las rosas que aromaron
a Jesucristo y a Satán?

¡Pobre envoltura que ha oprimido
a mi fantástico lucero!
Gris pergamino dolorido
de lo que quise y ya no quiero.

Yo veo en ti fetos de ciencias,
momias de versos y esqueletos
de mis antiguas inocencias
y mis románticos secretos.

¿Te colgaré sobre los muros
de mi museo sentimental,
junto a los gélidos y oscuros
lirios durmientes de mi mal?

¿O te pondré sobre los pinos
—libro doliente de mi amor—
para que sepas de los trinos
que da a la aurora el ruiseñor?

SE HA PUESTO EL SOL

AGOSTO DE 1920

Se ha puesto el sol.
Los árboles
meditan como estatuas.
Ya está el trigo segado.
¡Qué tristeza
de las norias paradas!

Un perro campesino
quiere comerse a Venus y le ladra.
Brilla sobre su campo de pre-beso,
como una gran manzana.

—Los mosquitos —pegasos del rocío—
vuelan, el aire en calma.
La Penélope inmensa de la luz
teje una noche clara.

«Hijas mías, dormid, que viene el lobo»,
las ovejitas balan.
«¿Ha llegado el otoño, compañeras?»,
dice una flor ajada.

¡Ya vendrán los pastores con sus nidos
por la sierra lejana!
Ya jugarán los niños en la puerta
de la vieja posada,
y habrá coplas de amor
que ya se saben
de memoria las casas.

PAJARITA DE PAPEL

JULIO DE 1920

¡Oh pajarita de papel!
Águila de los niños.
Con las plumas de letras,
sin palomo
y sin nido.

Las manos aún mojadas de misterio
te crean en un frío
anochecer de otoño, cuando mueren
los pájaros y el ruido
de la lluvia nos hace amar la lámpara,
el corazón y el libro.

Naces para vivir unos minutos
en el frágil castillo
de naipes que se eleva tembloroso
como el tallo de un lirio.
Y meditas allí ciega y sin alas
que pudiste haber sido
el atleta grotesco que sonríe
ahorcado por un hilo,
el barco silencioso sin remeros ni velamen,
el lírico

buque fantasma del miedoso insecto,
o el triste borriquito
que escarnecen, haciéndolo Pegaso,
los soplos de los niños.

Pero en medio de tu meditación
van gotas de humorismo.
Hecha con la corteza de la ciencia
te ríes del Destino,
y gritas: «Blanca Flor no muere nunca,
ni se muere Luisito.
La mañana es eterna, es eterna
la fuente del rocío.»

Y aunque no crees en nada dices esto,
no se enteren los niños
de que hay sombra detrás de las estrellas
y sombra en tu castillo.

En medio de la mesa, al derrumbarse
tu azul mansión, has visto
que el milano te mira ansiosamente:
Es un recién nacido,
una pompa de espuma sobre el agua
del sufrimiento vivo.

Y tú vas a sus labios luminosos
mientras ríen los niños,
y callan los papás, no sea despierten
los dolores vecinos.

Así pájaro *clown* desapareces
para nacer en otro sitio.
Así pájaro esfinge das tu alma
de ave fénix al limbo.

MADRIGAL

Octubre de 1920
(Madrid)

Mi beso era una granada,
profunda y abierta;
tu boca era rosa
de papel.

El fondo un campo de nieve.

Mis manos eran hierros
para los yunques;
tu cuerpo era el ocaso
de una campanada.

El fondo un campo de nieve.

En la agujereada
calavera azul
hicieron estalactitas
mis te quiero.

El fondo un campo de nieve.

Llenáronse de moho
mis sueños infantiles,
y taladró a la luna
mi dolor salomónico.

El fondo un campo de nieve.

Ahora amaestro grave
a la alta escuela,
a mi amor y a mis sueños
(caballitos sin ojos).

Y el fondo es un campo de nieve.

UNA CAMPANA

OCTUBRE DE 1920

Una campana serena
crucificada en su ritmo
define a la mañana
con peluca de niebla
y arroyos de lágrimas.
Mi viejo chopo
turbio de ruiseñores
esperaba
poner entre las hierbas
sus ramas
mucho antes que el otoño
lo dorara.
Pero los puntales
de mis miradas
lo sostenían.
¡Viejo chopo, aguarda!
¿No sientes la madera
de mi amor desgarrada?
Tiéndete en la pradera
cuando cruja mi alma,
que un vendaval de besos
y palabras
ha dejado rendida,
lacerada.

CONSULTA

AGOSTO DE 1920

¡Pasionaria azul!
Yunque de mariposas.
¿Vives bien en el limo
de las horas?

(¡Oh poeta infantil,
quiebra tu reloj!)

Clara estrella azul,
ombligo de la aurora.
¿Vives bien en la espuma
de la sombra?

(¡Oh poeta infantil,
quiebra tu reloj!)

Corazón azulado,
lámpara de mi alcoba.
¿Lates bien sin mi sangre
filarmónica?

(¡Oh poeta infantil,
quiebra tu reloj!)

Os comprendo y me dejo
arrumbado en la cómoda
al insecto del tiempo.
Sus metálicas gotas
no se oirán en la calma
de mi alcoba.
Me dormiré tranquilo
como dormís vosotras,
pasionarias y estrellas,
que al fin la mariposa
volará en la corriente
de las horas
mientras nace en mi tronco
la rosa.

TARDE

NOVIEMBRE DE 1919

Tarde lluviosa en gris cansado,
y sigue el caminar.
Los árboles marchitos.
                    Mi cuarto, solitario.
Y los retratos viejos
y el libro sin cortar...

Chorrea la tristeza por los muebles
y por mi alma.
            Quizá
no tenga para mí Naturaleza
el pecho de cristal.

Y me duele la carne del corazón
y la carne del alma.
                Y al hablar,
se quedan mis palabras en el aire
como corchos sobre agua.

Sólo por tus ojos
sufro yo este mal,
tristezas de antaño
y las que vendrán.

Tarde lluviosa en gris cansado,
y sigue el caminar.

HAY ALMAS QUE TIENEN...

8 DE FEBRERO DE 1920

Hay almas que tienen
azules luceros,
mañanas marchitas
entre hojas del tiempo,
y castos rincones
que guardan un viejo
rumor de nostalgias
y sueños.

Otras almas tienen
dolientes espectros
de pasiones. Frutas
con gusanos. Ecos
de una voz quemada
que viene de lejos
como una corriente
de sombra. Recuerdos
vacíos de llanto
y migajas de besos.

Mi alma está madura
hace mucho tiempo,

y se desmorona
turbia de misterio.
Piedras juveniles
roídas de ensueño
caen sobre las aguas
de mis pensamientos.
Cada piedra dice:
«¡Dios está muy lejos!»

PRÓLOGO

24 DE JULIO DE 1920
(Vega de Zujaira)

Mi corazón está aquí,
Dios mío,
hunde tu cetro en él, Señor.
Es un membrillo
demasiado otoñal
y está podrido.
Arranca los esqueletos
de los gavilanes líricos
que tanto, tanto lo hirieron,
y si acaso tienes pico
móndale su corteza
de hastío.

Mas si no quieres hacerlo,
me da lo mismo,
guárdate tu cielo azul,
que es tan aburrido,
el rigodón de los astros.
Y tu Infinito,
que yo pediré prestado
el corazón a un amigo.

Un corazón con arroyos
y pinos,
y un ruiseñor de hierro
que resista
el martillo
de los siglos.

Además, Satanás me quiere mucho,
fue compañero mío
en un examen de
lujuria, y el pícaro
buscará a Margarita
—me lo tiene ofrecido—.
Margarita morena,
sobre un fondo de viejos olivos,
con dos trenzas de noche
de estío,
para que yo desgarre
sus muslos limpios.
Y entonces, ¡oh Señor!,
seré tan rico
o más que tú,
porque el vacío
no puede compararse
al vino
con que Satán obsequia
a sus buenos amigos.
Licor hecho con llanto.
¡Qué más da!
Es lo mismo
que tu licor compuesto
de trinos.

Dime, Señor,
¡Dios mío!

¿Nos hundes en la sombra
del abismo?
¿Somos pájaros ciegos
sin nidos?

La luz se va apagando.
¿Y el aceite divino?
Las olas agonizan.
¿Has querido
jugar como si fuéramos
soldaditos?
Dime, Señor,
¡Dios mío!
¿No llega el dolor nuestro
a tus oídos?
¿No han hecho las blasfemias
Babeles sin ladrillos
para herirte, o te gustan
los gritos?
¿Estás sordo? ¿Estás ciego?
¿O eres bizco
de espíritu
y ves el alma humana
con tonos invertidos?

¡Oh Señor soñoliento!
¡Mira mi corazón
frío
como un membrillo
demasiado otoñal
que está podrido!
Si tu luz va a llegar,
abre los ojos vivos;
pero si continúas

dormido,
ven, Satanás errante,
sangriento peregrino,
ponme la Margarita
morena en los olivos
con las trenzas de noche
de estío,
que yo sabré encenderle
sus ojos pensativos
con mis besos manchados
de lirios.
Y oiré una tarde ciega
mi ¡Enrique!, ¡Enrique!,
lírico,
mientras todos mis sueños
se llenan de rocío.
Aquí, Señor, te dejo
mi corazón antiguo,
voy a pedir prestado
otro nuevo a un amigo.
Corazón con arroyos
y pinos,
corazón sin culebras
ni lirios.
Robusto, con la gracia
de un joven campesino
que atraviesa de un salto
el río.

BALADA INTERIOR

16 DE JULIO DE 1920
(Vega de Zujaira)

A Gabriel

El corazón
que tenía en la escuela
donde estuvo pintada
la cartilla primera,
¿está en ti,
noche negra?

(Frío, frío,
como el agua
del río.)

El primer beso
que supo a beso y fue
para mis labios niños
como la lluvia fresca,
¿está en ti,
noche negra?

(Frío, frío,
como el agua
del río.)

Mi primer verso.
La niña de las trenzas
que miraba de frente,
¿está en ti,
noche negra?

(Frío, frío,
como el agua
del río.)

Pero mi corazón
roído de culebras,
el que estuvo colgado,
del árbol de la ciencia,
¿está en ti,
noche negra?

(Caliente, caliente,
como el agua
de la fuente.)

Mi amor errante,
castillo sin firmeza,
de sombras enmohecidas,
¿está en ti,
noche negra?

(Caliente, caliente,
como el agua
de la fuente.)

¡Oh gran dolor!
Admites en tu cueva
nada más que la sombra.

¿Es cierto,
noche negra?

(Caliente, caliente,
como el agua
de la fuente.)

¡Oh corazón perdido!
¡Requiem aeternam!

EL LAGARTO VIEJO

26 DE JULIO DE 1920
(Vega de Zujaira)

En la agostada senda
he visto al buen lagarto
(gota de cocodrilo)
meditando.
Con su verde levita
de abate del diablo,
su talante correcto
y su cuello planchado,
tiene un aire muy triste
de viejo catedrático.
¡Esos ojos marchitos
de artista fracasado,
cómo miran la tarde
desmayada!

¿Es este su paseo
crepuscular, amigo?
Usad bastón, ya estáis
muy viejo, Don Lagarto,
y los niños del pueblo
pueden daros un susto.

¿Qué buscáis en la senda,
filósofo cegato,
si el fantasma indeciso
de la tarde agosteña
ha roto el horizonte?

¿Buscáis la azul limosna
del cielo moribundo?
¿Un céntimo de estrella?
¿O acaso
estudiasteis un libro
de Lamartine, y os gustan
los trinos platerescos
de los pájaros?

(Miras al sol poniente,
y tus ojos relucen,
¡oh dragón de las ranas!,
con un fulgor humano.
Las góndolas sin remos
de las ideas, cruzan
el agua tenebrosa
de tus iris quemados.)

¿Venís quizá en la busca
de la bella lagarta,
verde como los trigos
de mayo,
como las cabelleras
de las fuentes dormidas,
que os despreciaba, y luego
se fue de vuestro campo?
¡Oh dulce idilio roto
sobre la fresca juncia!

¡Pero vivir!, ¡qué diantre!,
me habéis sido simpático.
El lema de «Me opongo
a la serpiente» triunfa
en esa gran papada
de arzobispo cristiano.

Ya se ha disuelto el sol
en la copa del monte,
y enturbian el camino
los rebaños.
Es hora de marcharse,
dejad la angosta senda
y no continuéis
meditando.
Que lugar tendréis luego
de mirar las estrellas
cuando os coman sin prisa
los gusanos.

¡Volved a vuestra casa
bajo el pueblo de grillos!
¡Buenas noches, amigo
Don Lagarto!

Ya está el campo sin gente,
los montes apagados
y el camino desierto;
sólo de cuando en cuando
canta un cuco en la umbría
de los álamos.

PATIO HÚMEDO

1920

Las arañas
iban por los laureles.

La casualidad
se va tornando en nieve,
y los años dormidos
ya se atreven
a clavar los telares
del siempre.

La Quietud hecha esfinge
se ríe de la Muerte
que canta melancólica
en un grupo
de lejanos cipreses.

La yedra de las gotas
tapiza las paredes
empapadas de arcaicos
misereres.

¡Oh torre vieja! Llora
tus lágrimas mudéjares
sobre este grave patio
que no tiene fuente.

Las arañas
iban por los laureles.

BALADA DE LA PLACETA

1919

Cantan los niños
en la noche quieta:
¡arroyo claro,
fuente serena!

LOS NIÑOS

¿Qué tiene tu divino
corazón en fiesta?

YO

Un doblar de campanas
perdidas en la niebla.

LOS NIÑOS

Ya nos dejas cantando
en la plazuela.
¡Arroyo claro,
fuente serena!

¿Qué tienes en tus manos
de primavera?

Yo

Una rosa de sangre
y una azucena.

Los Niños

Mójalas en el agua
de la canción añeja.
¡Arroyo claro,
fuente serena!

¿Qué sientes en tu boca
roja y sedienta?

Yo

El sabor de los huesos
de mi gran calavera.

Los Niños

Bebe el agua tranquila
de la canción añeja.
¡Arroyo claro,
fuente serena!

¿Por qué te vas tan lejos
de la plazuela?

YO

¡Voy en busca de magos
y de princesas!

LOS NIÑOS

¿Quién te enseñó el camino
de los poetas?

YO

La fuente y el arroyo
de la canción añeja.

LOS NIÑOS

¿Te vas lejos, muy lejos
del mar y de la tierra?

YO

Se ha llenado de luces
mi corazón de seda,
de campanas perdidas,
de lirios y de abejas,
y yo me iré muy lejos,
más allá de esas sierras,
más allá de los mares,
cerca de las estrellas,
para pedirle a Cristo
Señor que me devuelva
mi alma antigua de niño,
madura de leyendas,

con el gorro de plumas
y el sable de madera.

Los Niños

Ya nos dejas cantando
en la plazuela,
¡arroyo claro,
fuente serena!

Las pupilas enormes
de las frondas resecas
heridas por el viento,
lloran las hojas muertas.

ENCRUCIJADA

JULIO DE 1920

¡Oh, qué dolor el tener
versos en la lejanía
de la pasión, y el cerebro
todo manchado de tinta!

¡Oh, qué dolor no tener
la fantástica camisa
del hombre feliz: la piel
—alfombra de sol— curtida!

(Alrededor de mis ojos
bandadas de letras giran.)

¡Oh, qué dolor el dolor
antiguo de la poesía,
este dolor pegajoso
tan lejos del agua limpia!

¡Oh, dolor de lamentarse
por sorber la vena lírica!
¡Oh dolor de fuente ciega
y molino sin harina!

¡Oh, qué dolor no tener
dolor y pasar la vida
sobre la hierba incolora
de la vereda indecisa!

¡Oh, el más profundo dolor,
el dolor de la alegría,
reja que nos abre surcos
donde el llanto fructifica!

(Por un monte de papel
asoma la luna fría.)
¡Oh dolor de la verdad!
¡Oh dolor de la mentira!

HORA DE ESTRELLAS

1920

El silencio redondo de la noche
sobre el pentagrama
del infinito.

Yo me salgo desnudo a la calle,
maduro de versos
perdidos.
Lo negro, acribillado
por el canto del grillo,
tiene ese fuego fatuo,
muerto,
del sonido.
Esa luz musical
que percibe
el espíritu.

Los esqueletos de mil mariposas
duermen en mi recinto.

Hay una juventud de brisas locas
sobre el río.

EL CAMINO

No conseguirá nunca
tu lanza
herir el horizonte.
La montaña
es un escudo
que lo guarda.

No sueñes con la sangre de la luna
y descansa.
Pero deja, camino,
que mis plantas
exploren la caricia
de la rociada.

¡Quiromántico enorme!
¿Conocerás las almas
por el débil tatuaje
que olvidan en tu espalda?
Si eres un Flammarión
de las pisadas,
¡cómo debes amar
a los asnos que pasan
acariciando con ternura humilde
tu carne desgarrada!
Ellos solos meditan dónde puede
llegar tu enorme lanza.
Ellos solos, que son
los Budas de la Fauna,
cuando viejos y heridos deletrean
tu libro sin palabras.

¡Cuánta melancolía
tienes entre las casas
del poblado!

¡Qué clara
es tu virtud! Aguantas
cuatro carros dormidos,
dos acacias,
y un pozo del antaño
que no tiene agua.

Dando vueltas al mundo,
no encontrarás posada.
No tendrás camposanto
ni mortaja,
ni el aire del amor renovará
tu sustancia.

Pero sal de los campos
y en la negra distancia
de lo eterno, si tallas
la sombra con tu lima
blanca, ¡oh camino!,
¡pasarás por el puente
de Santa Clara!

EL CONCIERTO INTERRUMPIDO

1920

A Adolfo Salazar

Ha roto la armonía
de la noche profunda
el calderón helado y soñoliento
de la media luna.

Las acequias protestan sordamente
arropadas con juncias,
y las ranas, muecines de la sombra,
se han quedado mudas.

En la vieja taberna del poblado
cesó la triste música,
y ha puesto la sordina a su aristón
la estrella más antigua.

El viento se ha sentado en los torcales
de la montaña oscura,
y un chopo solitario —el Pitágoras
de la casta llanura—
quiere dar con su mano centenaria
un cachete a la luna.

CANCIÓN ORIENTAL

1920

Es la granada olorosa
un cielo cristalizado.
(Cada grano es una estrella,
cada velo es un ocaso.)
Cielo seco y comprimido
por la garra de los años.

La granada es como un seno
viejo y apergaminado,
cuyo pezón se hizo estrella
para iluminar el campo.

Es colmena diminuta
con panal ensangrentado,
pues con bocas de mujeres
sus abejas la formaron.
Por eso al estallar, ríe
con púrpuras de mil labios...

La granada es corazón
que late sobre el sembrado,
un corazón desdeñoso

donde no pican los pájaros,
un corazón que por fuera
es duro como el humano,
pero da al que lo traspasa
olor y sangre de mayo.
La granada es el tesoro
del viejo gnomo del prado,
el que habló con niña Rosa
en el bosque solitario.
Aquel de la blanca barba
y del traje colorado.
Es el tesoro que aun guardan
las verdes hojas del árbol.
Arca de piedras preciosas
en entraña de oro vago.

La espiga es el pan. Es Cristo
en vida y muerte cuajado.

El olivo es la firmeza
de la fuerza y el trabajo.

La manzana es lo carnal,
fruta esfinge del pecado,
gota de siglos que guarda
de Satanás el contacto.

La naranja es la tristeza
del azahar profanado,
pues se torna fuego y oro
lo que antes fue puro y blanco.

Las vides son la lujuria
que se cuaja en el verano,
de las que la iglesia saca,
con bendición, licor santo.

Las castañas son la paz
del hogar. Cosas de antaño.
Crepitar de leños viejos,
peregrinos descarriados.

La bellota es la serena
poesía de lo rancio,
y el membrillo de oro débil
la limpieza de lo sano.

Mas la granada es la sangre,
sangre del cielo sagrado,
sangre de la tierra herida
por la aguja del regato.
Sangre del viento que viene
del rudo monte arañado.
Sangre de la mar tranquila,
sangre del dormido lago.
La granada es la prehistoria
de la sangre que llevamos,
la idea de sangre, encerrada
en glóbulo duro y agrio,
que tiene una vaga forma
de corazón y de cráneo.

¡Oh granada abierta!, que eres
una llama sobre el árbol,
hermana en carne de Venus,
risa del huerto oreado.
Te cercan las mariposas
creyéndote sol parado,
y por miedo de quemarse
huyen de ti los gusanos.

Porque eres luz de la vida,
hembra de las frutas. Claro
lucero de la floresta
del arroyo enamorado.

¡Quién fuera como tú, fruta,
todo pasión sobre el campo!

CHOPO MUERTO

1920

¡Chopo viejo!
Has caído
en el espejo
del remanso dormido,
abatiendo tu frente
ante el Poniente.
No fue el vendaval ronco
el que rompió tu tronco,
ni fue el hachazo grave
del leñador, que sabe
has de volver
a nacer.

Fue tu espíritu fuerte
el que llamó a la muerte,
al hallarte sin nidos, olvidado
de los chopos infantiles del prado.
Fue que estabas sediento
de pensamiento,
y tu enorme cabeza centenaria,
solitaria,
escuchaba los lejanos
cantos de tus hermanos.

En tu cuerpo guardabas
las lavas
de tu pasión,
y en tu corazón,
el semen sin futuro de Pegaso.
La terrible simiente
de un amor inocente
por el sol de ocaso.

¡Qué amargura tan honda
para el paisaje,
el héroe de la fronda
sin ramaje!

Ya no serás la cuna
de la luna,
ni la mágica risa
de la brisa,
ni el bastón de un lucero
caballero.
No tornará la primavera
de tu vida,
ni verás la sementera
florecida.
Serás nidal de ranas
y de hormigas.
Tendrás por verdes canas
las ortigas,
y un día la corriente
sonriente
llevará tu corteza
con tristeza.

¡Chopo viejo!
Has caído
en el espejo
del remanso dormido.
Yo te vi descender
en el atardecer,
y escribo tu elegía,
que es la mía.

CAMPO

1920

El cielo es de ceniza.
Los árboles son blancos,
y son negros carbones
los rastrojos quemados.
Tiene sangre reseca
la herida del Ocaso,
y el papel incoloro
del monte está arrugado.
El polvo del camino
se esconde en los barrancos.
Están las fuentes turbias
y quietos los remansos.
Suena en un gris rojizo
la esquila del rebaño,
y la noria materna
acabó su rosario.

El cielo es de ceniza,
los árboles son blancos.

LA BALADA DEL AGUA DEL MAR

1919

A Emilio Prados
(cazador de nubes)

El mar
sonríe a lo lejos.
Dientes de espuma,
labios de cielo.

—¿Qué vendes, oh joven turbia
con los senos al aire?

—Vendo, señor, el agua
de los mares.

—¿Qué llevas, oh negro joven,
mezclado con tu sangre?

—Llevo, señor, el agua
de los mares.

—Esas lágrimas salobres
¿de dónde vienen, madre?

—Lloro, señor, el agua
de los mares.

—Corazón, y esta amargura
seria, ¿de dónde nace?

—¡Amarga mucho el agua
de los mares!

El mar
sonríe a lo lejos.
Dientes de espuma,
labios de cielo.

ÁRBOLES

1919

¡Árboles!
¿Habéis sido flechas
caídas del azul?
¿Qué terribles guerreros os lanzaron?
¿Han sido las estrellas?

Vuestras músicas vienen del alma de los pájaros,
de los ojos de Dios,
de la pasión perfecta.
¡Árboles!
¿Conocerán vuestras raíces toscas
mi corazón en tierra?

LA LUNA Y LA MUERTE

1919

La luna tiene dientes de marfil.
¡Qué vieja y triste asoma!
Están los cauces secos,
los campos sin verdores
y los árboles mustios
sin nidos y sin hojas.
Doña Muerte, arrugada,
pasea por sauzales
con su absurdo cortejo
de ilusiones remotas.
Va vendiendo colores
de cera y de tormenta
como un hada de cuento
mala y enredadora.

La luna le ha comprado
pinturas a la Muerte.
En esta noche turbia
¡está la luna loca!

Yo mientras tanto pongo
en mi pecho sombrío
una feria sin músicas
con las tiendas de sombra.

MADRIGAL

1919

Yo te miré a los ojos
cuando era niño y bueno.
Tus manos me rozaron
y me diste un beso.

(Los relojes llevan la misma cadencia,
y las noches tienen las mismas estrellas.)

Y se abrió mi corazón
como una flor bajo el cielo,
los pétalos de lujuria
y los estambres de sueño.

(Los relojes llevan la misma cadencia,
y las noches tienen las mismas estrellas.)

En mi cuarto sollozaba
como el príncipe del cuento
por Estrellita de oro
que se fue de los torneos.

(Los relojes llevan la misma cadencia,
y las noches tienen las mismas estrellas.)

Yo me alejé de tu lado
queriéndote sin saberlo.
No sé cómo son tus ojos,
tus manos ni tus cabellos.
Sólo me queda en la frente
la mariposa del beso.

(Los relojes llevan la misma cadencia,
y las noches tienen las mismas estrellas.)

DESEO

1920

Sólo tu corazón caliente,
y nada más.

Mi paraíso un campo
sin ruiseñor
ni liras,
con un río discreto
y una fuentecilla.

Sin la espuela del viento
sobre la fronda,
ni la estrella que quiere
ser hoja.

Una enorme luz
que fuera
luciérnaga
de otra,
en un campo de
miradas rotas.

Un reposo claro
y allí nuestros besos,
lunares sonoros
del eco,
se abrirían muy lejos.

Y tu corazón caliente,
nada más.

LOS ÁLAMOS DE PLATA

MAYO DE 1919

Los álamos de plata
se inclinan sobre el agua:
ellos todo lo saben, pero nunca hablarán.
El lirio de la fuente
no grita su tristeza.
¡Todo es más digno que la Humanidad!

La ciencia del silencio frente al cielo estrellado,
la posee la flor y el insecto no más.
La ciencia de los cantos por los cantos la tienen
los bosques rumorosos
y las aguas del mar.

El silencio profundo de la vida en la tierra,
nos lo enseña la rosa
abierta en el rosal.

¡Hay que dar el perfume
que encierran nuestras almas!
Hay que ser todo cantos,
todo luz y bondad.
¡Hay que abrirse del todo

frente a la noche negra,
para que nos llenemos de rocío inmortal!

¡Hay que acostar al cuerpo
dentro del alma inquieta!
Hay que cegar los ojos con luz de más allá.
Tenemos que asomarnos
a la sombra del pecho,
y arrancar las estrellas que nos puso Satán.

¡Hay que ser como el árbol
que siempre está rezando,
como el agua del cauce
fija en la eternidad!

¡Hay que arañarse el alma con garras de tristeza
para que entren las llamas
del horizonte astral!

Brotaría en la sombra del amor carcomido
una fuente de aurora
tranquila y maternal.
Desaparecerían ciudades en el viento.
Y a dios en una nube
veríamos pasar.

ESPIGAS

JUNIO DE 1919

El trigal se ha entregado a la muerte.
Ya las hoces cortan las espigas.
Cabecean los chopos hablando
con el alma sutil de la brisa.

El trigal sólo quiere silencio.
Se cuajó con el sol, y suspira
por el amplio elemento en que moran
los ensueños despiertos.
El día,
ya maduro de luz y sonido,
por los montes azules declina.

¿Qué misterioso pensamiento
conmueve a las espigas?
¿Qué ritmo de tristeza soñadora
los trigales agita?...

—¡Parecen las espigas viejos pájaros
que no pueden volar!
Son cabecitas,
que tienen el cerebro de oro puro
y expresiones tranquilas.

Todas piensan lo mismo,
todas llevan
un secreto profundo que meditan.
Arrancan a la tierra su oro vivo
y cual dulces abejas del sol, liban
el rayo abrasador con que se visten
para formar el alma de la harina.

¡Oh, qué alegre tristeza me causáis,
dulcísimas espigas!
Venís de las edades más profundas,
cantasteis en la Biblia,
y tocáis cuando os rozan los silencios
un concierto de liras.

Brotáis para alimento de los hombres.
¡Pero mirad las blancas margaritas
y los lirios que nacen *porque sí!*
¡Momias de oro sobre las campiñas!
La flor silvestre nace para el sueño
y vosotras nacéis para la vida.

MEDITACIÓN BAJO LA LLUVIA

FRAGMENTO

3 DE ENERO DE 1919

A José Mora

Ha besado la lluvia al jardín provinciano
dejando emocionantes cadencias en las hojas.
El aroma sereno de la tierra mojada
inunda el corazón de tristeza remota.

Se rasgan nubes grises en el mudo horizonte.
Sobre el agua dormida de la fuente, las gotas
se clavan, levantando claras perlas de espuma.
Fuegos fatuos que apaga el temblor de las ondas.

La pena de la tarde estremece a mi pena.
Se ha llenado el jardín de ternura monótona.
¿Todo mi sufrimiento se ha de perder, Dios mío,
como se pierde el dulce sonido de las frondas?

¿Todo el eco de estrellas que guardo sobre el alma
será luz que me ayude a luchar con mi forma?
¿Y el alma verdadera se despierta en la muerte?
¿Y esto que ahora pensamos se lo traga la sombra?

¡Oh, qué tranquilidad del jardín con la lluvia!
Todo el paisaje casto mi corazón transforma,
en un ruido de ideas humildes y apenadas
que pone en mis entrañas un batir de palomas.

Sale el sol.
El jardín desangra en amarillo.
Late sobre el ambiente una pena que ahoga.
Yo siento la nostalgia de mi infancia intranquila,
mi ilusión de ser grande en el amor, las horas
pasadas como esta contemplando la lluvia
con tristeza nativa.
Caperucita roja
iba por el sendero...
Se fueron mis historias, hoy medito, confuso,
ante la fuente turbia que del amor me brota.

¿Todo mi sufrimiento se ha de perder, Dios mío,
como se pierde el dulce sonido de las frondas?

Vuelve a llover.
El viento va trayendo a las sombras.

MANANTIAL

FRAGMENTO

1919

La sombra se ha dormido en la pradera.
Los manantiales cantan.

Frente al ancho crepúsculo de invierno
mi corazón soñaba.
¿Quién pudiera entender los manantiales,
el secreto del agua
recién nacida, ese cantar oculto
a todas las miradas
del espíritu, dulce melodía
más allá de las almas...?

Luchando bajo el peso de la sombra,
un manantial cantaba.
Yo me acerqué para escuchar su canto,
pero mi corazón no entiende nada.

Era un brotar de estrellas invisibles
sobre la hierba casta,
nacimiento del Verbo de la tierra
por un sexo sin mancha.

Mi chopo centenario de la vega
sus hojas meneaba,
y eran las hojas trémulas de ocaso
como estrellas de plata.
El resumen de un cielo de verano
era el gran chopo.
                                        Mansas
y turbias de penumbra yo sentía
las canciones del agua.

¿Qué alfabeto de auroras ha compuesto
sus oscuras palabras?
¿Qué labios las pronuncian? ¿Y qué dicen
a la estrella lejana?
¡Mi corazón es malo, Señor! Siento en mi carne
la inaplacable brasa
del pecado. Mis mares interiores
se quedaron sin playas.
Tu faro se apagó. ¡Ya los alumbra
mi corazón de llamas!
Pero el negro secreto de la noche
y el secreto del agua
¿son misterios tan sólo para el ojo
de la conciencia humana?
¿La niebla del misterio no estremece
al árbol, el insecto y la montaña?
¿El terror de las sombras no lo sienten
las piedras y las plantas?
¿Es sonido tan sólo esta voz mía?
¿Y el casto manantial no dice nada?

Mas yo siento en el agua
algo que me estremece..., como un aire
que agita los ramajes de mi alma.

—¡Sé árbol!
(Dijo una voz en la distancia.)
Y hubo un torrente de luceros
sobre el cielo sin mancha.

Yo me incrusté en el chopo centenario
con tristeza y con ansia.
Cual Dafne varonil que huye miedosa
de un Apolo de sombra y de nostalgia.
Mi espíritu fundióse con las hojas
y fue mi sangre savia.
En untuosa resina convirtióse
la fuente de mis lágrimas.
El corazón se fue con las raíces,
y mi pasión humana,
haciendo heridas en la ruda carne,
fugaz me abandonaba.

Frente al ancho crepúsculo de invierno
yo torcía las ramas
gozando de los ritmos ignorados
entre la brisa helada.

Sentí sobre mis brazos dulces nidos,
acariciar de alas,
y sentí mil abejas campesinas
que en mis dedos zumbaban.
¡Tenía una colmena de oro vivo
en las viejas entrañas!
El paisaje y la tierra se perdieron,
sólo el cielo quedaba,
y escuché el débil ruido de los astros
y el respirar de las montañas.

¿No podrán comprender mis dulces hojas
el secreto del agua?
¿Llegarán mis raíces a los reinos
donde nace y se cuaja?
Incliné mis ramajes hacia el cielo
que las ondas copiaban,
mojé las hojas en el cristalino
diamante azul que canta,
y sentí borbotar los manantiales
como de humano yo los escuchara.
Era el mismo fluir lleno de música
y de ciencia ignorada.

Al levantar mis brazos gigantescos
frente al azul, estaba
lleno de niebla espesa, de rocío
y de luz marchitada.

Tuve la gran tristeza vegetal,
el amor a las alas,
para poder lanzarse con los vientos
a las estrellas blancas.
Pero mi corazón en las raíces
triste me murmuraba:
«Si no comprendes a los manantiales,
¡muere y troncha tus ramas!»

¡Señor, arráncame del suelo! ¡Dame oídos
que entiendan a las aguas!
Dame una voz que por amor arranque
su secreto a las ondas encantadas,
para encender su faro sólo pido
aceite de palabras.

«¡Sé ruiseñor!», dice una voz perdida
en la muerta distancia,
y un torrente de cálidos luceros
brotó del seno que la noche guarda.

. . . .

. . . .

MAR

ABRIL DE 1919

El mar es
el Lucifer del azul.
El cielo caído
por querer ser la luz.

¡Pobre mar condenado
a eterno movimiento,
habiendo antes estado
quieto en el firmamento!

Pero de tu amargura
te redimió el amor.
Pariste a Venus pura,
y quedóse tu hondura
virgen y sin dolor.

Tus tristezas son bellas,
mar de espasmos gloriosos.
Mas hoy en vez de estrellas
tienes pulpos verdosos.

Aguanta tu sufrir,
formidable Satán.
Cristo anduvo por ti,
mas también lo hizo Pan.

La estrella Venus es
la armonía del mundo.
¡Calle el Eclesiastés!
Venus es lo profundo
del alma...

... Y el hombre miserable
es un ángel caído.
La tierra es el probable
Paraíso perdido.

SUEÑO

MAYO DE 1919

Iba yo montado sobre
un macho cabrío.
El abuelo me habló
y me dijo:
—Ese es tu camino.
«¡Es ese!», gritó mi sombra,
disfrazada de mendigo.
«¡Es aquel de oro!», dijeron
mis vestidos.
Un gran cisne me guiñó,
diciendo: «¡Vente conmigo!»
Y una serpiente mordía
mi sayal de peregrino.

Mirando al cielo, pensaba:
«Yo no tengo camino.
Las rosas del fin serán
como las del principio.
En niebla se convierte
la carne y el rocío.

Mi caballo fantástico me lleva
por un campo rojizo.»

«¡Déjame!», clamó, llorando,
mi corazón pensativo.
Yo lo abandoné en la tierra,
lleno de tristeza.
                    Vino
la noche llena de arrugas
y de sombras.
                    Alumbran el camino,
los ojos luminosos y azulados
de mi macho cabrío.

OTRO SUEÑO

1919

¡Una golondrina vuela
hacia muy lejos!...

Hay floraciones de rocío
sobre mi sueño,
y mi corazón da vueltas
lleno de tedio,
como un tiovivo en que la Muerte
pasea a sus hijuelos.
¡Quisiera en estos árboles
atar al tiempo
con un cable de noche negra,
y pintar luego
con mi sangre las riberas
pálidas de mis recuerdos!
¿Cuántos hijos tiene la Muerte?
¡Todos están en mi pecho!

¡Una golondrina viene
de muy lejos!

ENCINA

1919

Bajo tu casta sombra, encina vieja,
quiero sondar la fuente de mi vida
y sacar de los fangos de mi sombra
las esmeraldas líricas.

Echo mis redes sobre el agua turbia
y las saco vacías.
¡Más abajo del cieno tenebroso
están mis pedrerías!

¡Hunde en mi pecho tus ramajes santos!,
¡oh solitaria encina,
y deja en mi sub-alma
tus secretos y tu pasión tranquila!

Esta tristeza juvenil se pasa,
¡ya lo sé! La alegría
otra vez dejará sus guirnaldas
sobre mi frente herida,
aunque nunca mis redes pescarán
la oculta pedrería
de tristeza inconsciente que reluce
al fondo de mi vida.

Pero mi gran dolor trascendental
es tu dolor, encina.
Es el mismo dolor de las estrellas
y de la flor marchita.

Mis lágrimas resbalan a la tierra
y, como tus resinas,
corren sobre las aguas del gran cauce
que va a la noche fría.
Y nosotros también resbalaremos,
yo con mis pedrerías,
y tú plenas las ramas de invisibles
bellotas metafísicas.

No me abandones nunca en mis pesares,
esquelética amiga.
Cántame con tu boca vieja y casta
una canción antigua,
con palabras de tierra entrelazadas
en la azul mediodía.

Vuelvo otra vez a echar las redes sobre
la fuente de mi vida,
redes hechas con hilos de esperanza,
nudos de poesía,
y saco piedras falsas entre un cieno
de pasiones dormidas.

Con el sol del otoño toda el agua
de mi fontana vibra,
y noto que sacando sus raíces
huye de mí la encina.

INVOCACIÓN AL LAUREL

1919

A Pepe Cienfuegos

Por el horizonte confuso y doliente
venía la noche preñada de estrellas.
Yo, como el barbudo mago de los cuentos,
sabía el lenguaje de flores y piedras.

Aprendí secretos de melancolía,
dichos por cipreses, ortigas y yedras;
supe del ensueño por boca del nardo,
canté con los lirios canciones serenas.

En el bosque antiguo, lleno de negrura,
todos me mostraban sus almas cual eran:
el pinar, borracho de aroma y sonido;
los olivos viejos, cargados de ciencia;
los álamos muertos, nidales de hormigas;
el musgo, nevado de blancas violetas.

Todo hablaba dulce a mi corazón
temblando en los hilos de sonora seda
con que el agua envuelve las cosas paradas
como telaraña de armonía eterna.

Las rosas estaban soñando en la lira,
tejen las encinas oros de leyendas,
y entre la tristeza viril de los robles
dicen los enebros temores de aldea.

Yo comprendo toda la pasión del bosque:
ritmo de la hoja, ritmo de la estrella.
Mas decidme, ¡oh cedros!, si mi corazón
dormirá en los brazos de la luz perfecta.

Conozco la lira que presientes, rosa;
formé su cordaje con mi vida muerta.
¡Dime en qué remanso podré abandonarla
como se abandonan las pasiones viejas!

¡Conozco el misterio que cantas, ciprés;
soy hermano tuyo en noche y en pena;
tenemos la entraña cuajada de nidos,
tú de ruiseñores y yo de tristezas!

¡Conozco tu encanto sin fin, padre olivo,
al darnos la sangre que extraes de la Tierra,
como tú, yo extraigo con mi sentimiento
el óleo bendito
que tiene la idea!

Todos me abrumáis con vuestras canciones;
yo sólo os pregunto por la mía incierta;
ninguno queréis sofocar las ansias
de este fuego casto
que el pecho me quema.

¡Oh laurel divino, de alma inaccesible,
siempre silencioso,
lleno de nobleza!

¡Vierte en mis oídos tu historia divina,
tu sabiduría profunda y sincera!

¡Árbol que produces frutos de silencio,
maestro de besos y mago de orquestas,
formado del cuerpo rosado de Dafne
con savia potente de Apolo en tus venas!

¡Oh gran sacerdote del saber antiguo!
¡Oh mudo solemne cerrado a las quejas!
Todos tus hermanos del bosque me hablan,
¡sólo tú, severo, mi canción desprecias!

Acaso, ¡oh maestro del ritmo!, medites
lo inútil del triste llorar del poeta.
Acaso tus hojas, manchadas de luna,
pierdan la ilusión de la primavera.

La dulzura tenue del anochecer,
cual negro rocío, tapizó la senda,
teniendo de inmenso dosel a la noche,
que venía grave, preñada de estrellas.

RITMO DE OTOÑO

1920

A Manuel Ángeles

Amargura dorada en el paisaje.
El corazón escucha.

En la tristeza húmeda
el viento dijo:
—Yo soy todo de estrellas derretidas,
sangre del infinito.
Con mi roce descubro los colores
de los fondos dormidos.
Voy herido de místicas miradas,
yo llevo los suspiros
en burbujas de sangre invisibles
hacia el sereno triunfo
del amor inmortal lleno de Noche.
Me conocen los niños,
y me cuajo en tristezas.
Sobre cuentos de reinas y castillos.
Soy copa de luz. Soy incensario
de cantos desprendidos
que cayeron envueltos en azules
transparencias de ritmo.

En mi alma perdiéronse solemnes
carne y alma de Cristo,
y finjo la tristeza de la tarde
melancólico y frío.
El bosque innumerable.

Llevo las carabelas de los sueños
a lo desconocido.
Y tengo la amargura solitaria
de no saber mi fin ni mi destino—.

Las palabras del viento eran suaves,
con hondura de lirios.
Mi corazón durmióse en la tristeza
del crepúsculo.

Sobre la parda tierra de la estepa
los gusanos dijeron sus delirios.

—Soportamos tristezas
al borde del camino.
Sabemos de las flores de los bosques,
del canto monocorde de los grillos,
de la lira sin cuerdas que pulsamos,
del oculto sendero que seguimos.
Nuestro ideal no llega a las estrellas,
es sereno, sencillo;
quisiéramos hacer miel, como abejas,
o tener dulce voz o fuerte grito,
o fácil caminar sobre las hierbas,
o senos donde mamen nuestros hijos.

Dichosos los que nacen mariposas
o tienen luz de luna en su vestido.

¡Dichosos los que cortan la rosa
y recogen el trigo!
¡Dichosos los que dudan de la muerte
teniendo Paraíso,
y el aire que recorre lo que quiere
seguro de infinito!
Dichosos los gloriosos y los fuertes,
los que jamás fueron compadecidos,
los que bendijo y sonrió triunfante
el hermano Francisco.
Pasamos mucha pena
cruzando los caminos.
Quisiéramos saber lo que nos hablan
los álamos del río—.

Y en la muda tristeza de la tarde
respondióles el polvo del camino:
—Dichosos, ¡oh gusanos!, que tenéis
justa conciencia de vosotros mismos,
y formas y pasiones,
y hogares encendidos.
Yo en el sol me disuelvo
siguiendo al peregrino,
y cuando pienso ya en la luz quedarme,
caigo al suelo dormido—.

Los gusanos lloraron, y los árboles,
moviendo sus cabezas pensativos,
dijeron: —El azul es imposible.
Creíamos alcanzarlo cuando niños,
y quisiéramos ser como las águilas
ahora que estamos por el rayo heridos.
De las águilas es todo el azul—.
Y el águila a lo lejos:

—¡No, no es mío!
Porque el azul lo tienen las estrellas
entre sus claros brillos—.
Las estrellas: —Tampoco lo tenemos:
está sobre nosotras escondido—.
Y la negra distancia: —El azul
lo tiene la esperanza en su recinto—.
Y la esperanza dice quedamente
desde el reino sombrío:
—Vosotros me inventasteis, corazones—.
Y el corazón:
—¡Dios mío!—.

El otoño ha dejado ya sin hojas
los álamos del río.

El agua ha adormecido en plata vieja
al polvo del camino.
Los gusanos se hunden soñolientos
en sus hogares fríos.
El águila se pierde en la montaña;
el viento dice: —Soy eterno ritmo—.
Se oyen las nanas a las cunas pobres,
y el llanto del rebaño en el aprisco.

La mojada tristeza del paisaje
enseña como un libro
las arrugas severas que dejaron
los ojos pensadores de los siglos.

Y mientras que descansan las estrellas
sobre el azul dormido,
mi corazón ve su ideal lejano
y pregunta:

—¡Dios mío!
Pero, Dios mío, ¿a quién?
¿Quién es Dios mío?
¿Por qué nuestra esperanza se adormece
y sentimos el fracaso lírico
y los ojos se cierran comprendiendo
todo el azul?—.

Sobre el paisaje viejo y el hogar humeante
quiero lanzar mi grito,
sollozando de mí como el gusano
deplora su destino.
Pidiendo lo del hombre, Amor inmenso
y azul como los álamos del río.
Azul de corazones y de fuerza,
el azul de mí mismo,
que me ponga en las manos la gran llave
que fuerce al infinito.
Sin terror y sin miedo ante la muerte,
escarchado de amor y de lirismo,
aunque me hiera el rayo como al árbol
y me quede sin hojas y sin grito.

Ahora tengo en la frente rosas blancas
y la copa rebosando vino.

AIRE DE NOCTURNO

1919

Tengo mucho miedo
de las hojas muertas,
miedo de los prados
llenos de rocío.
Yo voy a dormirme;
si no me despiertas,
dejaré a tu lado mi corazón frío.

¿Qué es eso que suena
muy lejos?
Amor. El viento en las vidrieras,
¡amor mío!

Te puse collares
con gemas de aurora.
¿Por qué me abandonas
en este camino?
Si te vas muy lejos,
mi pájaro llora
y la verde viña
no dará su vino.

¿Qué es eso que suena
muy lejos?
Amor. El viento en las vidrieras,
¡amor mío!

Tú no sabrás nunca,
esfinge de nieve,
lo mucho que yo
te hubiera querido
esas madrugadas
cuando tanto llueve
y en la rama seca
se deshace el nido.

¿Qué es eso que suena
muy lejos?
Amor. El viento en las vidrieras,
¡amor mío!

NIDO

1919

¿Qué es lo que guardo en estos
momentos de tristeza?
¡Ay, quién tala mis bosques
dorados y floridos!
¿Qué leo en el espejo
de plata conmovida
que la aurora me ofrece
sobre el agua del río?
¿Qué gran olmo de idea
se ha tronchado en mi bosque?
¿Qué lluvia de silencio
me deja estremecido?
Si a mi amor dejé muerto
en la ribera triste,
¿qué zarzales me ocultan
algo recién nacido?

OTRA CANCIÓN

1919

(OTOÑO)

¡El sueño se deshizo para siempre!
En la tarde lluviosa
mi corazón aprende
la tragedia otoñal
que los árboles llueven.

Y en la dulce tristeza
del paisaje que muere
mis voces se quebraron.
El sueño se deshizo para siempre.
¡Para siempre! ¡Dios mío!
Va cayendo la nieve
en el campo desierto
de mi vida,
y teme
la ilusión, que va lejos,
de helarse o de perderse.

¡Cómo me dice el agua
que el sueño se deshizo para siempre!

¿El sueño es infinito?
La niebla lo sostiene,
y la niebla es tan sólo
cansancio de la nieve.

Mi ritmo va contando
que el sueño se deshizo para siempre.
Y en la tarde brumosa
mi corazón aprende
la tragedia otoñal
que los árboles llueven.

EL MACHO CABRÍO

1919

El rebaño de cabras ha pasado
junto al agua del río.
En la tarde de rosa y de zafiro,
llena de paz romántica,
yo miro
al gran macho cabrío.

¡Salve, demonio mudo!
Eres el más
intenso animal.
Místico eterno
del infierno
carnal...

¡Cuántos encantos
tiene tu barba,
tu frente ancha,
rudo Don Juan!
¡Qué gran acento el de tu mirada
mefistofélica
y pasional!

Vas por los campos
con tu manada,
hecho un eunuco
¡siendo un sultán!
Tu sed de sexo
nunca se apaga;
¡bien aprendiste
del padre Pan!

La cabra,
lenta te va siguiendo,
enamorada con humildad;
mas tus pasiones son insaciables;
Grecia vieja
te comprenderá.

¡Oh ser de hondas leyendas santas
de ascetas flacos y Satanás,
con piedras negras y cruces toscas,
con fieras mansas y cuevas hondas,
donde te vieron entre la sombra
soplar la llama
de lo sexual!

¡Machos cornudos
de bravas barbas!
¡Resumen negro a lo medieval!
Nacisteis junto con Filomnedes
entre la espuma casta del mar,
y vuestras bocas
la acariciaron
bajo el asombro del mundo astral.

Sois de los bosques llenos de rosas
donde la luz es huracán;
sois de los prados de Anacreonte,
llenos con sangre de lo inmortal.

¡Machos cabríos!
Sois metamorfosis
de viejos sátiros
perdidos ya.
Vais derramando lujuria virgen
como no tuvo otro animal.

¡Iluminados del Mediodía!
Pararse en firme
para escuchar
que desde el fondo de las campiñas
el gallo os dice:
¡Salud!, al pasar.

MARIANA PINEDA

(1925)

ROMANCE POPULAR EN TRES ESTAMPAS

A LA GRAN ACTRIZ
MARGARITA XIRGU

Federico García Lorca (1927)

PERSONAJES

MARIANA PINEDA
ISABEL LA CLAVELA
DOÑA ANGUSTIAS
AMPARO
LUCÍA
NIÑO
NIÑA
SOR CARMEN
NOVICIA 1.ª
NOVICIA 2.ª
MONJA
DON PEDRO SOTOMAYOR
FERNANDO
PEDROSA
ALEGRITO
CONSPIRADOR 1.º
CONSPIRADOR 2.º
CONSPIRADOR 3.º
CONSPIRADOR 4.º
MUJER DEL VELÓN
NIÑAS
MONJAS

PRÓLOGO

Telón representando el desaparecido arco árabe de las Cucharas y perspectiva de la plaza Bibarrambla, en Granada, encuadrado en un margen amarillento, como una vieja estampa iluminada en azul, verde, amarillo, rosa y celeste, sobre un fondo de paredes negras. Una de las casas que se vean estará pintada con escenas marinas y guirnaldas de frutas. Luz de luna. Al fondo, las niñas cantarán con acompañamiento el romance popular:

¡Oh, qué día tan triste en Granada,
que a las piedras hacía llorar
al ver que Marianita se muere
en cadalso por no declarar!

Marianita sentada en su cuarto
no paraba de considerar:
«Si Pedrosa me viera bordando
la bandera de la Libertad.»

(Más lejos.)

¡Oh, qué día tan triste en Granada,
las campanas doblar y doblar!

(De una ventana se asoma una MUJER *con un velo encendido. Cesa el coro.)*

MUJER
¡Niña! ¿No me oyes?

NIÑA *(Desde lejos.)*
¡Ya voy!

(Por debajo del arco aparece una NIÑA *vestida según la moda del año 1850, que canta):*

Como lirio cortaron el lirio,
como rosa cortaron la flor,
como lirio cortaron el lirio,
mas hermosa su alma quedó.

(Lentamente, entra en su casa. Al fondo, el coro continúa.)

¡Oh, qué día tan triste en Granada,
que a las piedras hacía llorar!

Telón lento

ESTAMPA PRIMERA

Casa de Mariana. Paredes blancas. Al fondo, balconcillos pintados de oscuro. Sobre una mesa, un frutero de cristal lleno de membrillos. Todo el techo estará lleno de esta misma fruta, colgada. Encima de la cómoda, grandes ramos de rosas de seda. Tarde de otoño. Al levantarse el telón aparece DOÑA ANGUSTIAS, *madre adoptiva de Mariana, sentada, leyendo. Viste de oscuro. Tiene un aire frío, pero es maternal al mismo tiempo.* ISABEL LA CLAVELA *viste de maja. Tiene treinta y siete años*

ESCENA I

CLAVELA *(Entrando.)*
¿Y la niña?
ANGUSTIAS *(Dejando la lectura.)*
Borda y borda lentamente.
Yo lo he visto por el ojo de la llave.
Parecía el hilo rojo, entre sus dedos,
una herida de cuchillo sobre el aire.
CLAVELA
¡Tengo un miedo!
ANGUSTIAS
¡No me digas!

CLAVELA *(Intrigada.)*

¿Se sabrá?

ANGUSTIAS

Desde luego, por Granada no se sabe.

CLAVELA

¿Por qué borda esa bandera?

ANGUSTIAS

Ella me dice
que la obligan sus amigos liberales.
(Con intención.)
Don Pedro, sobre todos; y por ellos
se expone...
(Con gesto doloroso.)
a lo que no quiero acordarme.

CLAVELA

Si pensara como antigua, le diría...
embrujada.

ANGUSTIAS *(Rápida.)*

Enamorada.

CLAVELA *(Rápida.)*

¿Sí?

ANGUSTIAS *(Vaga.)*

¿Quién sabe?
(Lírica.)
Se le ha puesto la sonrisa casi blanca,
como vieja flor abierta en un encaje.
Ella debe dejar esas intrigas.
¿Qué le importan las cosas de la calle?
Y si borda, que borde unos vestidos
para su niña, cuando sea grande.
Que si el rey no es buen rey, que no lo sea;
las mujeres no deben preocuparse.

CLAVELA

Esta noche pasada no durmió.

ANGUSTIAS

¡Si no vive! ¿Recuerdas?... Ayer tarde...

(Suena una campanilla alegremente.)

Son las hijas del Oidor. Guarda silencio.

(Sale CLAVELA, *rápida.* ANGUSTIAS *se dirige a la puerta de la derecha y llama.)*

Marianita, sal, que vienen a buscarte.

ESCENA II

Entran dando carcajadas las hijas del Oidor de la Chancillería. Visten enormes faldas de volantes y vienen con mantillas, peinadas a la moda de la época, con un clavel rojo en cada sien. LUCÍA *es rubia tostada, y* AMPARO, *morenísima, de ojos profundos y movimientos rápidos*

ANGUSTIAS *(Dirigiéndose a besarlas, con los brazos abiertos.)*

¡Las dos bellas del Campillo
por esta casa!

AMPARO *(Besa a* DOÑA ANGUSTIAS *y dice a* CLAVELA:)

¡Clavela!
¿Qué tal tu esposo el clavel?

CLAVELA *(Marchándose, disgustada, y como temiendo más bromas.)*

¡Marchito!

LUCÍA *(Llamando al orden.)*

¡Amparo!
(Besa a ANGUSTIAS.)

AMPARO *(Riéndose.)*
¡Paciencia!
¡Pero clavel que no huele,
se corta de la maceta!

LUCÍA
Doña Angustias, ¿qué os parece?

ANGUSTIAS *(Sonriendo.)*
¡Siempre tan graciosa!

AMPARO
Mientras
que mi hermana lee y relee
novelas y más novelas,
o borda en el cañamazo
rosas, pájaros y letras,
yo canto y bailo el jaleo
de Jerez, con castañuelas:
el vito, el ole, el sorongo,
y ojalá siempre tuviera
ganas de cantar, señora.

ANGUSTIAS *(Riendo.)*
¡Qué chiquilla!

(AMPARO *coge un membrillo y lo muerde.)*

LUCÍA *(Enfadada.)*
¡Estate quieta!

AMPARO *(Habla con lo agrio de la fruta entre los dientes.)*
¡Buen membrillo!
(Le da un calofrío por lo fuerte del ácido, y guiña.)

ANGUSTIAS *(Con las manos en la cara.)*
¡Yo no puedo
mirar!

LUCÍA *(Un poco sofocada.)*
¿No te da vergüenza?

AMPARO
Pero ¿no sale Mariana?
Voy a llamar a su puerta.
(Va corriendo y llama.)
¡Mariana, sal pronto, hijita!
LUCÍA
¡Perdonad, señora!
ANGUSTIAS *(Suave.)*
¡Déjala!

ESCENA III

La puerta se abre y aparece MARIANA, *vestida de malva claro, con un peinado de bucles, peineta y una gran rosa roja detrás de la oreja. No tiene más que una sortija de diamantes en su mano siniestra. Aparece preocupada, y da muestras, conforme avanza el diálogo, de vivísima inquietud. Al entrar* MARIANA *en escena, las dos muchachas corren a su encuentro*

AMPARO *(Besándola.)*
¡Cómo has tardado!
MARIANA *(Cariñosa.)*
¡Niñas!
LUCÍA *(Besándola.)*
¡Marianita!
AMPARO
¡A mí otro beso!
LUCÍA
¡Y otro a mí!
MARIANA
¡Preciosas!

(A DOÑA ANGUSTIAS.)
¿Trajeron una carta?

ANGUSTIAS
¡No!
(Queda pensativa.)

AMPARO *(Acariciándola.)*
Tú, siempre
joven y guapa.

MARIANA *(Sonriendo con amargura.)*
¡Ya pasé los treinta!

AMPARO
¡Pues parece que tienes quince!

(Se sientan en un amplio sofá, una a cada lado. DOÑA ANGUSTIAS *recoge su libro y arregla una cómoda.)*

MARIANA *(Siempre con un dejo de melancolía.)*
¡Amparo!
¡Viudita y con dos niños!

LUCÍA
¿Cómo siguen?

MARIANA
Han llegado ahora mismo del colegio.
Y estarán en el patio.

ANGUSTIAS
Voy a ver.
No quiero que se mojen en la fuente.
¡Hasta luego, hijas mías!

LUCÍA *(Fina siempre.)*
¡Hasta luego!

(Se va DOÑA ANGUSTIAS.)

ESCENA IV

MARIANA

Tu hermano Fernando, ¿cómo sigue?

LUCÍA

Dijo

que vendría a buscarnos, para saludarte.
(Ríe.)
Se estaba poniendo su levita azul.
Todo lo que tienes le parece bien.
Quiere que vistamos como tú te vistes.
Ayer...

AMPARO *(Que tiene siempre que hablar, la interrumpe.)*

Ayer mismo nos dijo que tú

(LUCÍA *queda seria.)*

tenías en los ojos... ¿Qué dijo?

LUCÍA *(Enfadada.)*

¿Me dejas

hablar?
(Hace intención de hacerlo.)

AMPARO *(Rápida.)*

¡Ya me acuerdo! Dijo que en tus ojos
había un constante desfile de pájaros.

(Le coge la cabeza por la barbilla y le mira los ojos.)

Un temblor divino, como de agua clara,
sorprendida siempre bajo el arrayán,
o temblor de luna sobre una pecera
donde un pez de plata finge rojo sueño.

LUCÍA *(Sacudiendo a* MARIANA.)
¡Mira! Lo segundo son inventos de ella.
(Ríe.)
AMPARO
¡Lucía, eso dijo!
MARIANA
¡Qué bien me causáis
con vuestra alegría de niñas pequeñas!
La misma alegría que debe sentir
el gran girasol, al amanecer,
cuando sobre el tallo de la noche vea
abrirse el dorado girasol del cielo.
(Les coge las manos.)
La misma alegría que la viejecilla
siente cuando el sol se duerme en sus manos
y ella lo acaricia creyendo que nunca
la noche y el frío cercarán su casa.
LUCÍA
¡Te encuentro muy triste!
AMPARO
¿Qué tienes?

(Entra CLAVELA.)

MARIANA *(Levantándose rápidamente.)*
¡Clavela!
¿Llegó? ¡Di!
CLAVELA *(Triste.)*
¡Señora, no ha venido nadie!
(Cruza la escena y se va.)
LUCÍA
Si esperas visita, nos vamos.
AMPARO
Lo dices,
y salimos.

MARIANA *(Nerviosa.)*

¡Niñas, tendré que enfadarme!

AMPARO

No me has preguntado por mi estancia en Ronda.

MARIANA

Es verdad que fuiste, ¿y has vuelto contenta?

AMPARO

Mucho. Todo el día baila que te baila.

(MARIANA *está inquieta, y, llena de angustia, mira a las puertas y se distrae.)*

LUCÍA *(Seria.)*

Vamos, Amparo.

MARIANA *(Inquieta por algo que ocurre fuera de la escena.)*

¡Cuéntame! Si vieras
cómo necesito de tu fresca risa,
cómo necesito de tu gracia joven.
Mi alma tiene el mismo color del vestido.
(MARIANA *sigue de pie.)*

AMPARO

Qué cosas tan lindas dices, Marianilla.

LUCÍA

¿Quieres que te traiga una novela?

AMPARO

Tráele
la plaza de toros de la ilustre Ronda.

(Ríen. Se levanta y se dirige a MARIANA.)

¡Siéntate!

(MARIANA *se sienta y la besa.)*

MARIANA *(Resignada.)*
¿Estuviste en los toros?

LUCÍA
¡Estuvo!

AMPARO
En la corrida más grande
que se vio en Ronda la vieja.
Cinco toros de azabache,
con divisa verde y negra.
Yo pensaba siempre en ti;
yo pensaba: si estuviera
conmigo mi triste amiga,
mi Marianita Pineda.
Las niñas venían gritando
sobre pintadas calesas
con abanicos redondos
bordados de lentejuelas.
Y los jóvenes de Ronda
sobre jacas pintureras,
los anchos sombreros grises
calados hasta las cejas.
La plaza, con el gentío
(calañés y altas peinetas)
giraba como un zodíaco
de risas blancas y negras.
Y cuando el gran Cayetano
cruzó la pajiza arena
con traje color manzana,
bordado de plata y seda,
destacándose gallardo
entre la gente de brega
frente a los toros zaínos
que España cría en su tierra,
parecía que la tarde

se ponía más morena.
¡Si hubieras visto con qué
gracia movía las piernas!
¡Qué gran equilibrio el suyo
con la capa y la muleta!
Ni Pepe-Hillo ni nadie
toreó como él torea.
Cinco toros mató; cinco,
con divisa verde y negra.
En la punta de su estoque
cinco flores dejó abiertas,
y a cada instante rozaba
los hocicos de las fieras,
como una gran mariposa
de oro con alas bermejas.
La plaza, al par que la tarde,
vibraba fuerte, violenta,
y entre el olor de la sangre
iba el olor de la sierra.
Yo pensaba siempre en ti;
yo pensaba: si estuviera
conmigo mi triste amiga,
mi Marianita Pineda.
. . . .

MARIANA *(Emocionada y levantándose.)*
¡Yo te querré siempre a ti
tanto como tú me quieras!

LUCÍA *(Se levanta.)*
Nos retiramos; si sigues
escuchando a esta torera,
hay corrida para rato.

AMPARO
Y dime: ¿estás más contenta?;

porque este cuello, ¡oh, qué cuello!,
(La besa en el cuello.)
no se hizo para la pena.

LUCÍA *(En la ventana.)*
Hay nubes por Parapanda.
Lloverá, aunque Dios no quiera.

AMPARO
¡Este invierno va a ser de agua!
¡No podré lucir!

LUCÍA
¡Coqueta!

AMPARO
¡Adiós, Mariana!

MARIANA
¡Adiós, niñas!

(Se besan.)

AMPARO
¡Que te pongas más contenta!

MARIANA
Tardecillo es. ¿Queréis
que os acompañe Clavela?

AMPARO
¡Gracias! Pronto volveremos.

LUCÍA
¡No bajes, no!

MARIANA
¡Hasta la vuelta!

(Salen.)

ESCENA V

MARIANA *atraviesa rápidamente la escena y mira la hora en uno de esos grandes relojes dorados, donde sueña toda la poesía exquisita de la hora y el siglo. Se asoma a los cristales y ve la última luz de la tarde*

MARIANA

Si toda la tarde fuera
como un gran pájaro, ¡cuántas
duras flechas lanzaría
para cerrarle las alas!
Hora redonda y oscura
que me pesa en las pestañas.
Dolor de viejo lucero
detenido en mi garganta.
Ya debieran las estrellas
asomarse a mi ventana
y abrirse lentos los pasos
por la calle solitaria.
¡Con qué trabajo tan grande
deja la luz a Granada!
Se enreda entre los cipreses
o se esconde bajo el agua.
¡Y esta noche que no llega!
(Con angustia.)
¡Noche temida y soñada;
que me hieres ya de lejos
con larguísimas espadas!

FERNANDO *(En la puerta.)*
Buenas tardes.

MARIANA *(Asustada.)*
¿Qué?
(Reponiéndose.)
¡Fernando!

FERNANDO
¿Te asusto?

MARIANA
No te esperaba
(Reponiéndose.)
y tu voz me sorprendió.

FERNANDO
¿Se han ido ya mis hermanas?

MARIANA
Ahora mismo. Se olvidaron
de que vendrías a buscarlas.

(FERNANDO *viste elegantemente la moda de la época. Mira y habla apasionadamente. Tiene dieciocho años. A veces le temblará la voz y se turbará a menudo.)*

FERNANDO
¿Interrumpo?

MARIANA
Siéntate.

(Se sientan.)

FERNANDO *(Lírico.)*
¡Cómo me gusta tu casa!
Con este olor a membrillos.
(Aspira.)
Y qué preciosa fachada
tienes..., llena de pinturas
de barcos y de guirnaldas.

MARIANA *(Interrumpiéndole.)*
¿Hay mucha gente en la calle?
(Inquieta.)

FERNANDO *(Sonríe.)*

¿Por qué preguntas?

MARIANA *(Turbada.)*

Por nada.

FERNANDO

Pues hay mucha gente.

MARIANA *(Impaciente.)*

¿Dices?

FERNANDO

Al pasar por Bibarrambla
he visto dos o tres grupos
de gente envuelta en sus capas,
que aguantando el airecillo
a pie firme comentaban
el suceso.

MARIANA *(Ansiosamente.)*

¿Qué suceso?

FERNANDO

¿Sospechas de qué se trata?

MARIANA

¿Cosas de masonería?

FERNANDO

Un capitán que se llama...

(MARIANA *está como en vilo.)*

no recuerdo..., liberal,
prisionero de importancia,
se ha fugado de la cárcel
de la Audiencia.
(Viendo a MARIANA.)

¿Qué te pasa?

MARIANA

Ruego a Dios por él. ¿Se sabe
si le buscan?

FERNANDO

Ya marchaban,
antes de venir yo aquí,
un grupo de tropas hacia
el Genil y sus puentes
para ver si lo encontraban,
y es fácil que lo detengan
camino de la Alpujarra.
¡Qué triste es esto!

MARIANA *(Llena de angustia.)*

¡Dios mío!

FERNANDO

Y las gentes cómo aguantan.
Señores, ya es demasiado.
El preso, como un fantasma,
se escapó; pero Pedrosa
ya buscará su garganta.
Pedrosa conoce el sitio
donde la vena es más ancha,
por donde brota la sangre
más caliente y encarnada.
¡Qué chacal! ¿Tú le conoces?

(La luz se va retirando de la escena.)

MARIANA

Desde que llegó a Granada.

FERNANDO *(Sonriendo.)*

¡Bravo amigo, Marianita!

MARIANA

Le conocí por desgracia.
Él está amable conmigo
y hasta viene por mi casa,
sin que yo pueda evitarlo.
¿Quién le impediría la entrada?

FERNANDO
Ojo, que es un viejo verde.
MARIANA
Es un hombre que me espanta.
FERNANDO
¡Qué gran alcalde del crimen!
MARIANA
¡No puedo mirar su cara!
FERNANDO *(Serio.)*
¿Te da mucho miedo?
MARIANA
¡Mucho!
Ayer tarde yo bajaba
por el Zacatín. Volvía
de la iglesia de Santa Ana,
tranquila; pero de pronto
vi a Pedrosa. Se acercaba,
seguido de dos golillas,
entre un grupo de gitanas.
¡Con un aire y un silencio!...
¡Él notó que yo temblaba!

(La escena está en una dulce penumbra.)

FERNANDO
¡Bien supo el rey lo que se hizo
al mandarlo aquí a Granada!
MARIANA *(Levantándose.)*
Ya es noche. ¡Clavela! ¡Luces!
FERNANDO
Ahora los ríos sobre España,
en vez de ser ríos son
largas cadenas de agua.

MARIANA

Por eso hay que mantener
la cabeza levantada.

CLAVELA *(Entrando con dos candelabros.)*

¡Señora, las luces!

MARIANA *(Palidísima y en acecho.)*

¡Déjalas!

(Llaman fuertemente a la puerta.)

CLAVELA

¡Están llamando!
(Coloca las luces.)

FERNANDO *(Al ver a* MARIANA *descompuesta.)*

¡Mariana!
¿Por qué tiemblas de ese modo?

MARIANA *(A* CLAVELA, *gritando en voz baja.)*

¡Abre pronto, por Dios, anda!

(Sale CLAVELA *corriendo.* MARIANA *queda en actitud expectante junto a la puerta, y* FERNANDO, *de pie.)*

ESCENA VI

FERNANDO

Sentiría en el alma ser molesto...
Marianita, ¿qué tienes?

MARIANA *(Angustiada exquisitamente.)*

Esperando,
los segundos se alargan de manera
irresistible.

FERNANDO *(Inquieto.)*
¿Bajo yo?
MARIANA
Un caballo
se aleja por la calle. ¿Tú lo sientes?
FERNANDO
Hacia la vega corre.

(Pausa.)

MARIANA
Ya ha cerrado
el postigo Clavela.
FERNANDO
¿Quién será?
MARIANA *(Turbada y reprimiendo una honda angustia.)*
¡Yo no lo sé!
(Aparte.)
¡Ni siquiera pensarlo!
CLAVELA *(Entrando.)*
Una carta, señora.

(MARIANA *coge la carta ávidamente.)*

FERNANDO *(Aparte.)*
¡Qué será!
CLAVELA
Me la entregó un jinete. Iba embozado
hasta los ojos. Tuve mucho miedo.
Soltó las bridas y se fue volando
hacia lo oscuro de la plazoleta.
FERNANDO
Desde aquí lo sentimos.
MARIANA
¿Le has hablado?

CLAVELA
Ni yo le dije nada, ni él a mí.
Lo mejor es callar en estos casos.

(FERNANDO *cepilla el sombrero con su manga, tiene el semblante inquieto.)*

MARIANA *(Con la carta.)*
¡No la quisiera abrir! ¡Ay, quién pudiera
en esta realidad estar soñando!
¡Señor, no me quitéis lo que más quiero!

(Rasga la carta y lee.)

FERNANDO
(A CLAVELA, *ansiosamente.)*
Estoy confuso. ¡Esto es tan extraño!
Tú sabes lo que tiene. ¿Qué le ocurre?
CLAVELA
Ya le he dicho que no lo sé.
FERNANDO *(Discreto.)*
Me callo.
Pero...
CLAVELA *(Continuando la frase.)*
¡Pobre doña Mariana mía!
MARIANA *(Agitada.)*
¡Acércame, Clavela, el candelabro!

(CLAVELA *se lo acerca corriendo.* FERNANDO *cuelga lentamente la capa sobre sus hombros.)*

CLAVELA *(A* MARIANA.)
¡Dios nos guarde, señora de mi vida!

FERNANDO *(Azorado e inquieto.)*
Con tu permiso...
MARIANA *(Queriendo reponerse.)*
¿Ya te vas?
FERNANDO
Me marcho;
voy al café de la Estrella.
MARIANA *(Tierna y suplicante.)*
Perdona
estas inquietudes...
FERNANDO *(Digno.)*
¿Necesitas algo?
MARIANA *(Conteniéndose.)*
Gracias... Son asuntos familiares hondos,
y tengo yo misma que solucionarlos.
FERNANDO
Yo quisiera verte contenta. Diré
a mis hermanillas que vengan un rato,
y ojalá pudiera prestarte mi ayuda.
Adiós, que descanses.
(Le estrecha la mano.)
MARIANA
Adiós.
FERNANDO *(A* CLAVELA.)
Buenas noches.
CLAVELA
Salga, que yo le acompaño.
(Se van.)
MARIANA *(En el momento de salir* FERNANDO, *da rienda suelta a su angustia.)*
¡Pedro de mi vida! ¿Pero quién irá?
Ya cercan mi casa los días amargos.
Y este corazón, ¿adónde me lleva,
que hasta de mis hijos me estoy olvidando?

¡Tiene que ser pronto y no tengo a nadie!
¡Yo misma me asombro de quererle tanto!
¿Y si le dijese... y él lo comprendiera?
¡Señor, por la llaga de vuestro costado!
(Sollozando.)
Por las clavellinas de su dulce sangre,
enturbia la noche para los soldados.
(En un arranque, viendo el reloj.)
¡Es preciso! ¡Tengo que atreverme a todo!
(Sale corriendo hacia la puerta.)
¡Fernando!

CLAVELA *(Que entra.)*
¡En la calle, señora!

MARIANA *(Asomándose rápidamente a la ventana.)*
¡Fernando!

CLAVELA *(Con las manos cruzadas.)*
¡Ay, doña Mariana, qué malita está!
Desde que usted puso sus preciosas manos
en esa bandera de los liberales,
aquellos colores de flor de granado
desaparecieron de su cara.

MARIANA *(Reponiéndose.)*
Abre,
y respeta y ama lo que estoy bordando.

CLAVELA *(Saliendo.)*
Dios dirá; los tiempos cambian con el tiempo.
Dios dirá. ¡Paciencia!
(Sale.)

MARIANA
Tengo, sin embargo,
que estar muy serena, muy serena; aunque
me siento vestida de temblor y llanto.

ESCENA VII

Aparece en la puerta FERNANDO, *con el alto sombrero de cintas entre sus manos enguantadas. Le precede* CLAVELA

FERNANDO *(Entrando, apasionado.)*
¿Qué quieres?
MARIANA *(Firme.)*
Hablar contigo.
(A CLAVELA.*)*
Puedes irte.
CLAVELA
(Marchándose, resignada.)
¡Hasta mañana!
(Se va, turbada, mirando con ternura y tristeza a su señora. Pausa.)
FERNANDO
Dime, pronto.
MARIANA
¿Eres mi amigo?
FERNANDO
¿Por qué preguntas, Mariana?

(MARIANA *se sienta en una silla, de perfil al público, y* FERNANDO *junto a ella, un poco de frente, componiendo una clásica estampa de la época.)*

¡Ya sabes que siempre fui!
MARIANA
¿De corazón?
FERNANDO
¡Soy sincero!

MARIANA
¡Ojalá que fuese así!
FERNANDO
Hablas con un caballero.
(Poniéndose la mano sobre la blanca pechera.)
MARIANA *(Segura.)*
¡Lo sé!
FERNANDO
¿Qué quieres de mí?
MARIANA
Quizá quiera demasiado
y por eso no me atrevo.
FERNANDO
No quieras ver disgustado
este corazón tan nuevo.
Te sirvo con alegría.
MARIANA *(Temblorosa.)*
Fernando, ¿y si fuera...?
FERNANDO *(Ansiosamente.)*
¿Qué?
MARIANA
Algo peligroso.
FERNANDO *(Decidido.)*
Iría.
Con toda mi buena fe.
MARIANA
¡No puedo pedirte nada!
Pero esto no puede ser.
Como dicen por Granada,
¡soy una loca mujer!
FERNANDO *(Tierno.)*
Marianita.
MARIANA
¡Yo no puedo!

FERNANDO
¿Por qué me llamaste? ¿Di?
MARIANA *(En un arranque trágico.)*
Porque tengo mucho miedo,
de morirme sola aquí.
FERNANDO
¿De morirte?
MARIANA *(Tierna y desesperada.)*
Necesito,
para seguir respirando,
que tú me ayudes, mocito.
FERNANDO *(Lleno de pasión.)*
Mis ojos te están mirando,
y no lo debes dudar.
MARIANA
Pero mi vida está fuera,
por el aire, por la mar,
por donde yo no quisiera.
FERNANDO
¡Dichosa la sangre mía
si puede calmar tu pena!
MARIANA
No; tu sangre aumentaría
el grosor de mi cadena.

(Se lleva decidida las manos al pecho para sacar la carta. FERNANDO *tiene una actitud expectante y conmovida.)*

¡Confío en tu corazón!
(Saca la carta. Duda.)
¡Qué silencio el de Granada!
Fija, detrás del balcón,
hay puesta en mí una mirada.

FERNANDO *(Extrañado.)*
¿Qué estás hablando?
MARIANA
Me mira
(Levantándose.)
la garganta, que es hermosa,
y toda mi piel se estira.
¿Podrás conmigo, Pedrosa?
(En un arranque.)
Toma esta carta, Fernando.
Lee despacio y entendiendo.
¡Sálvame! Que estoy dudando
si podré seguir viviendo.

(FERNANDO *coge la carta y la desdobla. En este momento, el reloj da las ocho lentamente. Las luces topacio y amatista de las velas hacen temblar líricamente la habitación.* MARIANA *pasea la escena y mira angustiada al joven. Éste lee el comienzo de la carta y tiene un exquisito, pero contenido, gesto de dolor y desaliento. Pausa, en la que se oye el reloj y se siente la angustia de* MARIANITA.)

FERNANDO *(Leyendo la carta, con sorpresa, y mirando asombrado y triste a* MARIANA.)
«Adorada Marianita.»
MARIANA
No interrumpas la lectura.
Un corazón necesita
lo que pide en la escritura.
FERNANDO *(Leyendo, desalentado, aunque sin afectación.)*
«Adorada Marianita: Gracias al traje de capuchino, que tan diestramente hiciste llegar a mi poder, me he fu-

gado de la torre de Santa Catalina, confundido con otros frailes, que salían de asistir a un reo de muerte. Esta noche, disfrazado de contrabandista, tengo absoluta necesidad de salir para Válor y Cadiar, donde espero tener noticias de los amigos. Necesito antes de las nueve el pasaporte que tienes en tu poder y una persona de tu absoluta confianza que espere con un caballo, más arriba de la presa del Genil, para, río adelante, internarme en la sierra. Pedrosa estrechará el cerco como él sabe, y si esta misma noche no parto, estoy irremisiblemente perdido. Me encuentro en la casa del viejo don Luis, que no lo sepa nadie de tu familia. No hagas por verme, pues me consta que estás vigilada. Adiós, Mariana. Todo sea por nuestra divina madre la libertad. Dios me salvará. Adiós, Mariana. Un abrazo y el alma de tu amante.—*Pedro de Sotomayor.*»
(Enamoradísimo.)
¡Mariana!

MARIANA *(Rápida, llevándose una mano a los ojos.)*
¡Me lo imagino!
Pero silencio, Fernando.

FERNANDO *(Dramático.)*
¡Cómo has cortado el camino
de lo que estaba soñando!

(MARIANA *protesta mímicamente.)*

No es tuya la culpa, no;
ahora tengo que ayudar
a un hombre que empiezo a odiar,
y el que te quiere soy yo.
El que de niño te amara
lleno de amarga pasión.
Mucho antes de que robara
don Pedro tu corazón.

¡Pero quién te deja en esta
triste angustia del momento!
Y torcer mi sentimiento
¡ay qué trabajo me cuesta!

MARIANA *(Orgullosa.)*
¡Pues iré sola!
(Humilde.)
¡Dios mío,
tiene que ser al instante!

FERNANDO
Yo iré en busca de tu amante
por la ribera del río.

MARIANA *(Orgullosa y corrigiendo la timidez y tristeza de* FERNANDO *al decir «amante».)*
Decirte cómo le quiero
no me produce rubor.
Me escuece dentro su amor
y relumbra todo entero.
Él ama la libertad
y yo la quiero más que él.
Lo que dice es mi verdad
agria, que me sabe a miel.
Y no me importa que el día
con la noche se enturbiara,
que con la luz que emanara
su espíritu viviría.
Por este amor verdadero
que muerde mi alma sencilla
me estoy poniendo amarilla
como la flor del romero.

FERNANDO *(Fuerte.)*
Mariana, dejo que vuelen
tus quejas. Mas ¿no has oído

que el corazón tengo herido
y las heridas me duelen?

MARIANA *(Popular.)*
Pues si mi pecho tuviera
vidrieritas de cristal,
te asomaras y lo vieras
gotas de sangre llorar.

FERNANDO
¡Basta! ¡Dame el documento!

(MARIANA *va a una cómoda rápidamente.)*

¿Y el caballo?

MARIANA *(Sacando los papeles.)*
En el jardín.
Si vas a marchar, al fin,
no hay que perder un momento.

FERNANDO *(Rápido y nervioso.)*
Ahora mismo.

(MARIANA *le da los papeles.)*

¿Y aquí va?...

MARIANA *(Desazonada.)*
Todo.

FERNANDO *(Guardándose el documento en la levita.)*
¡Bien!

MARIANA
¡Perdón, amigo!
Que el Señor vaya contigo.
Yo espero que así sea.

FERNANDO *(Natural, digno y suave, poniéndose lentamente la capa.)*
Yo espero que así será.
Está la noche cerrada.

No hay luna, y aunque la hubiera,
los chopos de la ribera
dan una sombra apretada.
Adiós.
(Le besa la mano.)
Y seca ese llanto,
pero quédate sabiendo
que nadie te querrá tanto
como yo te estoy queriendo.
Que voy con esta misión
para no verte sufrir,
torciendo el hondo sentir
de mi propio corazón.
(Inicia el mutis.)

MARIANA
Evita guarda o soldado...

FERNANDO *(Mirándola con ternura.)*
Por aquel sitio no hay gente.
Puedo marchar descuidado.
(Amargamente irónico.)
¿Qué quieres más?

MARIANA *(Turbada y balbuciente.)*
Sé prudente.

FERNANDO *(En la puerta, poniéndose el sombrero.)*
Ya tengo el alma cautiva;
desecha todo temor.
Prisionero soy de amor,
y lo seré mientras viva.

MARIANA
Adiós.
(Coge el candelero.)

FERNANDO
No salgas, Mariana.
El tiempo corre, y yo quiero

pasar el puente primero
que don Pedro. Hasta mañana.

(Salen.)

ESCENA VIII

La escena queda solitaria medio segundo. Apenas han salido MARIANA *y* FERNANDO *por una puerta, cuando aparece* DOÑA ANGUSTIAS *por la de enfrente, con un candelabro. El fino y otoñal perfume de los membrillos invade el ambiente*

ANGUSTIAS
Niña, ¿dónde estás? ¡Niña!
Pero, señor, ¿qué es esto?
¿Dónde estabas?

MARIANA *(Entrando con un candelabro.)*
Salía
con Fernando...

ANGUSTIAS
¡Qué juego
inventaron los niños!
Regáñales.

MARIANA *(Dejando el candelabro.)*
¿Qué hicieron?

ANGUSTIAS
¡Mariana, la bandera
que bordas en secreto...

MARIANA *(Interrumpiendo, dramáticamente.)*
¿Qué dices?

ANGUSTIAS
... han hallado
en el armario viejo

y se han tendido en ella
fingiéndose los muertos!
Tilín, talán; abuela,
dile al curita nuestro
que traiga banderolas
y flores de romero;
que traigan encarnadas
clavellinas del huerto.
Ya vienen los obispos,
decían *uri memento*,
y cerraban los ojos
poniéndose muy serios.
Serán cosas de niños;
está bien. Mas yo vengo
muy mal impresionada,
y me da mucho miedo
la dichosa bandera.

MARIANA *(Aterrada.)*
¿Pero cómo la vieron?
¡Estaba bien oculta!

ANGUSTIAS
Mariana, ¡triste tiempo
para esta antigua casa,
que derrumbarse veo,
sin un hombre, sin nadie,
en medio del silencio!
Y luego, tú...

MARIANA *(Desorientada y con aire trágico.)*
¡Por Dios!

ANGUSTIAS
Mariana, ¿tú qué has hecho?
Cercar estas paredes
de guardianes secretos.

MARIANA

Tengo el corazón loco
y no sé lo que quiero.

ANGUSTIAS

¡Olvídalo, Mariana!

MARIANA *(Con pasión.)*

¡Olvidarlo no puedo!

(Se oyen risas de niños.)

ANGUSTIAS (*Haciendo señas para que* MARIANA *calle.*)

Los niños.

MARIANA

Vamos pronto.
¿Cómo alcanzaron eso?

ANGUSTIAS

Así pasan las cosas.
¡Mariana, piensa en ellos!
(Coge un candelabro.)

MARIANA

Sí, sí; tienes razón.
Tienes razón. ¡No pienso!

(Salen.)

Telón

ESTAMPA SEGUNDA

Sala principal en la casa de MARIANA. *Entonación en grises, blancos y marfiles, como una antigua litografía. Estrado blanco, a estilo Imperio. Al fondo, una puerta con una cortina gris, y puertas laterales. Hay una consola con urna y grandes ramos de flores de seda. En el centro de la habitación, un pianoforte y candelabros de cristal. Es de noche. Están en escena la* CLAVELA *y los* NIÑOS DE MARIANA. *Visten la deliciosa moda infantil de la época. La* CLAVELA *está sentada, y a los lados, en taburetes, los niños. La estancia es limpia y modesta, aunque conservando ciertos muebles de lujo heredados por* MARIANA

ESCENA I

CLAVELA
    No cuento más.
    (Se levanta.)
NIÑO *(Tirándole del vestido.)*
    Cuéntanos otra cosa.
CLAVELA
    ¡Me romperás el vestido!
NIÑA *(Tirando.)*
                                                  Es muy malo.

CLAVELA *(Echándoselo en cara.)*
Tu madre lo compró.
NIÑO *(Riendo y tirando del vestido para que se siente.)*
¡Clavela!
CLAVELA *(Sentándose a la fuerza y riendo también.)*
¡Niños!
NIÑA
El cuento aquel del príncipe gitano.
CLAVELA
Los gitanos no fueron nunca príncipes.
NIÑA
¿Y por qué?
NIÑO
No los quiero a mi lado.
Sus madres son las brujas.
NIÑA *(Enérgica.)*
¡Embustero!
CLAVELA *(Reprendiéndola.)*
¡Pero niña!
NIÑA
Si ayer vi yo rezando
al Cristo de la Puerta Real dos de ellos.
Tenían unas tijeras así... y cuatro
borriquitos peludos que miraban...
con unos ojos... y movían los rabos
dale que le das. ¡Quién tuviera alguno!
NIÑO *(Doctoral.)*
Seguramente los habían robado.
CLAVELA
Ni tanto ni tan poco. ¿Qué se sabe?

(Los NIÑOS *se hacen burla sacando la lengua.)*

¡Chitón!

NIÑO

¿Y el romancillo del bordado?

NIÑA

¡Ay duque de Lucena! ¿Cómo dice?

NIÑO

Olivarito, olivo..., está bordado.
(Como recordando.)

CLAVELA

Os lo diré; pero cuando se acabe,
en seguida a dormir.

NIÑO

Bueno.

NIÑA

¡Enterados!

CLAVELA *(Se persigna lentamente, y los* NIÑOS *la imitan, mirándola.)*

Bendita sea por siempre
la Santísima Trinidad,
y guarde al hombre en la sierra
y al marinero en el mar.
A la verde, verde orilla
del olivarito está...

NIÑA *(Tapando con una mano la boca a* CLAVELA *y continuando ella.)*

Una niña bordando.
¡Madre! ¿Qué bordará?

CLAVELA *(Encantada de que la* NIÑA *lo sepa.)*

Las agujas de plata,
bastidor de cristal,
bordaba una bandera,
cantar que te cantar.
Por el olivo, olivo,
¡madre, quién lo dirá!

NIÑO *(Continuando.)*
Venía un andaluz,
bien plantado y galán.

(Aparece por la puerta del fondo MARIANA, *vestida de amarillo claro, un amarillo de libro viejo, y oye el romance, glosando con gestos lo que en ella evoca la idea de bandera y muerte.)*

CLAVELA
Niña, la bordadora,
mi vida, ¡no bordar!,
que el duque de Lucena
duerme y dormirá.

NIÑA
La niña le responde:
«No dices la verdad:
el duque de Lucena
me ha mandado bordar
esta roja bandera
porque a la guerra va.»

NIÑO
Por las calles de Córdoba
lo llevan a enterrar,
muy vestido de fraile
en caja de coral.

NIÑA *(Como soñando.)*
La albahaca y los claveles
sobre la caja van,
y un verderol antiguo
cantando el pío pa.

CLAVELA *(Con sentimiento.)*
¡Ay duque de Lucena,
ya no te veré más!

La bandera que bordo
de nada servirá.
En el olivarito
me quedaré a mirar
cómo el aire menea
las hojas al pasar.

NIÑO

Adiós, niña bonita,
espigada y juncal,
me voy para Sevilla,
donde soy capitán.

CLAVELA

Y a la verde, verde orilla
del olivarito está
una niña morena
llorar que te llorar.

(Los NIÑOS *hacen un gesto de satisfacción. Han seguido el romance con alto interés.)*

ESCENA II

MARIANA *(Avanzando.)*

Es hora de acostarse.

CLAVELA *(Levantándose y a los* NIÑOS.*)*

¿Habéis oído?

NIÑA *(Besando a* MARIANA.*)*

Mamá, acuéstanos tú.

MARIANA

Hija, no puedo,
yo tengo que coserte una capita.

NIÑO

¿Y para mí?

CLAVELA *(Riendo.)*

¡Pues claro está!

MARIANA

Un sombrero
con una cinta verde y dos naranja.
(Lo besa.)

CLAVELA

¡A la costa, mis niños!

NIÑO *(Volviendo.)*

Yo lo quiero
como los hombres: alto y grande, ¿sabes?

MARIANA

¡Lo tendrás, primor mío!

NIÑA

Y entra luego;
me gustará sentirte, que esta noche
no se ve nada y hace mucho viento.

MARIANA *(Bajo, a* CLAVELA.)

Cuando acabes, te bajas a la puerta.

CLAVELA

Pronto será; los niños tienen sueño.

MARIANA

¡Que recéis sin reíros!

CLAVELA

¡Sí, señora!

MARIANA *(En la puerta.)*

Una salve a la Virgen y dos credos
al Santo Cristo del Mayor Dolor,
para que nos protejan.

NIÑA

Rezaremos
la oración de San Juan y la que ruega
por caminantes y por marineros.

(Entran. Pausa.)

ESCENA III

MARIANA *(En la puerta.)*
Dormir tranquilamente, niños míos,
mientras que yo, perdida y loca, siento
(Lentamente.)
quemarse con su propia lumbre viva
esta rosa de sangre de mi pecho.
Soñar en la verbena y el jardín
de Cartagena, luminoso y fresco,
y en la pájara pinta que se mece
en las ramas del verde limonero.
Que yo también estoy dormida, niños,
y voy volando por mi propio sueño,
como van, sin saber adónde van,
los tenues vilanicos por el viento.

ESCENA IV

Aparece DOÑA ANGUSTIAS *en la puerta y en un aparte*

ANGUSTIAS
Vieja y honrada casa, ¡qué locura!
(A MARIANA.)
Tienes una visita.
MARIANA
¿Quién?
ANGUSTIAS
¡Don Pedro!
(MARIANA *sale corriendo hacia la puerta.)*
¡Serénate, hija mía! ¡No es tu esposo!
MARIANA
Tienes razón. ¡Pero no puedo!

ESCENA V

MARIANA *llega corriendo a la puerta en el momento en que* DON PEDRO *entra por ella.* DON PEDRO *tiene treinta y seis años. Es un hombre simpático, sereno y fuerte. Viste correctamente y habla de una manera dulce.* MARIANA *le tiende los brazos y le estrecha las manos.* DOÑA ANGUSTIAS *adopta una triste y reservada actitud. Pausa*

PEDRO *(Efusivo.)*
Gracias, Mariana, gracias.
MARIANA *(Casi sin hablar.)*
Cumplí con mi deber.

(Durante esta escena dará MARIANA *muestras de una vehementísima y profunda pasión.)*

PEDRO *(Dirigiéndose a* DOÑA ANGUSTIAS.)
Muchas gracias, señora.
ANGUSTIAS *(Triste.)*
¿Y por qué? Buenas noches.
(A MARIANA.)
Yo me voy
con los niños.
(Aparte.)
¡Ay, pobre Marianita!

(Sale. Al salir ANGUSTIAS, PEDRO, *efusivo, enlaza a* MARIANA *por el talle.)*

PEDRO *(Apasionado.)*
¡Quién pudiera pagarte lo que has hecho por mí!

Toda mi sangre es nueva, porque tú me la has dado
exponiendo tu débil corazón al peligro.
¡Ay, qué miedo tan grande tuve por él, Mariana!

MARIANA *(Cerca y abandonada.)*
¿De qué sirve mi sangre, Pedro, si tú murieras?
Un pájaro sin aire, ¿puede volar? ¡Entonces!...
(Bajo.)
Yo no podré decirte cómo te quiero nunca;
a tu lado me olvido de todas las palabras.

PEDRO *(Con voz suave.)*
¡Cuántos peligros corres sin el menor desmayo!
¡Qué sola estás, cercada de maliciosa gente!
¡Quién pudiera librarte de aquellos que te acechan
con mi propio dolor y mi vida, Mariana!
¡Día y noche, qué largos sin ti por esa sierra!

MARIANA *(Echando la cabeza en el hombro y como soñando.)*
¡Así! Deja tu aliento sobre mi frente. Limpia
esta angustia que tengo y este sabor amargo;
esta angustia de andar sin saber dónde voy,
y este sabor de amor que me quema la boca.
(Pausa. Se separa rápidamente del caballero y le coge los codos.)
¡Pedro! ¿No te persiguen? ¿Te vieron entrar?

PEDRO *(Se sienta.)*
Nadie.
Vives en una calle silenciosa, y la noche
se presenta endiablada.

MARIANA
Yo tengo mucho miedo.

PEDRO *(Cogiéndole una mano.)*
¡Ven aquí!

MARIANA *(Se sienta.)*
Mucho miedo de que esto se adivine,

de que pueda matarte la canalla realista.
Y si tú...
(Con pasión.)
yo me muero, lo sabes, yo me muero.

PEDRO *(Con pasión.)*
¡Marianita, no temas! ¡Mujer mía! ¡Vida mía!
En el mayor sigilo conspiramos. ¡No temas!
La bandera que bordas temblará por las calles
entre el calor entero del pueblo de Granada.
Por ti la Libertad suspirada por todos
pisará tierra dura con anchos pies de plata.
Pero si así no fuese; si Pedrosa...

MARIANA *(Aterrada.)*
¡No sigas!

PEDRO
... sorprende nuestro grupo y hemos de morir...

MARIANA
¡Calla!

PEDRO
Mariana, ¿qué es el hombre sin libertad? ¿Sin esa
luz armoniosa y fija que se siente por dentro?
¿Cómo podría quererte no siendo libre, dime?
¿Cómo darte este firme corazón si no es mío?
No temas; ya he burlado a Pedrosa en el campo,
y así pienso seguir hasta vencer contigo,
que me ofreces tu amor y tu casa y tus dedos.

MARIANA
¡Y algo que yo no sé decir, pero que existe!
¡Qué bien estoy contigo! Pero aunque alegre noto
un gran desasosiego que me turba y enoja;
me parece que hay hombres detrás de las cortinas,
que mis palabras suenan claramente en la calle.

PEDRO *(Amargo.)*
¡Eso sí! ¡Qué mortal inquietud, qué amargura!

¡Qué constante pregunta al minuto lejano!
¡Qué otoño interminable sufrí por esa sierra!
¡Tú no lo sabes!

MARIANA

Dime: ¿corriste gran peligro?

PEDRO

Estuve casi en manos de la justicia,

(MARIANA *hace un gesto de horror.)*

pero
me salvó el pasaporte y el caballo que enviaste
con un extraño joven, que no me dijo nada.

MARIANA *(Inquieta y sin querer recordar.)*

Y dime.

(Pausa.)

PEDRO

¿Por qué tiemblas?

MARIANA *(Nerviosa.)*

Sigue. ¿Después?

PEDRO

Después
vagué por la Alpujarra. Supe que en Gibraltar
había fiebre amarilla; la entrada era imposible,
y esperé bien oculto la ocasión. ¡Ya ha llegado!
Venceré con tu ayuda, ¡Mariana de mi vida!
¡Libertad, aunque con sangre llame a todas las puertas!

MARIANA *(Radiante.)*

¡Mi victoria consiste en tenerte a mi vera!
En mirarte los ojos mientras tú no me miras.
Cuando estás a mi lado olvido lo que siento
y quiero a todo el mundo:

hasta al rey y a Pedrosa.
Al bueno como al malo. ¡Pedro!, cuando se quiere
se está fuera del tiempo,
y ya no hay día ni noche, ¡sino tú y yo!

PEDRO *(Abrazándola.)*
¡Mariana!
Con dos blancos ríos de rubor y silencio,
así enlazan tus brazos mi cuerpo combatido.

MARIANA *(Cogiéndole la cabeza.)*
Ahora puedo perderte, puedo perder tu vida.
Como la enamorada de un marinero loco
que navegara eterno sobre una barca vieja,
acecho un mar oscuro, sin fondo ni oleaje,
en espera de gentes que te traigan ahogado.

PEDRO
No es hora de pensar en quimeras, que es hora
de abrir el pecho a bellas realidades cercanas
de una España cubierta de espigas y rebaños,
donde la gente coma su pan con alegría,
en medio de estas anchas eternidades nuestras
y esta aguda pasión de horizonte y silencio.
España entierra y pisa su corazón antiguo,
su herido corazón de Península andante,
y hay que salvarla pronto con manos y con dientes.

MARIANA *(Pasional.)*
Y yo soy la primera que lo pide con ansia.
Quiero tener abiertos mis balcones al sol
para que llene el suelo de flores amarillas
y quererte, segura de tu amor sin que nadie
me aceche, como en este decisivo momento.
(En un arranque.)
¡Pero ya estoy dispuesta!
(Se levanta.)

PEDRO *(Entusiasmado, se levanta.)*

¡Así me gusta verte,
hermosa Marianita! Ya no tardarán mucho
los amigos, y alienta
ese rostro bravío y esos ojos ardientes
(Amoroso.)
sobre tu cuello blanco, que tiene luz de luna.

(Fuera comienza a llover y se levanta el viento. MARIANA *hace señas a* PEDRO *de que calle.)*

ESCENA VI

CLAVELA *(Entrando.)*
Señora... Me parece que han llamado.

(PEDRO *y* MARIANA *adoptan actitudes indiferentes. Dirigiéndose a* DON PEDRO.)

¡Don Pedro!

PEDRO *(Sereno.)*

¡Dios te guarde!

MARIANA
¿Tú sabes quién vendrá?

CLAVELA
Sí, señora; lo sé.

MARIANA
¿La seña?

CLAVELA

No la olvido.

MARIANA
Antes de abrir, que mires
por la mirilla grande.

CLAVELA
Así lo haré, señora.

MARIANA
No enciendas luz ninguna,
pero ten en el patio
un velón prevenido,
y cierra la ventana del jardín.

CLAVELA *(Marchándose.)*
En seguida.

MARIANA
¿Cuántos vendrán?

PEDRO
Muy pocos.
Pero los que interesan.

MARIANA
¿Noticias?

PEDRO
Las habrá
dentro de unos instantes.
Si, al fin, hemos de alzarnos,
decidiremos.

MARIANA
¡Calla!

(Hace ademán a DON PEDRO *de que se calle, y queda escuchando. Fuera se oye la lluvia y el viento.)*

¡Ya están aquí!

PEDRO *(Mirando el reloj.)*
Puntuales,
como buenos patriotas.
¡Son gente decidida!

MARIANA
¡Dios nos ayude a todos!
PEDRO
¡Ayudará!
MARIANA
¡Debiera,
si mirase a este mundo!

(MARIANA, *corriendo, avanza hasta la puerta y levanta la gran cortina del fondo.)*

¡Adelante, señores!

ESCENA VII

Entran tres caballeros con amplias capas grises; uno de ellos lleva patillas. MARIANA *y* DON PEDRO *los reciben amablemente. Los caballeros dan la mano a* MARIANA *y a* DON PEDRO

MARIANA *(Dando la mano al* CONSPIRADOR 1.º)
¡Ay, qué manos tan frías!
CONSPIRADOR 1.º *(Franco.)*
¡Hace un frío
que corta! Y me he olvidado de los guantes;
pero aquí se está bien.
MARIANA
¡Llueve de veras!
CONSPIRADOR 3.º *(Decidido.)*
El Zacatín estaba intransitable.

(Se quitan las capas, que sacuden de lluvia.)

CONSPIRADOR 2.º *(Melancólico.)*
La lluvia, como un sauce de cristal,
sobre las casas de Granada cae.
CONSPIRADOR 3.º
Y el Darro viene lleno de agua turbia.
MARIANA
¿Les vieron?
CONSPIRADOR 2.º *(Melancólico. Habla poco y pausadamente.)*
¡No! Vinimos separados
hasta la entrada de esta oscura calle.
CONSPIRADOR 1.º
¿Habrá noticias para decidir?
PEDRO
Llegarán esta noche, Dios mediante.
MARIANA
Hablen bajo.
CONSPIRADOR 1.º *(Sonriendo.)*
¿Por qué, doña Mariana?
Toda la gente duerme en este instante.
PEDRO
Creo que estamos seguros.
CONSPIRADOR 3.º
No lo afirmes;
Pedrosa no ha cesado de espiarme,
y aunque yo le despisto sagazmente,
continúa en acecho, y algo sabe.

(Unos se sientan y otros quedan de pie, componiendo una bella estampa.)

MARIANA
Ayer estuvo aquí.
(Los caballeros hacen un gesto de extrañeza.)

¡Como es mi amigo
no quise, porque no debía, negarme!
Hizo un elogio de nuestra ciudad;
pero mientras hablaba, tan amable,
me miraba... no sé... ¡como sabiendo!,
(Subrayando.)
de una manera penetrante.
En una sorda lucha con mis ojos
estuvo aquí toda la tarde,
y Pedrosa es capaz... ¡de lo que sea!

PEDRO
No es posible que pueda figurarse...

MARIANA
Yo no estoy muy tranquila, y os lo digo
para que andemos con cautela grande.
De noche, cuando cierro las ventanas,
imagino que empuja los cristales.

PEDRO *(Mirando el reloj.)*
Ya son las once y diez. El emisario
debe estar ya muy cerca de esta calle.

CONSPIRADOR 3.º *(Mirando el reloj.)*
Poco debe tardar.

CONSPIRADOR 1.º
¡Dios lo permita!
¡Que me parece un siglo cada instante!

(Entra CLAVELA *con una bandeja de altas copas de cristal tallado y un frasco lleno de vino rojo, que deja sobre el velador.* MARIANA *habla con ella.)*

PEDRO
Estarán sobre aviso los amigos.

CONSPIRADOR 1.º

Enterados están. No falta nadie.
Todo depende de lo que nos digan
esta noche.

PEDRO

La situación es grave,
pero excelente si la aprovechamos.

(Sale CLAVELA, *y* MARIANA *corre la cortina.)*

Hay que estudiar hasta el menor detalle,
porque el pueblo responde, sin dudar.
Andalucía tiene todo el aire
lleno de Libertad. Esta palabra
perfuma el corazón de sus ciudades,
desde las viejas torres amarillas
hasta los troncos de los olivares.
Esa costa de Málaga está llena
de gente decidida a levantarse:
pescadores del Palo, marineros
y caballeros principales.
Nos siguen pueblos como Nerja, Vélez,
que aguardan las noticias, anhelantes.
Hombres de acantilado y mar abierto,
y, por lo tanto, libres como nadie.
Algeciras acecha la ocasión,
y en Granada, señores de linaje
como vosotros exponen su vida
de una manera emocionante.
¡Ay, qué impaciencia tengo!

CONSPIRADOR 3.º

Como todos
los verdaderamente liberales.

MARIANA *(Tímida.)*
Pero ¿habrá quien os siga?
PEDRO *(Convencido.)*
Todo el mundo.
MARIANA
¿A pesar de este miedo?
PEDRO *(Seco.)*
Sí.
MARIANA
No hay nadie
que vaya a la Alameda del Salón
tranquilamente a pasearse,
y el café de la Estrella está desierto.
PEDRO *(Entusiasta.)*
¡Mariana, la bandera que bordaste
será acatada por el rey Fernando,
mal que le pese a Calomarde!
CONSPIRADOR 3.º
Cuando ya no le quede otro recurso
se rendirá a las huestes liberales,
que aunque se finja desvalido y solo,
no cabe duda que él hace y deshace.
MARIANA
¿No es Fernando un juguete de los suyos?
CONSPIRADOR 3.º
¿No tarda mucho?
PEDRO *(Inquieto.)*
Yo no sé decirte.
CONSPIRADOR 3.º
¿Si lo habrán detenido?
CONSPIRADOR 1.º
No es probable.
Oscuridad y lluvia le protegen,
y él está siempre vigilante.

MARIANA
Ahora llega.
PEDRO
Y al fin sabremos algo.

(Se levantan y se dirigen a la puerta.)

CONSPIRADOR 3.º
Bien venido, si buenas cartas trae.
MARIANA
(Apasionada, a PEDRO.)
Pedro, mira por mí. Sé muy prudente,
que me falta muy poco para ahogarme.

ESCENA VIII

Aparece por la puerta el CONSPIRADOR 4.º *Es un hombre fuerte; campesino rico. Viste el traje popular de la época: sombrero puntiagudo de alas de terciopelo, adornado con borlas de seda; chaqueta con bordados y aplicaduras de paño de todos los colores en los codos, en la bocamanga y en el cuello. El pantalón, de vueltas, sujeto por botones de filigrana, y las polainas, de cuero, abiertas por un costado, dejando ver la pierna. Trae una dulce tristeza varonil. Todos los personajes están de pie cerca de la puerta de entrada.* MARIANA *no oculta su angustia, y mira, ya al recién llegado, ya a* DON PEDRO, *con un aire doliente y escrutador*

CONSPIRADOR 4.º
¡Caballeros! ¡Doña Mariana!
(Estrecha la mano de MARIANA.)
PEDRO *(Impaciente.)*
¿Hay noticias?

CONSPIRADOR 4.º
¡Tan malas como el tiempo!
PEDRO
¿Qué ha pasado?
CONSPIRADOR 1.º *(Irritado.)*
Casi lo adivinaba.
MARIANA *(A* PEDRO.)
¿Te entristeces?
PEDRO
¿Y las gentes de Cádiz?
CONSPIRADOR 4.º
Todo en vano.
Hay que estar prevenidos. El Gobierno
por todas partes nos está acechando.
Tendremos que aplazar el alzamiento,
o luchar o morir, de lo contrario.
PEDRO *(Desesperado.)*
Yo no sé qué pensar; que tengo abierta
una herida que sangra en mi costado,
y no puedo esperar, señores míos.
CONSPIRADOR 3.º *(Fuerte.)*
Don Pedro, triunfaremos esperando.
La situación no puede durar mucho.
CONSPIRADOR 4.º *(Fuerte.)*
Ahora mismo tenemos que callarnos.
Nadie quiere una muerte sin provecho.
PEDRO *(Fuerte también.)*
Mucho dolor me cuesta.
MARIANA *(Angustiada.)*
¡Hablen más bajo!
(Se pasea.)
CONSPIRADOR 4.º
España entera calla, ¡pero vive!
Guarde bien la bandera.

MARIANA

La he mandado
a casa de una vieja amiga mía,
allá en el Albaicín, y estoy temblando.
Quizá estuviera aquí mejor guardada.

PEDRO

¿Y en Málaga?

CONSPIRADOR 4.º

En Málaga, un espanto.
El canalla de González Moreno...
No se puede contar lo que ha pasado.

(Expectación vivísima. MARIANA, *sentada en el sofá, junto a* DON PEDRO, *después de todo el juego escénico que ha realizado, oye anhelante lo que cuenta el* CONSPIRADOR 4.º)

Torrijos, el general
noble, de la frente limpia,
donde se estaban mirando
las gentes de Andalucía,
caballero entre los duques,
corazón de plata fina,
ha sido muerto en las playas
de Málaga la bravía.
Le atrajeron con engaños
que él creyó, por su desdicha,
y se acercó, satisfecho
con sus buques, a la orilla.
¡Malhaya el corazón noble
que de los malos se fía!,
que al poner el pie en la arena
lo prendieron los realistas.
El vizconde de La Barthe,

que mandaba las milicias,
debió cortarse la mano
antes de tal villanía,
como es quitar a Torrijos
bella espada que ceñía,
con el puño de cristal,
adornado con dos cintas.
Muy de noche lo mataron
con toda su compañía.
Caballero entre los duques,
corazón de plata fina.
Grandes nubes se levantan
sobre la tierra de Mijas.
El viento mueve la mar
y los barcos se retiran
con los remos presurosos
y las velas extendidas.
Entre el ruido de las olas
sonó la fusilería,
y muerto quedó en la arena,
sangrando por tres heridas,
el valiente caballero,
con toda su compañía.
La muerte, con ser la muerte,
no deshojó su sonrisa.
Sobre los barcos lloraba
toda la marinería,
y las más bellas mujeres,
enlutadas y afligidas,
lo iban llorando también
por el limonar arriba.

PEDRO *(Levantándose, después de oír el romance.)*
Cada dificultad me da más bríos.
Señores, a seguir nuestro trabajo.

La muerte de Torrijos me enardece
para seguir luchando.

CONSPIRADOR 1.º

Yo pienso así.

CONSPIRADOR 4.º

Pero hay que estarse quietos;
otro tiempo vendrá.

CONSPIRADOR 2.º *(Conmovido.)*

¡Tiempo lejano!

PEDRO

Pero mis fuerzas no se agotarán.

MARIANA *(Bajo, a* PEDRO.)

Pedro, mientras yo viva...

CONSPIRADOR 1.º

¿Nos marchamos?

CONSPIRADOR 3.º

No hay nada que tratar. Tienes razón.

CONSPIRADOR 4.º

Esto es lo que tenía que contaros,
y nada más.

CONSPIRADOR 1.º

Hay que ser optimistas.

MARIANA

¿Gustarán de una copa?

CONSPIRADOR 4.º

La aceptamos
porque nos hace falta.

CONSPIRADOR 1.º

¡Buen acuerdo!

(Se ponen de pie y cogen sus copas.)

MARIANA *(Llenando los vasos.)*

¡Cómo llueve!

(Fuera se oye la lluvia.)

CONSPIRADOR 3.º
¡Don Pedro está apenado!
CONSPIRADOR 4.º
¡Como todos nosotros!
PEDRO
¡Es verdad!
Y tenemos razones para estarlo.
MARIANA
Pero a pesar de esta opresión aguda
y de tener razones para estarlo...
(Levantando la copa.)
«Luna tendida, marinero en pie»,
dicen allá, por el Mediterráneo,
las gentes de veleros y fragatas.
¡Como ellos, hay que estar siempre acechando!
(Como en sueños.)
«Luna tendida, marinero en pie.»
PEDRO *(Con la copa.)*
Que sean nuestras casas como barcos.

(Beben. Pausa. Fuera se oyen aldabonazos lejanos. Todos quedan con las copas en la mano, en medio de un gran silencio.)

MARIANA
Es el viento que cierra una ventana.

(Otro aldabonazo.)

PEDRO
¿Oyes, Mariana?
CONSPIRADOR 4.º
¿Quién será?

MARIANA *(Llena de angustia.)*
¡Dios Santo!
PEDRO *(Acariciador.)*
¡No temas! Ya verás como no es nada.

(Todos están con las capas puestas, llenos de inquietud.)

CLAVELA *(Entrando casi ahogada.)*
¡Ay señora! ¡Dos hombres embozados,
y Pedrosa con ellos!
MARIANA *(Gritando, llena de pasión.)*
¡Pedro, vete!
¡Y todos, Virgen santa! ¡Pronto!
PEDRO *(Confuso.)*
¡Vamos!

(CLAVELA *quita las copas y apaga los candelabros.)*

CONSPIRADOR 4.º
Es indigno dejarla.
MARIANA *(A* PEDRO.)
¡Date prisa!
PEDRO
¿Por dónde?
MARIANA *(Loca.)*
¡Ay! ¿Por dónde?
CLAVELA
¡Están llamando!
MARIANA *(Iluminada.)*
¡Por aquella ventana del pasillo
saltarás fácilmente! Ese tejado
está cerca del suelo.

CONSPIRADOR 2.º

¡No debemos
dejarla abandonada!

PEDRO *(Enérgico.)*

¡Es necesario!
¿Cómo justificar nuestra presencia?

MARIANA

Sí, sí, vete en seguida. ¡Ponte a salvo!

PEDRO *(Apasionado.)*

¡Adiós, Mariana!

MARIANA

¡Dios os guarde, amigos!

(Van saliendo rápidamente por la puerta de la derecha. CLAVELA *está asomada a una rendija del balcón, que da a la calle.* MARIANA, *en la puerta, dice:)*

¡Pedro..., y todos, que tengáis cuidado!
(Cierra la puertecilla de la izquierda, por donde han salido los CONSPIRADORES, *y corre la cortina. Luego, dramática):*
¡Abre, Clavela! Soy una mujer
que va atada a la cola de un caballo.

(Sale CLAVELA. *Se dirige rápidamente al fortepiano.)*

¡Dios mío, acuérdate de tu pasión
y de las llagas de tus manos!
(Se sienta y empieza a cantar la canción del «Contrabandista», original de Manuel García: 1808.)
Yo que soy contrabandista
y campo por mis respetos
a todos los desafío,
pues a nadie tengo miedo.

¡Ay! ¡Ay!
¡Ay muchachos! ¡Ay muchachas!
¿Quién me compra hilo negro?
Mi caballo está rendido
¡y yo me muero de sueño!
¡Ay!
¡Ay! Que la ronda ya viene
y se empezó el tiroteo.
¡Ay! ¡Ay! Caballito mío,
caballo mío careto.
¡Ay!
¡Ay! Caballo, ve ligero.
¡Ay! Caballo, que me muero.
¡Ay!

(Ha de cantar con un admirable y desesperado sentimiento, escuchando los pasos de PEDROSA *por la escalera.)*

ESCENA IX

Las cortinas del fondo se levantan y aparece CLAVELA, *aterrada, con el candelabro de tres bujías en una mano y la otra puesta sobre el pecho.* PEDROSA, *vestido de negro, con capa, llega detrás.* PEDROSA *es un tipo seco, de una palidez intensa y de una admirable serenidad. Dirá las frases con ironía muy velada y mirará minuciosamente a todos lados, pero con corrección. Es antipático. Hay que huir de la caricatura. Al entrar* PEDROSA, MARIANA *deja de tocar y se levanta del fortepiano. Silencio*

MARIANA
Adelante.

PEDROSA *(Adelantándose.)*
Señora, no interrumpa
por mí la cancioncilla que ahora mismo
entonaba.

(Pausa.)

MARIANA *(Queriendo sonreír.)*
La noche estaba triste
y me puse a cantar.

(Pausa.)

PEDROSA
He visto luz
en su balcón y quise visitarla.
Perdone si interrumpo sus quehaceres.

MARIANA
Se lo agradezco mucho.

PEDROSA
¡Qué manera
de llover!

(Pausa. En esta escena habrá pausas imperceptibles y rotundos silencios instantáneos, en los cuales luchan desesperadamente las almas de los dos personajes. Escena delicadísima de matizar, procurando no caer en exageraciones que perjudiquen su emoción. En esta escena se ha de notar mucho más lo que no se dice que lo que se está hablando. La lluvia, discretamente imitada y sin ruido excesivo, llegará de cuando en cuando a llenar silencios.)

MARIANA *(Con intención.)*
¿Es muy tarde?

(Pausa.)

PEDROSA *(Mirándola fijamente, y con intención también.)*
¡Sí! Muy tarde.
El reloj de la Audiencia ya hace rato
que dio las once.
MARIANA *(Serena e indicando asiento a* PEDROSA.)
No las he sentido.
PEDROSA *(Sentándose.)*
Yo las sentí lejanas. Ahora vengo
de recorrer las calles silenciosas,
calado hasta los huesos por la lluvia,
resistiendo ese gris fino y glacial
que viene de la Alhambra.
MARIANA *(Con intención y rehaciéndose.)*
El aire helado
que clava agujas sobre los pulmones
y para el corazón.
PEDROSA *(Devolviéndole la ironía.)*
Pues ese mismo.
Cumplo deberes de mi duro cargo.
Mientras que usted, espléndida Mariana,
en su casa, al abrigo de los vientos,
hace encajes... o borda...
(Como recordando.)
¿Quién me ha dicho
que bordaba muy bien?
MARIANA *(Aterrada, pero con cierta serenidad.)*
¿Es un pecado?

PEDROSA *(Haciendo una seña negativa.)*
El Rey nuestro Señor, que Dios proteja,
(Se inclina.)
se entretuvo bordando en Valençay
con su tío el infante don Antonio.
Ocupación bellísima.

MARIANA *(Entre dientes.)*
¡Dios mío!

PEDROSA
¿Le extraña mi visita?

MARIANA *(Tratando de sonreír.)*
¡No!

PEDROSA *(Serio.)*
¡Mariana!

(Pausa.)

Una mujer tan bella como usted,
¿no siente miedo de vivir tan sola?

MARIANA
¿Miedo? ¡Ninguno!

PEDROSA *(Con intención.)*
Hay tantos liberales
y tantos anarquistas por Granada,
que la gente no vive muy segura.
(Firme.)
¡Usted ya lo sabrá!

MARIANA *(Digna.)*
¡Señor Pedrosa!
¡Soy mujer de mi casa y nada más!

PEDROSA *(Sonriendo.)*
Y yo soy juez. Por eso me preocupo
de estas cuestiones. Perdonad, Mariana.

Pero hace ya tres meses que ando loco
sin poder capturar a un cabecilla...

(Pausa. MARIANA *trata de escuchar y juega con su sortija, conteniendo su angustia y su indignación.)*

(Como recordando, con frialdad.)
Un tal don Pedro de Sotomayor.

MARIANA
Es probable que esté fuera de España.

PEDROSA
No; yo espero que pronto será mío.

(Al oír eso MARIANA *tiene un ligero desvanecimiento nervioso; lo suficiente para que se le escape la sortija de la mano, o más bien, la arroja ella para evitar la conversación.)*

MARIANA *(Levantándose.)*
¡Mi sortija!

PEDROSA
¿Cayó?
(Con intención.)
Tenga cuidado.

MARIANA *(Nerviosa.)*
Es mi anillo de bodas; no se mueva,
y vaya a pisarlo.
(Busca.)

PEDROSA
Está muy bien.

MARIANA
Parece
que una mano invisible lo arrancó.

PEDROSA

Tenga más calma.
(Frío.)
Mire.
(Señala el sitio donde ve el anillo, al mismo tiempo que avanzan.)
¡Ya está aquí!

(MARIANA *se inclina para recogerlo antes que* PEDROSA; *este queda a su lado, y en el momento de levantarse* MARIANA, *la enlaza rápidamente y la besa.)*

MARIANA *(Dando un grito y retirándose.)*
¡Pedrosa!

(Pausa. MARIANA *rompe a llorar de furor.)*

PEDROSA *(Suave.)*
Grite menos.

MARIANA
¡Virgen Santa!

PEDROSA *(Sentándose.)*
Me parece que este llanto está de más.
Mi señora Mariana, esté serena.

MARIANA *(Arrancándose desesperada y cogiendo a* PEDROSA *por la solapa.)*
¿Qué piensa de mí? ¡Diga!

PEDROSA *(Impasible.)*
Muchas cosas.

MARIANA
Pues yo sabré vencerlas. ¿Qué pretende?
Sepa que yo no tengo miedo a nadie.
Como el agua que nace soy de limpia,

y me puedo manchar si usted me toca;
pero sé defenderme. ¡Salga pronto!

PEDROSA *(Fuerte y lleno de ira.)*
¡Silencio!
(Pausa. Frío.)
Quiero ser amigo suyo.
Me debe agradecer esta visita.

MARIANA *(Fiera.)*
¿Puedo yo permitir que usted me insulte?
¿Que penetre de noche en mi vivienda
para que yo...? ¡Canalla! No sé cómo...
(Se contiene.)
¡Usted quiere perderme!

PEDROSA *(Cálido.)*
¡Lo contrario!
Vengo a salvarla.

MARIANA *(Bravía.)*
¡No lo necesito!

(Pausa.)

PEDROSA *(Fuerte y dominador, acercándose con una agria sonrisa.)*
¡Mariana! ¿Y la bandera?

MARIANA *(Turbada.)*
¿Qué bandera?

PEDROSA
¡La que bordó con esas manos blancas
(Las coge.)
en contra de las leyes y del Rey!

MARIANA
¿Qué infame le mintió?

PEDROSA *(Indiferente.)*
¡Muy bien bordada!

De tafetán morado y verdes letras.
Allá en el Albaicín, la recogimos,
y ya está en mi poder como tu vida.
Pero no temas; soy amigo tuyo.

(MARIANA *queda ahogada.)*

MARIANA *(Casi desmayada.)*
Es mentira, es mentira.
PEDROSA
Sé también
que hay mucha gente complicada.
Espero que dirás sus nombres, ¿verdad?
(Bajando la voz y apasionadamente.)
Nadie sabrá lo que ha pasado. Yo te quiero
mía, ¿lo estás oyendo? Mía o muerta.
Me has despreciado siempre; pero ahora
puedo apretar tu cuello con mis manos,
este cuello de nardo transparente,
y me querrás porque te doy la vida.
MARIANA *(Tierna y suplicante en medio de su desesperación, abrazándose a* PEDROSA.)
¡Tenga piedad de mí! ¡Si usted supiera!
Y déjeme escapar. Yo guardaré
su recuerdo en las niñas de mis ojos.
¡Pedrosa, por mis hijos!...
PEDROSA *(Abrazándola, sensual.)*
La bandera
no la has bordado tú, linda Mariana,
y ya eres libre porque así lo quiero...

(MARIANA, *al ver cerca de sus labios los labios de* PEDROSA, *lo rechaza, reaccionando de una manera salvaje.)*

MARIANA
¡Eso nunca! ¡Primero doy mi sangre!
Que me cueste dolor, pero con honra.
¡Salga de aquí!

PEDROSA *(Reconviniéndola.)*
¡Mariana!

MARIANA
¡Salga pronto!

PEDROSA *(Frío y reservado.)*
¡Está muy bien! Yo seguiré el asunto
y usted misma se pierde.

MARIANA
¡Qué me importa!
Yo bordé la bandera con mis manos;
con estas manos, ¡mírelas, Pedrosa!,
y conozco muy grandes caballeros
que izarla pretendían en Granada.
¡Mas no diré sus nombres!

PEDROSA
¡Por la fuerza
delatará! ¡Los hierros duelen mucho,
y una mujer es siempre una mujer!
¡Cuando usted quiera me avisa!

MARIANA
¡Cobarde!
¡Aunque en mi corazón clavaran vidrios
no hablaría!
(En un arranque.)
¡Pedrosa, aquí me tiene!

PEDROSA
¡Ya veremos!...

MARIANA
¡Clavela, el candelabro!

(Entra CLAVELA, *aterrada, con las manos cruzadas sobre el pecho.)*

PEDROSA
No hace falta, señora. Queda usted
detenida en nombre de la ley.
MARIANA
¿En nombre de qué ley?
PEDROSA *(Frío y ceremonioso.)*
¡Buenas noches!
(Sale.)
CLAVELA *(Dramática.)*
¡Ay, señora; mi niña, clavelito,
prenda de mis entrañas!
MARIANA *(Llena de angustia y terror.)*
Isabel,
yo me voy. Dame el chal.
CLAVELA
¡Sálvese pronto!

(Se asoma a la ventana. Fuera se oye otra vez la fuerte lluvia.)

MARIANA
¡Me iré a casa de don Luis! ¡Cuida los niños!
CLAVELA
¡Se han quedado en la puerta! ¡No se puede!
MARIANA
Claro está.
(Señalando al sitio por donde han salido los CONSPIRADORES.*)*
¡Por aquí!
CLAVELA
¡Es imposible!

(Al cruzar MARIANA, *por la puerta aparece* DOÑA ANGUSTIAS.)

ANGUSTIAS
¡Mariana! ¿Dónde vas? Tu niña llora.
Tiene miedo del aire y de la lluvia.

MARIANA
¡Estoy presa! ¡Estoy presa, Clavela!

ANGUSTIAS *(Abrazándola.)*
¡Marianita!

MARIANA *(Arrojándose en el sofá.)*
¡Ahora empiezo a morir!

(Las dos mujeres la abrazan.)

Mírame y llora. ¡Ahora empiezo a morir!

Telón rápido

ESTAMPA TERCERA

Convento de Santa María Egipciaca, de Granada. Rasgos árabes. Arcos, cipreses, fuentecillas y arrayanes. Hay unos bancos y unas viejas sillas de cuero. Al levantarse el telón está la escena solitaria. Suenan el órgano y las lejanas voces de las monjas. Por el fondo vienen corriendo de puntillas y mirando a todos lados para que no las vean dos NOVICIAS. *Visten toquitas blancas y trajes azules. Se acercan con mucho sigilo a una puerta de la izquierda y miran por el ojo de la cerradura*

ESCENA I

NOVICIA 1.ª
¿Qué hace?
NOVICIA 2.ª *(En la cerradura.)*
¡Habla más bajito!
Está rezando.
NOVICIA 1.ª
¡Deja!
(Se pone a mirar.)
¡Qué blanca está, qué blanca!
Reluce su cabeza
en la sombra del cuarto.

NOVICIA 2.ª

¿Reluce su cabeza?
Yo no comprendo nada.
Es una mujer buena,
y la quieren matar.
¿Tú qué dices?

NOVICIA 1.ª

Quisiera
mirar su corazón
largo rato y muy cerca.

NOVICIA 2.ª

¡Qué mujer tan valiente! Cuando ayer
vinieron a leerle la sentencia
de muerte, no ocultó
su sonrisa.

NOVICIA 1.ª

En la iglesia
la vi después llorando
y me pareció que ella
tenía el corazón en la garganta.
¿Qué es lo que ha hecho?

NOVICIA 2.ª

Bordó una bandera.

NOVICIA 1.ª

¿Bordar es malo?

NOVICIA 2.ª

Dicen que es masona.

NOVICIA 1.ª

¿Qué es eso?

NOVICIA 2.ª

Pues... ¡no sé!

NOVICIA 1.ª

¿Por qué está presa?

NOVICIA 2.ª
Poque no quiere al Rey.
NOVICIA 1.ª
¿Qué más da? ¿Se habrá visto?
NOVICIA 2.ª
¡Ni a la reina!
NOVICIA 1.ª
Yo tampoco los quiero.
(Mirando.)
¡Ay Mariana Pineda!
Ya están abriendo flores
que irán contigo muerta.

(Aparece por la puerta del foro la MADRE SOR CARMEN BORJA.)

CARMEN
Pero, niñas, ¿qué miráis?
NOVICIA 1.ª *(Asustada.)*
Hermana...
CARMEN
¿No os da vergüenza?
Ahora mismo, al obrador.
¿Quién os enseñó esa fea
costumbre? ¡Ya nos veremos!
NOVICIA 1.ª
¡Con licencia!
NOVICIA 2.ª
¡Con licencia!

(Se van. Cuando la MADRE CARMEN *se ha convencido de que las otras se han marchado, se acerca también con sigilo y mira por el ojo de la llave.)*

CARMEN

¡Es inocente! ¡No hay duda!
¡Calla con una firmeza!
¿Por qué? Yo no me lo explico.
(Sobresaltada.)
¡Viene!
(Sale corriendo.)

ESCENA II

MARIANA *aparece con un espléndido traje blanco. Está palidísima*

MARIANA

¡Hermana!

CARMEN *(Volviéndose.)*

¿Qué desea?

MARIANA

¡Nada!

CARMEN

¡Decidlo, señora!

MARIANA

Pensaba...

CARMEN

¿Qué?

MARIANA

Si pudiera
quedarme aquí, en el Beaterio,
para siempre.

CARMEN

¡Qué contentas
nos pondríamos!

MARIANA

¡No puedo!

CARMEN
¿Por qué?
MARIANA *(Sonriendo.)*
Porque ya estoy muerta.
CARMEN *(Asustada.)*
¡Doña Mariana, por Dios!
MARIANA
Pero el mundo se me acerca,
las piedras, el agua, el aire,
¡comprendo que estaba ciega!
CARMEN
¡La indultarán!
MARIANA *(Con sangre fría.)*
¡Ya veremos!
Este silencio me pesa
mágicamente. Se agranda
como un techo de violetas,
(Apasionada.)
y otras veces finge en mí
una larga cabellera.
¡Ay, qué buen soñar!
CARMEN *(Cogiéndole la mano.)*
¡Mariana!
MARIANA
¿Cómo soy yo?
CARMEN
Eres muy buena.
MARIANA
Soy una gran pecadora;
pero amé de una manera
que Dios me perdonará
como a Santa Magdalena.
CARMEN
Fuera del mundo y en él
perdona.

MARIANA

¡Si usted supiera!

¡Estoy muy herida, hermana,

por las cosas de la tierra!

CARMEN

Dios está lleno de heridas

de amor, que nunca se cierran.

MARIANA

Nace el que muere sufriendo,

¡comprendo que estaba ciega!

CARMEN *(Apenada al ver el estado de* MARIANA.)

¡Hasta luego! ¿Asistirá

esta tarde a la novena?

MARIANA

Como siempre. ¡Adiós, hermana!

(Se va CARMEN.)

ESCENA III

MARIANA *se dirige al fondo rápidamente, con todo género de precauciones, y allí aparece* ALEGRITO, *jardinero del convento. Ríe constantemente, con una sonrisa suave y sana. Viste traje de cazador de la época*

MARIANA

¡Alegrito! ¿Qué?

ALEGRITO

¡Paciencia

para lo que vais a oír!

MARIANA

¡Habla pronto, no nos vean!

¿Fuiste a casa de don Luis?

ALEGRITO

Y me han dicho que les era
imposible pretender
salvarla. Que ni lo intentan,
porque todos morirían;
pero que harán lo que puedan.

MARIANA *(Valiente.)*

¡Lo harán todo! ¡Estoy segura!
Son gentes de la nobleza,
y yo soy noble, Alegrito.
¿No ves cómo estoy serena?

ALEGRITO

Hay un miedo que da miedo.
Las calles están desiertas.
Solo el viento viene y va;
pero la gente se encierra.
No encontré más que una niña
llorando sobre la puerta
de la antigua Alcaicería.

MARIANA

¿Crees van a dejar que muera
la que tiene menos culpa?

ALEGRITO

Yo no sé lo que ellos piensan.

MARIANA

¿Y de lo demás?

ALEGRITO *(Turbado.)*

¡Señora!...

MARIANA

Sigue hablando.

ALEGRITO

No quisiera.

(MARIANA *hace un gesto de impaciencia.)*

El caballero don Pedro
de Sotomayor se aleja
de España, según me han dicho.
Dicen que marcha a Inglaterra.
Don Luis lo sabe de cierto.

MARIANA *(Sonríe incrédula y dramática, porque en el fondo sabe que es verdad.)*

Quien te lo dijo desea
aumentar mi sufrimiento.
¡Alegrito, no lo creas!
¿Verdad que tú no lo crees?
(Angustiada.)

ALEGRITO *(Turbado.)*

Señora, lo que usted quiera.

MARIANA

Don Pedro vendrá a caballo
como loco cuando sepa
que yo estoy encarcelada
por bordarle su bandera.
Y, si me matan, vendrá
para morir a mi vera,
que me lo dijo una noche
besándome la cabeza.
Él vendrá como un San Jorge
de diamantes y agua negra,
al aire la deslumbrante
flor de su capa bermeja.
Y porque es noble y modesto,
para que nadie lo vea,
vendrá por la madrugada,
por la madrugada fresca,
cuando sobre el cielo oscuro
brilla el limonar apenas

y el alba finge en las olas
fragatas de sombra y seda.
¿Tú qué sabes? ¡Qué alegría!
No tengo miedo, ¿te enteras?

ALEGRITO
¡Señora!

MARIANA
¿Quién te lo ha dicho?

ALEGRITO
Don Luis.

MARIANA
¿Sabe la sentencia?

ALEGRITO
Dijo que no la creía.

MARIANA *(Angustiada.)*
Pues es muy verdad.

ALEGRITO
Me apena
darle tan malas noticias.

MARIANA
¡Volverás!

ALEGRITO
Lo que usted quiera.

MARIANA
Volverás para decirles
que yo estoy muy satisfecha
porque sé que vendrán todos,
¡y son muchos!, cuando deban.
¡Dios te lo pague!

ALEGRITO
Hasta luego.

(Sale.)

ESCENA IV

MARIANA *(En voz baja.)*
Y me quedo sola mientras
que, bajo la acacia en flor
del jardín, mi muerte acecha.
(En voz baja y dirigiéndose al huerto.)
Pero mi vida está aquí.
Mi sangre se agita y tiembla,
como un árbol de coral
con la marejada tierna.
Y aunque tu caballo pone
cuatro lunas en las piedras
y fuego en la verde brisa
débil de la primavera,
¡corre más! ¡Ven a buscarme!
Mira que siento muy cerca
dedos de hueso y de musgo
acariciar mi cabeza.
(Se dirige al jardín como si hablara con alguien.)
No puedes entrar. ¡No puedes!
¡Ay Pedro! Por ti no entra;
pero sentada en la fuente
toca una blanda vihuela.
(Se sienta en un banco y apoya la cabeza sobre sus manos. En el jardín se oye una guitarra.)

VOZ
A la vera del agua,
sin que nadie la viera,
se murió mi esperanza.

MARIANA *(Repitiendo exquisitamente la canción.)*
A la vera del agua,
sin que nadie la viera,
se murió mi esperanza.

(*Por el foro aparecen dos* MONJAS, *seguidas de* PEDROSA. MARIANA *no los ve.)*

Esta copla está diciendo
lo que saber no quisiera.
Corazón sin esperanza
¡que se lo trague la tierra!

CARMEN

Aquí está, señor Pedrosa.

MARIANA *(Asustada, levantándose y como saliendo de un sueño.)*

¿Quién es?

PEDROSA

¡Señora!

(MARIANA *queda sorprendida y deja escapar una exclamación. Las* MONJAS *inician el mutis.)*

MARIANA *(A las* MONJAS.)

¿Nos dejan?

CARMEN

Tenemos que trabajar...

(Se van. Hay en estos momentos una gran inquietud en escena. PEDROSA, *frío y correcto, mira intensamente a* MARIANA, *y ésta, melancólica, pero valiente, recoge sus miradas.)*

ESCENA V

PEDROSA *viste de negro, con capa. Su aire frío debe hacerse notar*

MARIANA

Me lo dio el corazón: ¡Pedrosa!

PEDROSA

El mismo
que aguarda, como siempre, sus noticias.
Ya es hora. ¿No os parece?

MARIANA

Siempre es hora
de callar y vivir con alegría.

(Se sienta en un banco. En este momento, y durante todo el acto, MARIANA *tendrá un delirio delicadísimo, que estallará al final.)*

PEDROSA

¿Conoce la sentencia?

MARIANA

La conozco.

PEDROSA

¿Y bien?

MARIANA *(Radiante.)*

Pero yo pienso que es mentira.
Tengo el cuello muy corto para ser
ajusticiada. Ya ve. No podrían.
Además, es hermoso y blanco; nadie
querrá tocarlo.

PEDROSA *(Completando.)*

¡Mariana!

MARIANA *(Fiera.)*

Se olvida
que para que yo muera tiene toda
Granada que morir. Y que saldrían
muy grandes caballeros a salvarme,
porque soy noble. Porque yo soy hija
de un capitán de navío, Caballero
de Calatrava. ¡Déjeme tranquila!

PEDROSA

No habrá nadie en Granada que se asome
cuando usted pase con su comitiva.
Los andaluces hablan; pero luego...

MARIANA

Me dejan sola; ¿y qué? Uno vendría
para morir conmigo, y esto basta.
¡Pero vendrá para salvar mi vida!
(Sonríe y respira fuertemente, llevándose las manos al pecho.)

PEDROSA *(En un arranque.)*

Yo no quiero que mueras tú, ¡no quiero!
Ni morirás, porque darás noticias
de la conjuración. Estoy seguro.

MARIANA *(Fiera.)*

No dire nada, como usted querría,
a pesar de tener un corazón
en el que ya no caben más heridas.
Fuerte y sorda seré a vuestros halagos.
Antes me daban miedo sus pupilas.
Ahora le estoy mirando cara a cara
(Se acerca.)
y puedo con sus ojos que vigilan
el sitio donde guardo este secreto
que por nada del mundo contaría.
¡Soy valiente, Pedrosa, soy valiente!

PEDROSA

Está muy bien.

(Pausa.)

Ya sabe, con mi firma
puedo borrar la lumbre de sus ojos.
Con una pluma y un poco de tinta
puedo hacerla dormir un largo sueño.

MARIANA *(Elevada.)*
¡Ojalá fuese pronto por mi dicha!
PEDROSA *(Frío.)*
Esta tarde vendrán.
MARIANA *(Aterrada y dándose cuenta.)*
¿Cómo?
PEDROSA
Esta tarde;
ya se ha ordenado que entres en capilla.

MARIANA *(Exaltada y protestando fieramente de su muerte.)*
¡No puede ser! ¡Cobardes! ¿Y quién manda
dentro de España tales villanías?
¿Qué crimen cometí? ¿Por qué me matan?
¿Dónde está la razón de la Justicia?
En la bandera de la Libertad
bordé el amor más grande de mi vida.
¿Y he de permanecer aquí encerrada?
¡Quién tuviera unas alas cristalinas
para salir volando en busca tuya!

(PEDROSA *ha visto con satisfacción esta súbita desesperación de* MARIANA *y se dirige a ella. La luz empieza a tomar el tono del crepúsculo.)*

PEDROSA *(Muy cerca de* MARIANA.)
Hable pronto, que el rey la indultaría.
Mariana, ¿quiénes son los conjurados?
Yo sé que usted de todos es amiga.
Cada segundo aumenta su peligro.
Antes que se haya disipado el día
ya vendrán por la calle a recogerla.
¿Quiénes son? Y sus nombres. ¡Vamos, pronto!

Que no se juega así con la Justicia,
y luego será tarde.

MARIANA *(Fiera.)*

¡No hablaré!

PEDROSA *(Fiero, cogiéndole las manos.)*

¿Quiénes son?

MARIANA

Ahora menos lo diría.
(Con desprecio.)
Suelta, Pedrosa; vete. ¡Madre Carmen!

PEDROSA *(Terrible.)*

¡Quieres morir!

(Aparece, llena de miedo, la MADRE CARMEN; *dos* MONJAS *cruzan al fondo como dos fantasmas.)*

CARMEN

¿Qué pasa, Marianita?

MARIANA

Nada.

CARMEN

Señor, no es justo...

PEDROSA *(Frío, sereno y autoritario, dirige una severa mirada a la monja, e inicia el mutis.)*

Buenas tardes.
(A MARIANA.)
Tendré un placer muy grande si me avisa.

CARMEN

¡Es muy buena, señor!

PEDROSA *(Altivo.)*

No os pregunté.

(Sale, seguido de SOR CARMEN.)

ESCENA VI

MARIANA

(En el banco, con dramática y tierna entonación andaluza.)

Recuerdo aquella copla que decía
cruzando los olivos de Granada:
«¡Ay, qué fragatita,
real corsaria! ¿Dónde está
tu valentía?
Que un velero bergantín
te ha puesto la puntería.»
(Como soñando y nebulosamente.)
Entre el mar y las estrellas
¡con qué gusto pasearía
apoyada sobre una
larga baranda de brisa!
(Con pasión y llena de angustia.)
Pedro, coge tu caballo
o ven montado en el día.
¡Pero pronto! ¡Que ya vienen
para quitarme la vida!
Clava las duras espuelas.
(Llorando.)
«¡Ay, qué fragatita,
real corsaria! ¿Dónde está
tu valentía?
Que un famoso bergantín
te ha puesto la puntería.»

(Vienen dos MONJAS.)

MONJA 1.ª

Sé fuerte, que Dios te ayuda.

CARMEN
Marianita, hija, descansa.

(Se llevan a MARIANA.)

ESCENA VII

Suena el esquilón de las monjas. Por el fondo aparecen varias de ellas, que cruzan la escena y se santiguan al pasar ante una Virgen de los Dolores que, con el corazón atravesado de puñales, llora en el muro, cobijada por un inmenso arco de rosas amarillas y plateadas de papel. Entre ellas se destacan las NOVICIAS 1.ª *y* 2.ª *Los cipreses comienzan a teñirse de luz dorada*

NOVICIA 1.ª
¡Qué gritos! ¿Tú los sentiste?
NOVICIA 2.ª
Desde el jardín; y sonaban
como si estuvieran lejos.
¡Inés, yo estoy asustada!
NOVICIA 1.ª
¿Dónde estará Marianita,
rosa y jazmín de Granada?
NOVICIA 2.ª
Está esperando a su novio.
NOVICIA 1.ª
Pero su novio ya tarda.
¡Si la vieras cómo mira
por una y otra ventana!
Dice: «Si no hubiera sierras,
lo vería en la distancia.»
NOVICIA 2.ª
Ella lo espera segura.

NOVICIA 1.ª
¡No vendrá por su desgracia!
NOVICIA 2.ª
¡Marianita va a morir!
¡Hay otra luz en la casa!
NOVICIA 1.ª
¡Y cuánto pájaro! ¿Has visto?
Ya no caben en las ramas
del jardín ni en los aleros;
nunca vi tantos, y al alba,
cuando se siente la Vela,
cantan y cantan y cantan...
NOVICIA 2.ª
... y al alba
despiertan brisas y nubes
desde el frescor de las ramas.
NOVICIA 1.ª
... y al alba
por cada estrella que muere
nace diminuta flauta.
NOVICIA 2.ª
¿Y ella?... ¿Tú la has visto? Ella
me parece amortajada
cuando cruza el coro bajo
con esa ropa tan blanca.
NOVICIA 1.ª
¡Qué injusticia! Esta mujer
de seguro fue engañada.
NOVICIA 2.ª
¡Su cuello es maravilloso!
NOVICIA 1.ª *(Llevándose instintivamente las manos al cuello.)*
Sí, pero...

NOVICIA 2.ª

Cuando lloraba
me pareció que se le iba
a deshojar en la falda.

(*Se acercan las* MONJAS.)

MONJA 1.ª

¿Vamos a ensayar la Salve?

NOVICIA 1.ª

¡Muy bien!

NOVICIA 2.ª

Yo no tengo gana.

MONJA 1.ª

Es muy bonita.

NOVICIA 1.ª (*Hace una señal a las demás y se dirigen rápidamente al foro.*)

¡Y difícil!

(*Aparece* MARIANA *por la puerta de la izquierda, y al verla se retiran todas con disimulo.*)

MARIANA (*Sonriendo.*)

¿Huyen de mí?

NOVICIA 1.ª (*Temblando.*)

¡Vamos a la...!

NOVICIA 2.ª (*Turbada.*)

Nos íbamos... Yo decía...
Es muy tarde.

MARIANA (*Con bondad irónica.*)

¿Soy tan mala?

NOVICIA 1.ª (*Exaltada.*)

¡No, señora! ¿Quién lo dice?

MARIANA
¿Qué sabes tú, niña?
NOVICIA 2.ª *(Señalando a la primera.)*
¡Nada!
NOVICIA 1.ª
¡Pero la queremos todas!
(Nerviosa.)
¿No lo está usted viendo?
MARIANA *(Con amargura.)*
¡Gracias!
*(*MARIANA *se sienta en el banco, con las manos cruzadas y la cabeza caída, en una divina actitud de tránsito.)*
NOVICIA 1.ª
¡Vámonos!
NOVICIA 2.ª
¡Ay, Marianita,
rosa y jazmín de Granada,
que está esperando a su novio,
pero su novio se tarda!

(Se van.)

MARIANA
¡Quién me hubiera dicho a mí!...
Pero... ¡paciencia!
CARMEN *(Que entra.)*
¡Mariana!
Un señor, que trae permiso
del juez, viene a visitarla.
MARIANA *(Levantándose, radiante.)*
¡Que pase! ¡Por fin, Dios mío!

(Sale la MONJA. MARIANA *se dirige a una cornucopia que hay en la pared y, llena de*

su delicado delirio, se arregla los bucles y el escote.)

Pronto..., ¡qué segura estaba!
Tendré que cambiarme el traje:
me hace demasiado pálida.

ESCENA VIII

Se sienta en el banco, en actitud amorosa, vuelta al sitio donde tienen que entrar. Aparece la MADRE CARMEN. *Y* MARIANA, *no pudiendo resitir, se vuelve. En el silencio de la escena entra* FERNANDO, *pálido.* MARIANA *queda estupefacta*

MARIANA *(Desesperada, como no queriéndolo creer.)*
¡No!
FERNANDO *(Triste.)*
¡Mariana! ¿No quieres
que hable contigo? ¡Dime!
MARIANA
¡Pedro! ¿Dónde está Pedro?
¡Dejadlo entrar, por Dios!
¡Está abajo, en la puerta!
¡Tiene que estar! ¡Que suba!
Tú viniste con él,
¿verdad? Tú eres muy bueno.
Él vendrá muy cansado, pero entrará en seguida.
FERNANDO
Vengo solo, Mariana. ¿Qué sé yo de don Pedro?
MARIANA
¡Todos deben saber, pero ninguno sabe!
Entonces, ¿cuándo viene para salvar mi vida?

¿Cuándo viene a morir, si la muerte me acecha?
¿Vendrá? Dime, Fernando. ¡Aún es hora!

FERNANDO *(Enérgico y desesperado, al ver la actitud de* MARIANA.)

Don Pedro
no vendrá, porque nunca te quiso, Marianita.
Ya estará en Inglaterra, con otros liberales.
Te abandonaron todos tus antiguos amigos.
Solamente mi joven corazón te acompaña.
¡Mariana! ¡Aprende y mira cómo te estoy queriendo!

MARIANA *(Exaltada.)*

¿Por qué me lo dijiste? Yo bien que lo sabía;
pero nunca lo quise decir a mi esperanza.
Ahora ya no me importa. Mi esperanza lo ha oído
y se ha muerto mirando los ojos de mi Pedro.
Yo bordé la bandera por él. Yo he conspirado
para vivir y amar su pensamiento propio.
Más que a mis propios hijos y a mí misma le quise.
¿Amas la Libertad más que a tu Marianita?
¡Pues yo seré la misma Libertad que tú adoras!

FERNANDO

¡Sé que vas a morir! Dentro de unos instantes
vendrán por ti, Mariana. ¡Sálvate y di los nombres!
¡Por tus hijos! ¡Por mí, que te ofrezco la vida!

MARIANA

¡No quiero que mis hijos me desprecien! ¡Mis hijos
tendrán un nombre claro como la luna llena!
¡Mis hijos llevarán resplandor en el rostro,
que no podrán borrar los años ni los aires!
Si delato, por todas las calles de Granada
este nombre sería pronunciado con miedo.

FERNANDO *(Dramático y desesperado.)*

¡No puede ser! ¡No quiero que esto pase! ¡No quiero!
¡Tú tienes que vivir! ¡Mariana, por mi amor!

MARIANA *(Loca y delirante, en un estado agudo de pasión y angustia.)*
¿Y qué es amor, Fernando? ¡Yo no sé qué es amor!
FERNANDO *(Cerca.)*
¡Pero nadie te quiso como yo, Marianita!
MARIANA *(Reaccionando.)*
¡A ti debí quererte más que a nadie en el mundo,
si el corazón no fuera nuestro gran enemigo!
Corazón, ¿por qué mandas en mí si yo no quiero?
FERNANDO *(Se arrodilla y ella le coge la cabeza sobre el pecho.)*
¡Ay, te abandonan todos! ¡Habla, quiéreme y vive!
MARIANA *(Retirándolo.)*
¡Ya estoy muerta, Fernando! Tus palabras me llegan
a través del gran río del mundo que abandono.
Ya soy como la estrella sobre el agua profunda,
última débil brisa que se pierde en los álamos.

(Por el fondo pasa una MONJA, *con las manos cruzadas, que mira llena de zozobra al grupo.)*

FERNANDO
¡No sé qué hacer! ¡Qué angustia! ¡Ya vendrán a
[buscarte
¡Quién pudiera morir para que tú vivieras!
MARIANA
¡Morir! ¡Qué largo sueño sin ensueños ni sombras!
Pedro, quiero morir por lo que tú no mueres,
por el puro ideal que iluminó tus ojos:
¡¡Libertad!! Porque nunca se apague tu alta lumbre
me ofrezco toda entera. ¡¡Arriba, corazón!!
¡Pedro, mira tu amor a lo que me ha llevado!
Me querrás, muerta, tanto, que no podrás vivir.

(Dos MONJAS *entran, con las manos cruzadas, en la misma expresión de angustia, y no se atreven a acercarse.)*

Y ahora ya no te quiero, porque soy una sombra.

CARMEN *(Entrando, casi ahogada.)*
¡Mariana!
(A FERNANDO.)
¡Caballero! ¡Salga pronto!

FERNANDO *(Angustiado.)*
¡Dejadme!

MARIANA
¡Vete! ¿Quién eres tú? ¡Ya no conozco a nadie!
¡Voy a dormir tranquila!

(Entra otra MONJA *rápidamente, casi ahogada por el miedo y la emoción. Al fondo cruza otra con gran rapidez con una mano sobre la frente.)*

FERNANDO *(Emocionadísimo.)*
¡Adiós, Mariana!

MARIANA
¡Vete!
Ya vienen a buscarme.

(Sale FERNANDO, *llevado por dos* MONJAS.)

Como un grano de arena.

(Viene otra MONJA.)

siento al mundo en los dedos. ¡Muerte! Pero ¿qué es [muerte?

(A las MONJAS.)

Y vosotras, ¿qué hacéis? ¡Qué lejanas os siento!

CARMEN *(Que llega llorando.)*

¡Mariana!

MARIANA

¿Por qué llora?

CARMEN

¡Están abajo, niña!

MONJA 1.ª

¡Ya suben la escalera!

ESCENA ÚLTIMA

Entran por el foro todas las MONJAS. *Tienen la tristeza reflejada en los rostros. Las* NOVICIAS 1.ª *y* 2.ª *están en primer término.* SOR CARMEN, *digna y traspasada de pena, está cerca de* MARIANA. *Toda la escena irá adquiriendo, hasta el final, una gran luz extrañísima de crepúsculo granadino. Luz rosa y verde entra por los arcos, y los cipreses se matizan exquisitamente, hasta parecer piedras preciosas. Del techo desciende una suave luz naranja, que se va intensificando hasta el final*

MARIANA

¡Corazón, no me dejes! ¡Silencio! Con un ala,
¿dónde vas? Es preciso que tú también descanses.
Nos espera una larga locura de luceros
que hay detrás de la muerte. ¡Corazón, no desmayes!

CARMEN

¡Olvídate del mundo, preciosa Marianita!

MARIANA

¡Qué lejano lo siento!

CARMEN

¡Ya vienen a buscarte!

MARIANA

Pero ¡qué bien entiendo lo que dice esta luz!
¡Amor, amor, amor, y eternas soledades!

(Entra el JUEZ *por la puerta de la izquierda.)*

NOVICIA 1.ª

¡Es el juez!

NOVICIA 2.ª

¡Se la llevan!

JUEZ

Señora, a sus órdenes;
hay un coche en la puerta.

MARIANA

Mil gracias. Madre Carmen,
salvo a muchas criaturas que llorarán mi muerte.
No olviden a mis hijos.

CARMEN

¡Que la Virgen te ampare!

MARIANA

¡Os doy mi corazón! ¡Dadme un ramo de flores!
En mis últimas horas yo quiero engalanarme.
Quiero sentir la dura caricia de mi anillo
y prenderme en el pelo mi mantilla de encaje.
Amas la Libertad por encima de todo,
pero yo soy la misma Libertad. Doy mi sangre,
que es tu sangre y la sangre de todas las criaturas.
¡No se podrá comprar el corazón de nadie!

(Una MONJA *le ayuda a ponerse la mantilla.* MARIANA *se dirige al fondo, gritando):*

Ahora sé lo que dicen el ruiseñor y el árbol.
El hombre es un cautivo y no puede librarse.
¡Libertad de lo alto! Libertad verdadera,
enciende para mí tus estrellas distantes.
¡Adiós! ¡Secad el llanto!
(Al JUEZ.)

¡Vamos pronto!

CARMEN

¡Adiós, hija!

MARIANA

Contad mi triste historia a los niños que pasen.

CARMEN

Porque has amado mucho, Dios te abrirá su puerta.
¡Ay, triste Marianita! ¡Rosa de los rosales!

NOVICIA 1.ª *(Arrodillándose.)*

Ya no verán tus ojos las naranjas de luz
que pondrá en los tejados de Granada la tarde.

(Fuera empieza un lejano campaneo.)

MONJA 1.ª *(Arrodillándose.)*

Ni sentirás la dulce brisa de primavera
pasar de madrugada tocando tus cristales.

NOVICIA 2.ª *(Arrodillándose y besando la orla del vestido de* MARIANA.)

¡Clavellina de mayo! ¡Luna de Andalucía!,
en las altas barandas tu novio está esperándote.

CARMEN

¡Mariana, Marianita, de bello y triste nombre,
que los niños lamenten tu dolor por la calle!

MARIANA *(Saliendo.)*

¡Yo soy la Libertad porque el amor lo quiso!
¡Pedro! La Libertad, por la cual me dejaste.
¡Yo soy la Libertad, herida por los hombres!
¡Amor, amor, amor, y eternas soledades!

(Un campaneo vivo y solemne invade la escena, y un coro de NIÑOS *empieza, lejano, el romance.* MARIANA *se va, saliendo lentamente, apoyada en* SOR CARMEN. *Todas las demás* MONJAS *están arrodilladas. Una luz maravillosa y delirante invade la escena. Al fondo, los* NIÑOS *cantan.)*

¡Oh, qué día triste en Granada,
que a las piedras hacía llorar,
al ver que Marianita se muere
en cadalso por no declarar!

(No cesa el campaneo.)

Telón lento

Granada, 8 de enero de 1925.

ROMANCERO GITANO

1

ROMANCE DE LA LUNA, LUNA

A Conchita García Lorca

La luna vino a la fragua
con su polisón de nardos.
El niño la mira, mira.
El niño la está mirando.
En el aire conmovido
mueve la luna sus brazos
y enseña, lúbrica y pura,
sus senos de duro estaño.
Huye luna, luna, luna.
Si vinieran los gitanos,
harían con tu corazón
collares y anillos blancos.
Niño, déjame que baile.
Cuando vengan los gitanos,
te encontrarán sobre el yunque
con los ojillos cerrados.
Huye luna, luna, luna,
que ya siento sus caballos.
Niño, déjame, no pises
mi blancor almidonado.

El jinete se acercaba
tocando el tambor del llano.
Dentro de la fragua el niño,
tiene los ojos cerrados.
Por el olivar venían,
bronce y sueño, los gitanos.
Las cabezas levantadas
y los ojos entornados.

Cómo canta la zumaya,
¡ay cómo canta en el árbol!
Por el cielo va la luna
con un niño de la mano.

Dentro de la fragua lloran,
dando gritos, los gitanos.
El aire la vela, vela.
El aire la está velando.

2

PRECIOSA Y EL AIRE

A Dámaso Alonso

Su luna de pergamino
Preciosa tocando viene
por un anfibio sendero
de cristales y laureles.
El silencio sin estrellas,
huyendo del sonsonete,
cae donde el mar bate y canta
su noche llena de peces.
En los picos de la sierra
los carabineros duermen
guardando las blancas torres
donde viven los ingleses.
Y los gitanos del agua
levantan por distraerse,
glorietas de caracolas
y ramas de pino verde.

*

Su luna de pergamino
Preciosa tocando viene.

Al verla se ha levantado
el viento, que nunca duerme.
San Cristobalón desnudo,
lleno de lenguas celestes,
mira a la niña tocando
una dulce gaita ausente.

Niña, deja que levante
tu vestido para verte.
Abre en mis dedos antiguos
la rosa azul de tu vientre.
Preciosa tira el pandero
y corre sin detenerse.
El viento-hombrón la persigue
con una espada caliente.

Frunce su rumor el mar.
Los olivos palidecen.
Cantan las flautas de umbría
y el liso gong de la nieve.

¡Preciosa, corre, Preciosa,
que te coge el viento verde!
¡Preciosa, corre, Preciosa!
¡Míralo por donde viene!
Sátiro de estrellas bajas
con sus lenguas relucientes.

*

Preciosa, llena de miedo,
entra en la casa que tiene,
más arriba de los pinos,
el cónsul de los ingleses.

Asustados por los gritos
tres carabineros vienen,
sus negras capas ceñidas
y los gorros en las sienes.
El inglés da a la gitana
un vaso de tibia leche,
y una copa de ginebra
que Preciosa no se bebe.

Y mientras cuenta, llorando,
su aventura a aquella gente,
en las tejas de pizarra
el viento, furioso, muerde.

3
REYERTA

A Rafael Méndez

En la mitad del barranco
las navajas de Albacete,
bellas de sangre contraria,
relucen como los peces.
Una dura luz de naipe
recorta en el agrio verde,
caballos enfurecidos
y perfiles de jinetes.
En la copa de un olivo
lloran dos viejas mujeres.
El toro de la reyerta
se sube por las paredes.
Ángeles negros traían
pañuelos y agua de nieve.
Ángeles con grandes alas
de navajas de Albacete.
Juan Antonio el de Montilla
rueda muerto la pendiente,
su cuerpo lleno de lirios
y una granada en las sienes.

Ahora monta cruz de fuego,
carretera de la muerte.

*

El juez, con guardia civil,
por los olivares viene.
Sangre resbalada gime
muda canción de serpiente.
Señores guardias civiles:
aquí pasó lo de siempre.
Han muerto cuatro romanos
y cinco cartagineses.

*

La tarde loca de higueras
y de rumores calientes
cae desmayada en los muslos
heridos de los jinetes.
Y ángeles negros volaban
por el aire del poniente.
Ángeles de largas trenzas
y corazones de aceite.

4

ROMANCE SONÁMBULO

A Gloria Giner y a Fernando de los Ríos

Verde que te quiero verde.
Verde viento. Verdes ramas.
El barco sobre la mar
y el caballo en la montaña.
Con la sombra en la cintura,
ella sueña en su baranda,
verde carne, pelo verde,
con ojos de fría plata.
Verde que te quiero verde.
Bajo la luna gitana,
las cosas la están mirando
y ella no puede mirarlas.

*

Verde que te quiero verde.
Grandes estrellas de escarcha,
vienen con el pez de sombra
que abre el camino del alba.
La higuera frota su viento

con la lija de sus ramas,
y el monte, gato garduño,
eriza sus pitas agrias.
¿Pero quién vendrá? ¿Y por dónde?...
Ella sigue en su baranda
verde carne, pelo verde,
soñando en la mar amarga.

*

Compadre, quiero cambiar,
mi caballo por su casa,
mi montura por su espejo,
mi cuchillo por su manta.
Compadre, vengo sangrando,
desde los puertos de Cabra.
Si yo pudiera, mocito,
este trato se cerraba.
Pero yo ya no soy yo,
ni mi casa es ya mi casa.
Compadre, quiero morir
decentemente en mi cama.
De acero, si puede ser,
con las sábanas de holanda.
¿No ves la herida que tengo
desde el pecho a la garganta?
Trescientas rosas morenas
lleva tu pechera blanca.
Tu sangre rezuma y huele
alrededor de tu faja.
Pero yo ya no soy yo.
Ni mi casa es ya mi casa.
Dejadme subir al menos
hasta las altas barandas,

¡dejadme subir!, dejadme
hasta las verdes barandas.
Barandales de la luna
por donde retumba el agua.

*

Ya suben los dos compadres
hacia las altas barandas.
Dejando un rastro de sangre.
Dejando un rastro de lágrimas.
Temblaban en los tejados
farolillos de hojalata.
Mil panderos de cristal,
herían la madrugada.

*

Verde que te quiero verde,
verde viento, verdes ramas.
Los dos compadres subieron.
El largo viento, dejaba
en la boca un raro gusto
de hiel, de menta y de albahaca.
¡Compadre! ¿Dónde está, dime?
¿Dónde está tu niña amarga?
¡Cuántas veces te esperó!
¡Cuántas veces te esperara,
cara fresca, negro pelo,
en esta verde baranda!

*

Sobre el rostro del aljibe,
se mecía la gitana,

Verde carne, pelo verde,
con ojos de fría plata.
Un carámbano de luna,
la sostiene sobre el agua.
La noche se puso íntima
como una pequeña plaza.
Guardias civiles borrachos
en la puerta golpeaban.
Verde que te quiero verde.
Verde viento. Verdes ramas.
El barco sobre la mar.
Y el caballo en la montaña.

5

LA MONJA GITANA

A José Moreno Villa

Silencio de cal y mirto.
Malvas en las hierbas finas.
La monja borda alhelíes
sobre una tela pajiza.
Vuelan en la araña gris,
siete pájaros del prisma.
La iglesia gruñe a lo lejos
como un oso panza arriba.
¡Qué bien borda! ¡Con qué gracia!
Sobre la tela pajiza,
ella quisiera bordar
flores de su fantasía.
¡Qué girasol! ¡Qué magnolia
de lentejuelas y cintas!
¡Qué azafranes y qué lunas,
en el mantel de la misa!
Cinco toronjas se endulzan
en la cercana cocina.
Las cinco llagas de Cristo
cortadas en Almería.

Por los ojos de la monja
galopan dos caballistas.
Un rumor último y sordo
le despega la camisa,
y al mirar nubes y montes
en las yertas lejanías,
se quiebra su corazón
de azúcar y yerbaluisa.
¡Oh!, qué llanura empinada
con veinte soles arriba.
¡Qué ríos puestos de pie
vislumbra su fantasía!
Pero sigue con sus flores,
mientras que de pie, en la brisa,
la luz juega el ajedrez
alto de la celosía.

6

LA CASADA INFIEL

A Lydia Cabrera y a su negrita

Y que yo me la llevé al río
creyendo que era mozuela,
pero tenía marido.
Fue la noche de Santiago
y casi por compromiso.
Se apagaron los faroles
y se encendieron los grillos.
En las últimas esquinas
toqué sus pechos dormidos,
y se me abrieron de pronto
como ramos de jacintos.
El almidón de su enagua
me sonaba en el oído,
como una pieza de seda
rasgada por diez cuchillos.
Sin luz de plata en sus copas
los árboles han crecido
y un horizonte de perros
ladra muy lejos del río.

*

Pasadas las zarzamoras,
los juncos y los espinos,
bajo su mata de pelo
hice un hoyo sobre el limo.
Yo me quité la corbata.
Ella se quitó el vestido.
Yo el cinturón con revólver.
Ella sus cuatro corpiños.
Ni nardos ni caracolas
tienen el cutis tan fino,
ni los cristales con luna
relumbran con ese brillo.
Sus muslos se me escapaban
como peces sorprendidos,
la mitad llenos de lumbre,
la mitad llenos de frío.
Aquella noche corrí
el mejor de los caminos,
montado en potra de nácar
sin bridas y sin estribos.
No quiero decir, por hombre,
las cosas que ella me dijo.
La luz del entendimiento
me hace ser muy comedido.
Sucia de besos y arena
yo me la llevé del río.
Con el aire se batían
las espadas de los lirios.

Me porté como quien soy.
Como un gitano legítimo.
La regalé un costurero
grande de raso pajizo,

y no quise enamorarme
porque teniendo marido
me dijo que era mozuela
cuando la llevaba al río.

7

ROMANCE DE LA PENA NEGRA

A José Navarro Pardo

Las piquetas de los gallos
cavan buscando la aurora,
cuando por el monte oscuro
baja Soledad Montoya.
Cobre amarillo, su carne,
huele a caballo y a sombra.
Yunques ahumados sus pechos,
gimen canciones redondas.
Soledad: ¿por quién preguntas
sin compaña y a estas horas?
Pregunte por quien pregunte,
dime: ¿a ti qué se te importa?
Vengo a buscar lo que busco,
mi alegría y mi persona.
Soledad de mis pesares,
caballo que se desboca,
al fin encuentra la mar
y se lo tragan las olas.
No me recuerdes el mar
que la pena negra, brota

en las tierras de aceituna
bajo el rumor de las hojas.
¡Soledad, qué pena tienes!
¡Qué pena tan lastimosa!
Lloras zumo de limón
agrio de espera y de boca.
¡Qué pena tan grande! Corro
mi casa como una loca,
mis dos trenzas por el suelo
de la cocina a la alcoba.
¡Qué pena! Me estoy poniendo
de azabache, carne y ropa.
¡Ay mis camisas de hilo!
¡Ay mis muslos de amapola!
Soledad: lava tu cuerpo
con agua de las alondras,
y deja tu corazón
en paz, Soledad Montoya.

*

Por abajo canta el río:
volante de cielo y hojas.
Con flores de calabaza,
la nueva luz se corona.
¡Oh pena de los gitanos!
Pena limpia y siempre sola.
¡Oh pena de cauce oculto
y madrugada remota!

8

SAN MIGUEL

(GRANADA)

A Diego Buigas de Dalmáu

Se ven desde las barandas,
por el monte, monte, monte,
mulos y sombras de mulos
cargados de girasoles.

Sus ojos en las umbrías
se empañan de inmensa noche.
En los recodos del aire,
cruje la aurora salobre.

Un cielo de mulos blancos
cierra sus ojos de azogue
dando a la quieta penumbra
un final de corazones.
Y el agua se pone fría
para que nadie la toque.
Agua loca y descubierta
por el monte, monte, monte.

*

San Miguel lleno de encajes
en la alcoba de su torre,
enseña sus bellos muslos
ceñidos por los faroles.

Arcángel domesticado
en el gesto de las doce,
finge una cólera dulce
de plumas y ruiseñores.
San Miguel canta en los vidrios;
efebo de tres mil noches,
fragante de agua colonia
y lejano de las flores.

*

El mar baila por la playa,
un poema de balcones.
Las orillas de la luna
pierden juncos, ganan voces.
Vienen manolas comiendo
semillas de girasoles,
los culos grandes y ocultos
como planetas de cobre.
Vienen altos caballeros
y damas de triste porte,
morenas por la nostalgia
de un ayer de ruiseñores.
Y el obispo de Manila,
ciego de azafrán y pobre,
dice misa con dos filos
para mujeres y hombres.

*

San Miguel se estaba quieto
en la alcoba de su torre,
con las enaguas cuajadas
de espejitos y entredoses.

San Miguel, rey de los globos
y de los números nones,
en el primor berberisco
de gritos y miradores.

9

SAN RAFAEL

(CÓRDOBA)

A Juan Izquierdo Croselles

I

Coches cerrados llegaban
a las orillas de juncos
donde las ondas alisan
romano torso desnudo.
Coches, que el Guadalquivir
tiende en su cristal maduro,
entre láminas de flores
y resonancias de nublos.
Los niños tejen y cantan
el desengaño del mundo
cerca de los viejos coches
perdidos en el nocturno.
Pero Córdoba no tiembla
bajo el misterio confuso,
pues si la sombra levanta
la arquitectura del humo,
un pie de mármol afirma

su casto fulgor enjuto.
Pétalos de lata débil
recaman los grises puros
de la brisa, desplegada
sobre los arcos de triunfo.
Y mientras el puente sopla
diez rumores de Neptuno,
vendedores de tabaco
huyen por el roto muro.

II

Un solo pez en el agua
que a las dos Córdobas junta:
Blanda Córdoba de juncos.
Córdoba de arquitectura.
Niños de cara impasible
en la orilla se desnudan,
aprendices de Tobías
y Merlines de cintura,
para fastidiar al pez
en irónica pregunta
si quiere flores de vino
o saltos de media luna.
Pero el pez, que dora el agua
y los mármoles enluta,
les da lección y equilibrio
de solitaria columna.
El Arcángel aljamiado
de lentejuelas oscuras,
en el mitin de las ondas
buscaba rumor y cuna.

*

Un solo pez en el agua.
Dos Córdobas de hermosura.
Córdoba quebrada en chorros.
Celeste Córdoba enjuta.

10

SAN GABRIEL

(SEVILLA)

A D. Agustín Viñuales

I

Un bello niño de junco,
anchos hombros, fino talle,
piel de nocturna manzana,
boca triste y ojos grandes,
nervio de plata caliente,
ronda la desierta calle.
Sus zapatos de charol
rompen las dalias del aire,
con los dos ritmos que cantan
breves lutos celestiales.
En la ribera del mar
no hay palma que se le iguale,
ni emperador coronado
ni lucero caminante.
Cuando la cabeza inclina
sobre su pecho de jaspe,

la noche busca llanuras
porque quiere arrodillarse.
Las guitarras suenan solas
para San Gabriel Arcángel,
domador de palomillas
y enemigo de los sauces.
San Gabriel: El niño llora
en el vientre de su madre.
No olvides que los gitanos
te regalaron el traje.

II

Anunciación de los Reyes,
bien lunada y mal vestida,
abre la puerta al lucero
que por la calle venía.
El Arcángel San Gabriel
entre azucena y sonrisa,
biznieto de la Giralda
se acercaba de visita.
En su chaleco bordado
grillos ocultos palpitan.
Las estrellas de la noche
se volvieron campanillas.
San Gabriel: Aquí me tienes
con tres clavos de alegría.
Tu fulgor abre jazmines
sobre mi cara encendida.
Dios te salve, Anunciación.
Morena de maravilla.
Tendrás un niño más bello
que los tallos de la brisa.

¡Ay San Gabriel de mis ojos!
¡Gabrielillo de mi vida!
para sentarte yo sueño
un sillón de clavellinas.
Dios te salve, Anunciación,
bien lunada y mal vestida.
Tu niño tendrá en el pecho
un lunar y tres heridas.
¡Ay San Gabriel que reluces!
¡Gabrielillo de mi vida!
En el fondo de mis pechos
ya nace la leche tibia.
Dios te salve, Anunciación.
Madre de cien dinastías.
Áridos lucen tus ojos,
paisajes de caballista.

*

El niño canta en el seno
de Anunciación sorprendida.
Tres balas de almendra verde
tiemblan en su vocecita.

Ya San Gabriel en el aire
por una escala subía.
Las estrellas de la noche
se volvieron siemprevivas.

11

PRENDIMIENTO DE ANTOÑITO EL CAMBORIO EN EL CAMINO DE SEVILLA

A Margarita Xirgu

Antonio Torres Heredia,
hijo y nieto de Camborios,
con una vara de mimbre
va a Sevilla a ver los toros.
Moreno de verde luna
anda despacio y garboso.
Sus empavonados bucles
le brillan entre los ojos.
A la mitad del camino
cortó limones redondos,
y los fue tirando al agua
hasta que la puso de oro.
Y a la mitad del camino,
bajo las ramas de un olmo,
guardia civil caminera
lo llevó codo con codo.

*

El día se va despacio,
la tarde colgada a un hombro,
dando una larga torera
sobre el mar y los arroyos.
Las aceitunas aguardan
la noche de Capricornio,
y una corta brisa, ecuestre,
salta los montes de plomo.
Antonio Torres Heredia,
hijo y nieto de Camborios,
viene sin vara de mimbre
entre los cinco tricornios.
Antonio, ¿quién eres tú?
Si te llamaras Camborio,
hubieras hecho una fuente
de sangre con cinco chorros.
Ni tú eres hijo de nadie,
ni legítimo Camborio.
¡Se acabaron los gitanos
que iban por el monte solos!
Están los viejos cuchillos,
tiritando bajo el polvo.

A las nueve de la noche
lo llevan al calabozo,
mientras los guardias civiles
beben limonada todos.
Y a las nueve de la noche
le cierran el calabozo,
mientras el cielo reluce
como la grupa de un potro.

12

MUERTE DE ANTOÑITO EL CAMBORIO

A José Antonio Rubio Sacristán

Voces de muerte sonaron
cerca del Guadalquivir.
Voces antiguas que cercan
voz de clavel varonil.
Les clavó sobre las botas
mordiscos de jabalí.
En la lucha daba saltos
jabonados de delfín.
Bañó con sangre enemiga
su corbata carmesí,
pero eran cuatro puñales
y tuvo que sucumbir.
Cuando las estrellas clavan
rejones al agua gris,
cuando los erales sueñan
verónicas de alhelí,
voces de muerte sonaron
cerca del Guadalquivir.

*

Antonio Torres Heredia,
Camborio de dura crin,
moreno de verde luna,
voz de clavel varonil:
¿Quién te ha quitado la vida
cerca del Guadalquivir?
Mis cuatro primos Heredias
hijos de Benamejí.
Lo que en otros no envidiaban,
ya lo envidiaban en mí.
Zapatos color corinto,
medallones de marfil,
y este cutis amasado
con aceituna y jazmín.
¡Ay Antoñito el Camborio,
digno de una Emperatriz!
Acuérdate de la Virgen
porque te vas a morir.
¡Ay Federico García,
llama a la Guardia Civil!
Ya mi talle se ha quebrado
como caña de maíz.

*

Tres golpes de sangre tuvo,
y se murió de perfil.
Viva moneda que nunca
se volverá a repetir.
Un ángel marchoso pone
su cabeza en un cojín.
Otros de rubor cansado,
encendieron un candil.

Y cuando los cuatro primos
llegan a Benamejí,
voces de muerte cesaron
cerca del Guadalquivir.

13

MUERTO DE AMOR

A Margarita Manso

¿Qué es aquello que reluce
por los altos corredores?
Cierra la puerta, hijo mío,
acaban de dar las once.
En mis ojos, sin querer,
relumbran cuatro faroles.
Será que la gente aquélla,
estará fregando el cobre.

*

Ajo de agónica plata
la luna menguante, pone
cabelleras amarillas
a las amarillas torres.
La noche llama temblando
al cristal de los balcones,
perseguida por los mil
perros que no la conocen,

y un olor de vino y ámbar
viene de los corredores.

*

Brisas de caña mojada
y rumor de viejas voces,
resonaban por el arco
roto de la media noche.
Bueyes y rosas dormían.
Sólo por los corredores
las cuatro luces clamaban
con el furor de San Jorge.
Tristes mujeres del valle
bajaban su sangre de hombre,
tranquila de flor cortada
y amarga de muslo joven.
Viejas mujeres del río
lloraban al pie del monte,
un minuto intransitable
de cabelleras y nombres.
Fachadas de cal, ponían
cuadrada y blanca la noche.
Serafines y gitanos
tocaban acordeones.
Madre, cuando yo me muera,
que se enteren los señores.
Pon telegramas azules
que vayan del Sur al Norte.
Siete gritos, siete sangres,
siete adormideras dobles,
quebraron opacas lunas
en los oscuros salones.
Lleno de manos cortadas

y coronitas de flores,
el mar de los juramentos
resonaba, no sé dónde.
Y el cielo daba portazos
al brusco rumor del bosque,
mientras clamaban las luces
en los altos corredores.

14

(ROMANCE D)EL EMPLAZADO

Para Emilio Aladrén

¡Mi soledad sin descanso!
Ojos chicos de mi cuerpo
y grandes de mi caballo,
no se cierran por la noche
ni miran al otro lado
donde se aleja tranquilo
un sueño de trece barcos.
Sino que limpios y duros
escuderos desvelados,
mis ojos miran un norte
de metales y peñascos
donde mi cuerpo sin venas
consulta naipes helados.

*

Los densos bueyes del agua
embisten a los muchachos
que se bañan en las lunas
de sus cuernos ondulados.

Y los martillos cantaban
sobre los yunques sonámbulos,
el insomnio del jinete
y el insomnio del caballo.

*

El veinticinco de junio
le dijeron a el Amargo:
Ya puedes cortar si gustas
las adelfas de tu patio.
Pinta una cruz en la puerta
y pon tu nombre debajo,
porque cicutas y ortigas
nacerán en tu costado,
y agujas de cal mojada
te morderán los zapatos.
Será de noche, en lo oscuro,
por los montes imantados,
donde los bueyes del agua
beben los juncos soñando.
Pide luces y campanas.
Aprende a cruzar las manos,
y gusta los aires fríos
de metales y peñascos.
Porque dentro de dos meses
yacerás amortajado.

*

Espadón de nebulosa
mueve en el aire Santiago.
Grave silencio, de espalda,
manaba el cielo combado.

*

El veinticinco de junio
abrió sus ojos Amargo,
y el veinticinco de agosto
se tendió para cerrarlos.
Hombres bajaban la calle
para ver al emplazado,
que fijaba sobre el muro
su soledad con descanso.
Y la sábana impecable,
de duro acento romano,
daba equilibrio a la muerte
con las rectas de sus paños.

15
ROMANCE DE LA GUARDIA CIVIL ESPAÑOLA

A Juan Guerrero. Cónsul general de la poesía

Los caballos negros son.
Las herraduras son negras.
Sobre las capas relucen
manchas de tinta y de cera.
Tienen, por eso no lloran,
de plomo las calaveras.
Con el alma de charol
vienen por la carretera.
Jorobados y nocturnos,
por donde animan ordenan
silencios de goma oscura
y miedos de fina arena.
Pasan, si quieren pasar,
y ocultan en la cabeza
una vaga astronomía
de pistolas inconcretas.

*

¡Oh ciudad de los gitanos!
En las esquinas banderas.

La luna y la cabalaza
con las guindas en conserva.
¡Oh ciudad de los gitanos!
¿Quién te vio y no te recuerda?
Ciudad de dolor y almizcle,
con las torres de canela.

*

Cuando llegaba la noche,
noche que noche nochera,
los gitanos en sus fraguas
forjaban soles y flechas.
Un caballo malherido,
llamaba a todas las puertas.
Gallos de vidrio cantaban
por Jerez de la Frontera.
El viento, vuelve desnudo
la esquina de la sorpresa,
en la noche platinoche
noche, que noche nochera.

*

La Virgen y San José,
perdieron sus castañuelas,
y buscan a los gitanos
para ver si las encuentran.
La Virgen viene vestida
con un traje de alcaldesa
de papel de chocolate
con los collares de almendras.
San José mueve los brazos
bajo una capa de seda.

Detrás va Pedro Domecq
con tres sultanes de Persia.
La media luna, soñaba
un éxtasis de cigüeña.
Estandartes y faroles
invaden las azoteas.
Por los espejos sollozan
bailarinas sin caderas.
Agua y sombra, sombra y agua
por Jerez de la Frontera.

*

¡Oh ciudad de los gitanos!
En las esquinas banderas.
Apaga tus verdes luces
que viene la benemérita.
¡Oh ciudad de los gitanos!
¿Quién te vio y no te recuerda?
Dejadla lejos del mar,
sin peines para sus crenchas.

*

Avanzan de dos en fondo
a la ciudad de la fiesta.
Un rumor de siemprevivas
invade las cartucheras.
Avanzan de dos en fondo.
Doble nocturno de tela.
El cielo, se les antoja,
una vitrina de espuelas.

*

La ciudad libre de miedo,
multiplicaba sus puertas.
Cuarenta guardias civiles
entran a saco por ellas.
Los relojes se pararon,
y el coñac de las botellas
se disfrazó de noviembre
para no infundir sospechas.
Un vuelo de gritos largos
se levantó en las veletas.
Los sables cortan las brisas
que los cascos atropellan.
Por las calles de penumbra
huyen las gitanas viejas
con los caballos dormidos
y las orzas de moneda.
Por las calles empinadas
suben las capas siniestras,
dejando detrás fugaces
remolinos de tijeras.

En el portal de Belén,
los gitanos se congregan.
San José, lleno de heridas,
amortaja a una doncella.
Tercos fusiles agudos
por toda la noche suenan.
La Virgen cura a los niños
con salivilla de estrella.
Pero la Guardia Civil
avanza sembrando hogueras,
donde joven y desnuda
la imaginación se quema.
Rosa la de los Camborios,

gime sentada en su puerta
con sus dos pechos cortados
puestos en una bandeja.
Y otras muchachas corrían
perseguidas por sus trenzas,
en un aire donde estallan
rosas de pólvora negra.
Cuando todos los tejados
eran surcos en la tierra,
el alba meció sus hombros
en largo perfil de piedra.

*

¡Oh ciudad de los gitanos!
La Guardia Civil se aleja
por un túnel de silencio
mientras las llamas te cercan.

¡Oh ciudad de los gitanos!
¿Quién te vio y no te recuerda?
Que te busquen en mi frente.
Juego de luna y arena.

TRES ROMANCES HISTÓRICOS

16

MARTIRIO DE SANTA OLALLA

A Rafael Martínez Nadal

I

PANORAMA DE MÉRIDA

Por la calle brinca y corre
caballo de larga cola,
mientras juegan o dormitan
viejos soldados de Roma.
Medio monte de Minervas
abre sus brazos sin hojas.
Agua en vilo redoraba
las aristas de las rocas.
Noche de torsos yacentes
y estrellas de nariz rota,
aguarda grietas del alba
para derrumbarse toda.
De cuando en cuando sonaban
blasfemias de cresta roja.
Al gemir, la santa niña,

quiebra el cristal de las copas.
La rueda afila cuchillos
y garfios de aguda comba:
Brama el toro de los yunques,
y Mérida se corona
de nardos casi despiertos
y tallos de zarzamora.

II

EL MARTIRIO

Flora desnuda se sube
por escalerillas de agua.
El Cónsul pide bandeja
para los senos de Olalla.
Un chorro de venas verdes
le brota de la garganta.
Su sexo tiembla enredado
como un pájaro en las zarzas.
Por el suelo, ya sin norma,
brincan sus manos cortadas
que aún pueden cruzarse en tenue
oración decapitada.
Por los rojos agujeros
donde sus pechos estaban
se ven cielos diminutos
y arroyos de leche blanca.
Mil arbolillos de sangre
le cubren toda la espalda
y oponen húmedos troncos
al bisturí de las llamas.
Centuriones amarillos
de carne gris, desvelada,

llegan al cielo sonando
sus armaduras de plata.
Y mientras vibra confusa
pasión de crines y espadas,
el Cónsul porta en bandeja
senos ahumados de Olalla.

III

INFIERNO Y GLORIA

Nieve ondulada reposa.
Olalla pende del árbol.
Su desnudo de carbón
tizna los aires helados.
Noche tirante reluce.
Olalla muerta en el árbol.
Tinteros de las ciudades
vuelcan la tinta despacio.
Negros maniquís de sastre
cubren la nieve del campo
en largas filas que gimen
su silencio mutilado.
Nieve partida comienza.
Olalla blanca en el árbol.
Escuadras de níquel juntan
los picos en su costado.

*

Una custodia reluce
sobre los cielos quemados,
entre gargantas de arroyo
y ruiseñores en ramos.

¡Saltan vidrios de colores!
Olalla blanca en lo blanco.
Ángeles y serafines
dicen: Santo, Santo, Santo.

17

BURLA DE DON PEDRO A CABALLO

ROMANCE CON LAGUNAS

A Jean Cassou

Por una vereda
venía Don Pedro.
¡Ay cómo lloraba
el caballero!
Montado en un ágil
caballo sin freno,
venía en la busca
del pan y del beso.
Todas las ventanas
preguntan al viento,
por el llanto oscuro
del caballero.

PRIMERA LAGUNA

Bajo el agua
siguen las palabras.
Sobre el agua

una luna redonda
se baña,
dando envidia a la otra
¡tan alta!
En la orilla,
un niño,
ve las lunas y dice:
¡Noche; toca los platillos!

SIGUE

A una ciudad lejana
ha llegado Don Pedro.
Una ciudad lejana
entre un bosque de cedros.
¿Es Belén? Por el aire
yerbaluisa y romero.
Brillan las azoteas
y las nubes. Don Pedro
pasa por arcos rotos.
Dos mujeres y un viejo
con velones de plata
le salen al encuentro.
Los chopos dicen: No.
Y el ruiseñor: Veremos.

SEGUNDA LAGUNA

Bajo el agua
siguen las palabras.
Sobre el peinado del agua
un círculo de pájaros y llamas.
Y por los cañaverales,

testigos que conocen lo que falta.
Sueño concreto y sin norte
de madera de guitarra.

SIGUE

Por el camino llano
dos mujeres y un viejo
con velones de plata
van al cementerio.
Entre los azafranes
han encontrado muerto
el sombrío caballo
de Don Pedro.
Voz secreta de tarde
balaba por el cielo.
Unicornio de ausencia
rompe en cristal su cuerno.
La gran ciudad lejana
está ardiendo
y un hombre va llorando
tierras adentro.
Al Norte hay una estrella.
Al Sur un marinero.

ÚLTIMA LAGUNA

Bajo el agua
están las palabras.
Limo de voces perdidas.
Sobre la flor enfriada,
está Don Pedro olvidado,
¡ay! jugando con las ranas.

18

THAMAR Y AMNÓN

Para Alfonso García Valdecasas

La luna gira en el cielo
sobre las tierras sin agua
mientras el verano siembra
rumores de tigre y llama.
Por encima de los techos
nervios de metal sonaban.
Aire rizado venía
con los balidos de lana.
La tierra se ofrece llena
de heridas cicatrizadas,
o estremecida de agudos
cauterios de luces blancas.

*

Thamar estaba soñando
pájaros en su garganta,
al son de panderos fríos
y cítaras enlunadas.
Su desnudo en el alero,

agudo norte de palma,
pide copos a su vientre
y granizo a sus espaldas.
Thamar estaba cantando
desnuda por la terraza.
Alrededor de sus pies,
cinco palomas heladas.
Amnón delgado y concreto,
en la torre la miraba
llenas las ingles de espuma
y oscilaciones la barba.
Su desnudo iluminado
se tendía en la terraza,
con un rumor entre dientes
de flecha recién clavada.
Amnón estaba mirando
la luna redonda y baja,
y vio en la luna los pechos
durísimos de su hermana.

*

Amnón a las tres y media
se tendió sobre la cama.
Toda la alcoba sufría
con sus ojos llenos de alas.
La luz, maciza, sepulta
pueblos en la arena parda,
o descubre transitorio
coral de rosas y dalias.
Linfa de pozo oprimida,
brota silencio en las jarras.
En el musgo de los troncos
la cobra tendida canta.

Amnón gime por la tela
fresquísima de la cama.
Yedra del escalofrío
cubre su carne quemada.
Thamar entró silenciosa
en la alcoba silenciada,
color de vena y Danubio,
turbia de huellas lejanas.
Thamar, bórrame los ojos
con tu fija madrugada.
Mis hilos de sangre tejen
volantes sobre tu falda.
Déjame tranquila, hermano.
Son tus besos en mi espalda
avispas y vientecillos
en doble enjambre de flautas.
Thamar, en tus pechos altos
hay dos peces que me llaman
y en las yemas de tus dedos
rumor de rosa encerrada.

*

Los cien caballos del rey
en el patio relinchaban.
Sol en cubos resistía
la delgadez de la parra.
Ya la coge del cabello,
ya la camisa le rasga.
Corales tibios dibujan
arroyos en rubio mapa.

*

¡Oh, qué gritos se sentían
por encima de las casas!
Qué espesura de puñales
y túnicas desgarradas.
Por las escaleras tristes
esclavos suben y bajan.
Émbolos y muslos juegan
bajo las nubes paradas.
Alrededor de Thamar
gritan vírgenes gitanas
y otras recogen las gotas
de su flor martirizada.
Paños blancos, enrojecen
en las alcobas cerradas.
Rumores de tibia aurora
pámpanos y peces cambian.

*

Violador enfurecido,
Amnón huye con su jaca.
Negros le dirigen flechas
en los muros y atalayas.
Y cuando los cuatro cascos
eran cuatro resonancias,
David con unas tijeras
cortó las cuerdas del arpa.

POETA EN NUEVA YORK
(1929-1930)

A BEBÉ Y CARLOS MORLA

Los poemas de este libro están escritos en la ciudad de Nueva York el año 1929-1930, en que el poeta vivió como estudiante en Columbia University.

F. G. L.

I

POEMAS DE LA SOLEDAD EN COLUMBIA UNIVERSITY

Furia color de amor,
amor color de olvido.

LUIS CERNUDA

VUELTA DE PASEO

Asesinado por el cielo,
entre las formas que van hacia la sierpe
y las formas que buscan el cristal,
dejaré crecer mis cabellos.

Con el árbol de muñones que no canta
y el niño con el blanco rostro de huevo.

Con los animalitos de cabeza rota
y el agua harapienta de los pies secos.

Con todo lo que tiene cansancio sordomudo
y mariposa ahogada en el tintero.

Tropezando con mi rostro distinto de cada día.
¡Asesinado por el cielo!

1910

(INTERMEDIO)

Aquellos ojos míos de mil novecientos diez
no vieron enterrar a los muertos,
ni la feria de ceniza del que llora por la madrugada,
ni el corazón que tiembla arrinconado como un caballito
[de mar.

Aquellos ojos míos de mil novecientos diez
vieron la blanca pared donde orinaban las niñas,
el hocico del toro, la seta venenosa
y una luna incomprensible que iluminaba por los rincones
los pedazos de limón seco bajo el negro duro de las botellas.

Aquellos ojos míos en el cuello de la jaca,
en el seno traspasado de Santa Rosa dormida,
en los tejados del amor, con gemidos y frescas manos,
en un jardín donde los gatos se comían a las ranas.

Desván donde el polvo viejo congrega estatuas y musgos,
cajas que guardan silencio de cangrejos devorados
en el sitio donde el sueño tropezaba con su realidad.
Allí mis pequeños ojos.

No preguntarme nada. He visto que las cosas
cuando buscan su curso encuentran su vacío.
Hay un dolor de huecos por el aire sin gente
y en mis ojos criaturas vestidas ¡sin desnudo!

New York, agosto 1929.

FÁBULA Y RUEDA DE LOS TRES AMIGOS

Enrique,
Emilio,
Lorenzo.

Estaban los tres helados:
Enrique por el mundo de las camas;
Emilio por el mundo de los ojos y las heridas de las manos;
Lorenzo por el mundo de las universidades sin tejados.

Lorenzo,
Emilio,
Enrique.

Estaban los tres quemados:
Lorenzo por el mundo de las hojas y las bolas de billar;
Emilio por el mundo de la sangre y los alfileres blancos;
Enrique por el mundo de los muertos y los periódicos
[abandonados.

Lorenzo,

Emilio,
Enrique.
Estaban los tres enterrados:

Lorenzo en un seno de Flora;
Emilio en la yerta ginebra que se olvida en el vaso;
Enrique en la hormiga, en el mar y en los ojos vacíos de
[los pájaros.

Lorenzo,

Emilio,
Enrique.
Fueron los tres en mis manos
tres montañas chinas,
tres sombras de caballo,
tres paisajes de nieve y una cabaña de azucenas
por los palomares donde la luna se pone plana bajo el gallo.

Uno

y uno
y uno.
Estaban los tres momificados,
con las moscas del invierno,
con los tinteros que orina el perro y desprecia el vilano,
con la brisa que hiela el corazón de todas las madres,
por los blancos derribos de Júpiter donde meriendan
[muerte los borrachos.

Tres

y dos
y uno.
Los vi perderse llorando y cantando
por un huevo de gallina,
por la noche que enseñaba su esqueleto de tabaco,
por mi dolor lleno de rostros y punzantes esquirlas de
[luna,

por mi alegría de ruedas dentadas y látigos,
por mi pecho turbado por las palomas,
por mi muerte desierta con un solo paseante equivocado.

Yo había matado la quinta luna
y bebían agua por las fuentes los abanicos y los aplausos.
Tibia leche encerrada de las recién paridas
agitaba las rosas con un largo dolor blanco.

Enrique,
Emilio,
Lorenzo.
Diana es dura,
pero a veces tiene los pechos nublados.
Puede la piedra blanca latir en la sangre del ciervo
y el ciervo puede soñar por los ojos de un caballo.

Cuando se hundieron las formas puras
bajo el cri cri de las margaritas,
comprendí que me habían asesinado.
Recorrieron los cafés y los cementerios y las iglesias,
abrieron los toneles y los armarios,
destrozaron tres esqueletos para arrancar sus dientes de [oro.
Ya no me encontraron.
¿No me encontraron?
No. No me encontraron.
Pero se supo que la sexta luna huyó torrente arriba,
y que el mar recordó ¡de pronto!
los nombres de todos sus ahogados.

TU INFANCIA EN MENTON

Sí, tu niñez ya fábula de fuentes.

JORGE GUILLÉN

Sí, tu niñez ya fábula de fuentes.
El tren y la mujer que llena el cielo.
Tu soledad esquiva en los hoteles
y tu máscara pura de otro signo.
Es la niñez del mar y tu silencio
donde los sabios vidrios se quebraban.
Es tu yerta ignorancia donde estuvo
mi torso limitado por el fuego.
Norma de amor de ti, hombre de Apolo,
llanto con ruiseñor enajenado,
pero, pasto de ruina, te afilabas
para los breves sueños indecisos.
Pensamiento de enfrente, luz de ayer,
índices y señales del acaso.
Tu cintura de arena sin sosiego
atiende sólo rastros que no escalan.
Pero yo he de buscar por los rincones
tu alma tibia sin ti que no te entiende,
con el dolor de Apolo detenido
con que he roto la máscara que llevas.
Allí, león, allí furia del cielo,

te dejaré pacer en mis mejillas;
allí, caballo azul de mi locura,
pulso de nebulosa y minutero,
he de buscar las piedras de alacranes
y los vestidos de tu madre niña,
llanto de media noche y paño roto
que quitó luna de la sien del muerto.
Sí, tu niñez ya fábula de fuentes.
Alma extraña de mi hueco de venas,
te he de buscar pequeña y sin raíces.
¡Amor de siempre, amor, amor de nunca!
¡Oh, sí! Yo quiero. ¡Amor, amor! Dejadme.
No me tapen la boca los que buscan
espigas de Saturno por la nieve
o castran animales por un cielo,
clínica y selva de la anatomía.
Amor, amor, amor. Niñez del mar.
Tu alma tibia sin ti que no te entiende.
Amor, amor, un vuelo de la corza
por el pecho sin fin de la blancura.
Y tu niñez, amor, y tu niñez.
El tren y la mujer que llena el cielo.
Ni tú, ni yo, ni el aire, ni las hojas.
Sí, tu niñez ya fábula de fuentes.

II

LOS NEGROS

Para Ángel del Río

NORMA Y PARAÍSO DE LOS NEGROS

Odian la sombra del pájaro
sobre el pleamar de la blanca mejilla
y el conflicto de luz y viento
en el salón de la nieve fría.

Odian la flecha sin cuerpo,
el pañuelo exacto de la despedida,
la aguja que mantiene presión y rosa
en el gramíneo rubor de la sonrisa.

Aman el azul desierto,
las vacilantes expresiones bovinas,
la mentirosa luna de los polos,
la danza curva del agua en la orilla.

Con la ciencia del tronco y del rastro
llenan de nervios luminosos la arcilla
y patinan lúbricos por agua y arenas
gustando la amarga frescura de su milenaria saliva.

Es por el azul crujiente,
azul sin un gusano ni una huella dormida,
donde los huevos de avestruz quedan eternos
y deambulan intactas las lluvias bailarinas.

Es por el azul sin historia,
azul de una noche sin temor de día,
azul donde el desnudo del viento va quebrando
los camellos sonámbulos de las nubes vacías.

Es allí donde sueñan los torsos bajo la gula de la hierba.
Allí los corales empapan la desesperación de la tinta,
los durmientes borran sus perfiles bajo la madeja de los [caracoles
y queda el hueco de la danza sobre las últimas cenizas.

ODA AL REY DE HARLEM

Con una cuchara,
arrancaba los ojos a los cocodrilos
y golpeaba el trasero de los monos.
Con una cuchara.

Fuego de siempre dormía en los pedernales
y los escarabajos borrachos de anís
olvidaban el musgo de las aldeas.

Aquel viejo cubierto de setas
iba al sitio donde lloraban los negros
mientras crujía la cuchara del rey
y llegaban los tanques de agua podrida.

Las rosas huían por los filos
de las últimas curvas del aire,
y en los montones de azafrán
los niños machacaban pequeñas ardillas
con un rubor de frenesí manchado.

Es preciso cruzar los puentes
y llegar al rubor negro
para que el perfume de pulmón
nos golpee las sienes con su vestido
de caliente piña.

Es preciso matar al rubio vendedor de aguardiente,
a todos los amigos de la manzana y de la arena,
y es necesario dar con los puños cerrados
a las pequeñas judías que tiemblan llenas de burbujas,
para que el rey de Harlem cante con su muchedumbre,
para que los cocodrilos duerman en largas filas
bajo el amianto de la luna,
y para que nadie dude de la infinita belleza
de los plumeros, los ralladores, los cobres y las cacerolas
[de las cocinas.

¡Ay Harlem! ¡Ay Harlem! ¡Ay Harlem!
¡No hay angustia comparable a tus ojos oprimidos,
a tu sangre estremecida dentro del eclipse oscuro,
a tu violencia granate sordomuda en la penumbra,
a tu gran rey prisionero con un traje de conserje!

*

Tenía la noche una hendidura y quietas salamandras de
[marfil.
Las muchachas americanas llevaban niños y monedas en
[el vientre,
y los muchachos se desmayaban en la cruz del desperezo.

Ellos son.
Ellos son los que beben el *whisky* de plata junto a los vol-
[canes
y tragan pedacitos de corazón, por las heladas montañas
[del oso.

Aquella noche el rey de Harlem,
con una durísima cuchara
arrancaba los ojos a los cocodrilos

y golpeaba el trasero de los monos.
Con una cuchara.
Los negros lloraban confundidos
entre paraguas y soles de oro,
los mulatos estiraban gomas, ansiosos de llegar al torso
[blanco,
y el viento empañaba espejos
y quebraba las venas de los bailarines.

Negros, Negros, Negros, Negros.

La sangre no tiene puertas en vuestra noche boca arriba.
No hay rubor. Sangre furiosa por debajo de las pieles,
viva en la espina del puñal y en el pecho de los paisajes,
bajo las pinzas y las retamas de la celeste luna de cáncer.

Sangre que busca por mil caminos muertes enharinadas y
[ceniza de nardo,
cielos yertos en declive, donde las colonias de planetas
rueden por las playas con los objetos abandonados.

Sangre que mira lenta con el rabo del ojo,
hecha de espartos exprimidos, néctares de subterráneos.
Sangre que oxida el alisio descuidado en una huella
y disuelve a las mariposas en los cristales de la ventana.

Es la sangre que viene, que vendrá
por los tejados y azoteas, por todas partes,
para quemar la clorofilia de las mujeres rubias,
para gemir al pie de las camas ante el insomnio de los la-
[vabos
y estrellarse en una aurora de tabaco y bajo amarillo.

Hay que huir,
huir por las esquinas y encerrarse en los últimos pisos,
porque el tuétano del bosque penetrará por las rendijas

para dejar en vuestra carne una leve huella de eclipse
y una falsa tristeza de guante desteñido y rosa química.

*

Es por el silencio sapientísimo
cuando los camareros y los cocineros y los que limpian
[con la lengua
las heridas de los millonarios
buscan al rey por las calles o en los ángulos del salitre.

Un viento sur de madera, oblicuo en el negro fango,
escupe a las barcas rotas y se clava puntillas en los hom-
[bros;
un viento sur que lleva
colmillos, girasoles, alfabetos
y una pila de Volta con avispas ahogadas.

El olvido estaba expresado por tres gotas de tinta sobre el
[monóculo,
el amor por un solo rostro invisible a flor de piedra.
Medulas y corolas componían sobre las nubes
un desierto de tallos sin una sola rosa.

*

A la izquierda, a la derecha, por el Sur y por el Norte,
se levanta el muro impasible
para el topo, la aguja del agua.
No busquéis, negros, su grieta
para hallar la máscara infinita.
Buscad el gran sol del centro
hechos una piña zumbadora.
El sol que se desliza por los bosques

seguro de no encontrar una ninfa,
el sol que destruye números y no ha cruzado nunca un
[sueño,
el tatuado sol que baja por el río
y muge seguido de caimanes.

Negros, Negros, Negros, Negros.

Jamás sierpe, ni cebra, ni mula
palidecieron al morir.
El leñador no sabe cuándo expiran
los clamorosos árboles que corta.
Aguardad bajo la sombra vegetal de vuestro rey
a que cicutas y cardos y ortigas turben postreras azoteas.

Entonces, negros, entonces, entonces,
podréis besar con frenesí las ruedas de las bicicletas,
poner parejas de microscopios en las cuevas de las ardillas
y danzar al fin, sin duda, mientras las flores erizadas
asesinan a nuestro Moisés casi en los juncos del cielo.

¡Ay, Harlem disfrazada!
¡Ay, Harlem, amenazada por un gentío de trajes sin ca-
[beza!
Me llega tu rumor,
me llega tu rumor atravesando troncos y ascensores,
a través de láminas grises,
donde flotan sus automóviles cubiertos de dientes,
a través de los caballos muertos y los crímenes diminutos,
a través de tu gran rey desesperado,
cuyas barbas llegan al mar.

IGLESIA ABANDONADA

(BALADA DE LA GRAN GUERRA)

Yo tenía un hijo que se llamaba Juan.
Yo tenía un hijo.
Se perdió por los arcos un viernes de todos los muertos.
Le vi jugar en las últimas escaleras de la misa
y echaba un cubito de hojalata en el corazón del sacer-
[dote.
He golpeado los ataúdes. ¡Mi hijo! ¡Mi hijo! ¡Mi hijo!
Saqué una pata de gallina por detrás de la luna y luego,
comprendí que mi niña era un pez
por donde se alejan las carretas.
Yo tenía una niña.
Yo tenía un pez muerto bajo las cenizas de los incensarios.
Yo tenía un mar. ¿De qué? ¡Dios mío! ¡Un mar!
Subí a tocar las campanas, pero las frutas tenían gusanos
y las cerillas apagadas
se comían los trigos de la primavera.
Yo vi la transparente cigüeña de alcohol
mondar las negras cabezas de los soldados agonizantes
y vi las cabañas de goma
donde giraban las copas llenas de lágrimas.
En las anémonas del ofertorio te encontraré, ¡corazón
[mío!,

cuando el sacerdote levante la mula y el buey con sus
[fuertes brazos
para espantar los sapos nocturnos que rondan los helados
[paisajes del cáliz.
Yo tenía un hijo que era un gigante,
pero los muertos son más fuertes y saben devorar peda-
[zos de cielo.
Si mi niño hubiera sido un oso,
yo no temería el sigilo de los caimanes,
ni hubiese visto el mar amarrado a los árboles
para ser fornicado y herido por el tropel de los regimientos.
¡Si mi niño hubiera sido un oso!
Me envolveré sobre esta lona dura para no sentir el frío
[de los musgos.
Sé muy bien que me darán una manga o la corbata;
pero en el centro de la misma yo romperé el timón y en-
[tonces
vendrá a la piedra la locura de los pingüinos y gaviotas
que harán decir a los que duermen y a los que cantan por
[las esquinas:
él tenía un hijo.
¡Un hijo! ¡Un hijo! ¡Un hijo
que no era más que suyo, porque era su hijo!
¡Su hijo! ¡Su hijo! ¡Su hijo!

III

CALLES Y SUEÑOS

A RAFAEL R. RAPÚN

Un pájaro de papel en el pecho
dice que el tiempo de los besos no ha llegado.

VICENTE ALEIXANDRE

DANZA DE LA MUERTE

El mascarón. ¡Mirad el mascarón!
¡Cómo viene del África a New York!

Se fueron los árboles de la pimienta,
los pequeños botones de fósforo.
Se fueron los camellos de carne desgarrada
y los valles de luz que el cisne levantaba con el pico.

Era el momento de las cosas secas,
de la espiga en el ojo y el gato laminado,
del óxido de hierro de los grandes puentes
y el definitivo silencio del corcho.

Era la gran reunión de los animales muertos,
traspasados por las espadas de la luz;
la alegría eterna del hipopótamo con las pezuñas de ce-
[niza
y de la gacela con una siempreviva en la garganta.

En la marchita soledad sin honda
el abollado mascarón danzaba.
Medio lado del mundo era de arena,
mercurio y sol dormido el otro medio.

El mascarón. ¡Mirad el mascarón!
¡Arena, caimán y miedo sobre Nueva York!

*

Desfiladeros de cal aprisionaban un cielo vacío
donde sonaban las voces de los que mueren bajo el guano.
Un cielo mondado y puro, idéntico a sí mismo,
con el bozo y lirio aguado de sus montañas invisibles,

acabó con los más leves tallitos del canto
y se fue al diluvio empaquetado de la savia,
a través del descanso de los últimos desfiles,
levantando con el rabo pedazos de espejo.

Cuando el chino lloraba en el tejado
sin encontrar el desnudo de su mujer
y el director del banco observando el manómetro
que mide el cruel silencio de la moneda,
el mascarón llegaba al Wall Street.

No es extraño para la danza
este columbario que pone los ojos amarillos.
De la esfinge a la caja de caudales hay un hilo tenso
que atraviesa el corazón de todos los niños pobres.
El ímpetu primitivo baila con el ímpetu mecánico,
ignorantes en su frenesí de la luz original.
Porque si la rueda olvida su fórmula,
ya puede cantar desnuda con las manadas de caballos:
y si una llama quema los helados proyectos,
el cielo tendrá que huir ante el tumulto de las ventanas.

No es extraño este sitio para la danza, yo lo digo.
El mascarón bailará entre columnas de sangre y de nú-
[meros,

entre huracanes de oro y gemidos de obreros parados
que aullarán, noche oscura, por tu tiempo sin luces,
¡oh salvaje Norteamérica!, ¡oh impúdica!, ¡oh salvaje,
tendida en la frontera de la nieve!

El mascarón. ¡Mirad el mascarón!
¡Qué ola de fango y luciérnaga sobre Nueva York!

*

Yo estaba en la terraza luchando con la luna.
Enjambres de ventanas acribillaban un muslo de la noche.
En mis ojos bebían las dulces vacas de los cielos.
Y las brisas de largos remos
golpeaban los cenicientos cristales de Broadway.

La gota de sangre buscaba la luz de la yema del astro
para fingir una muerta semilla de manzana.
El aire de la llanura, empujado por los pastores,
temblaba con un miedo de molusco sin concha.

Pero no son los muertos los que bailan,
estoy seguro.
Los muertos están embebidos, devorando sus propias
[manos.
Son los otros los que bailan con el mascarón y su vihuela;
son los otros, los borrachos de plata, los hombres fríos,
los que crecen en el cruce de los muslos y llamas duras,
los que buscan la lombriz en el paisaje de las escaleras,
los que beben en el banco de lágrimas de niña muerta
o los que comen por las esquinas diminutas pirámides del
[alba.

¡Que no baile el Papa!
¡No, que no baile el Papa!

Ni el Rey,
ni el millonario de dientes azules,
ni las bailarinas secas de las catedrales,
ni constructores, ni esmeraldas, ni locos, ni sodomitas.
Sólo este mascarón,
este mascarón de vieja escarlatina,
¡sólo este mascarón!

Que ya las cobras silbarán por los últimos pisos,
que ya las ortigas estremecerán patios y terrazas,
que ya la Bolsa será una pirámide de musgo,
que ya vendrán lianas después de los fusiles
y muy pronto, muy pronto, muy pronto.
¡Ay, Wall Street!

El mascarón. ¡Mirad el mascarón!
¡Cómo escupe veneno de bosque
por la angustia imperfecta de Nueva York!

Diciembre 1929.

PAISAJE DE LA MULTITUD QUE VOMITA

(ANOCHECER DE CONEY ISLAND)

La mujer gorda venía delante
arrancando las raíces y mojando el pergamino de los tam-
[bores;
la mujer gorda
que vuelve del revés los pulpos agonizantes.
La mujer gorda, enemiga de la luna,
corría por las calles y los pisos deshabitados
y dejaba por los rincones pequeñas calaveras de paloma
y levantaba las furias de los banquetes de los siglos últimos
y llamaba al demonio del pan por las colinas del cielo ba-
[rrido
y filtraba un ansia de luz en las circulaciones subterráneas.
Son los cementerios, lo sé, son los cementerios
y el dolor de las cocinas enterradas bajo la arena,
son los muertos, los faisanes y las manzanas de otra hora
los que nos empujan en la garganta.

Llegaban los rumores de la selva del vómito
con las mujeres vacías, con niños de cera caliente,
con árboles fermentados y camareros incansables
que sirven platos de sal bajo las arpas de la saliva.
Sin remedio, hijo mío, ¡vomita! No hay remedio.

No es el vómito de los húsares sobre los pechos de la pros-
[tituta,
ni el vómito del gato que se tragó una rana por descuido.
Son los muertos que arañan con sus manos de tierra
las puertas de pedernal donde se pudren nublos y postres.
La mujer gorda venía delante
con las gentes de los barcos, de las tabernas y de los jar-
[dines.
El vómito agitaba delicadamente sus tambores
entre algunas niñas de sangre
que pedían protección a la luna.
¡Ay de mí! ¡Ay de mí! ¡Ay de mí!
Esta mirada mía fue mía, pero ya no es mía,
esta mirada que tiembla desnuda por el alcohol
y despide barcos increíbles
por las anémonas de los muelles.
Me defiendo con esta mirada
que mana de las ondas por donde el alba no se atreve,
yo, poeta sin brazos, perdido
entre la multitud que vomita,
sin caballo efusivo que corte
los espesos musgos de mis sienes.

Pero la mujer gorda seguía delante
y la gente buscaba las farmacias
donde el amargo trópico se fija.
Sólo cuando izaron la bandera y llegaron los primeros
[canes
la ciudad entera se agolpó en las barandillas del embarca-
[dero.

New York, 29 de diciembre de 1929.

PAISAJE DE LA MULTITUD QUE ORINA

(NOCTURNO DE BATTERY PLACE)

Se quedaron solos:
aguardaban la velocidad de las últimas bicicletas.
Se quedaron solas:
esperaban la muerte de un niño en el velero japonés.
Se quedaron solos y solas,
soñando con los picos abiertos de los pájaros agonizantes,
con el agudo quitasol que pincha
al sapo recién aplastado,
bajo un silencio con mil orejas
y diminutas bocas de agua
en los desfiladeros que resisten
el ataque violento de la luna.
Lloraba el niño del velero y se quebraban los corazones
angustiados por el testigo y la vigilia de todas las cosas
y porque todavía en el suelo celeste de negras huellas
gritaban nombres oscuros, salivas y radios de níquel.
No importa que el niño calle cuando le clavan el último
[alfiler,
ni importa la derrota de la brisa en la corola del algodón,
porque hay un mundo de la muerte con marineros defini-
[tivos

que se asomarán a los arcos y os helarán por detrás de los
[árboles.
Es inútil buscar el recodo
donde la noche olvida su viaje
y acechar un silencio que no tenga
trajes rotos y cáscaras y llanto,
porque tan sólo el diminuto banquete de la araña
basta para romper el equilibrio de todo el cielo.
No hay remedio para el gemido del velero japonés,
ni para estas gentes ocultas que tropiezan con las esquinas.
El campo se muerde la cola para unir las raíces en un
[punto
y el ovillo busca por la grama su ansia de longitud insa-
[tisfecha.
¡La luna! Los policías. ¡Las sirenas de los transatlánticos!
Fachada de crin, de humo; anémonas, guantes de goma.
Todo está roto por la noche,
abierta de piernas sobre las terrazas.
Todo está roto por los tibios caños
de una terrible fuente silenciosa.
¡Oh gentes! ¡Oh mujercillas! ¡Oh soldados!
Será preciso viajar por los ojos de los idiotas,
campos libres donde silban mansas cobras deslumbradas,
paisajes llenos de sepulcros que producen fresquísimas
[manzanas,
para que venga la luz desmedida
que temen los ricos detrás de sus lupas,
el olor de un solo cuerpo con la doble vertiente de lis y
[rata
y para que se quemen estas gentes que pueden orinar al-
[rededor de un gemido
o en los cristales donde se comprenden las olas nunca re-
[petidas.

ASESINATO

(DOS VECES DE MADRUGADA
EN RIVERSIDE DRIVE)

¿Cómo fue?
—Una grieta en la mejilla.
¡Eso es todo!
Una uña que aprieta el tallo.
Un alfiler que bucea
hasta encontrar las raicillas del grito.
Y el mar deja de moverse.
—*¿Cómo, cómo fue?*
—Así.
—*¡Déjame! ¿De esa manera?*
—Sí.
El corazón salió solo.
—*¡Ay, ay de mí!*

NAVIDAD EN EL HUDSON

¡Esa esponja gris!
Ese marinero recién degollado.
Ese río grande.
Esa brisa de límites oscuros.
Ese filo, amor, ese filo.
Estaban los cuatro marineros luchando con el mundo,
con el mundo de aristas que ven todos los ojos,
con el mundo que no se puede recorrer sin caballos.
Estaban uno, cien, mil marineros,
luchando con el mundo de las agudas velocidades,
sin enterarse de que el mundo
estaba solo por el cielo.

El mundo solo por el cielo solo.
Son las colinas de martillos y el triunfo de la hierba es-
[pesa.
Son los vivísimos hormigueros y las monedas en el fango.
El mundo solo por el cielo solo
y el aire a la salida de todas las aldeas.

Cantaba la lombriz el terror de la rueda
y el marinero degollado
cantaba el oso de agua que lo había de estrechar;

y todos cantaban aleluya,
aleluya. Cielo desierto.
Es lo mismo, ¡lo mismo!, aleluya.

He pasado toda la noche en los andamios de los arrabales
dejándome la sangre por la escayola de los proyectos,
ayudando a los marineros a recoger las velas desgarradas.
Y estoy con las manos vacías en el rumor de la desembo-
[cadura.
No importa que cada minuto
un niño nuevo agite sus ramitos de venas,
ni que el parto de la víbora, desatado bajo las ramas,
calme la sed de sangre de los que miran el desnudo.
Lo que importa es esto: hueco. Mundo solo. Desemboca-
[dura.
Alba no. Fábula inerte.
Sólo esto: Desembocadura.
¡Oh esponja mía gris!
¡Oh cuello mío recién degollado!
¡Oh río grande mío!
¡Oh brisa mía de límites que no son míos!
¡Oh filo de amor, oh hiriente filo!

New York, 27 de diciembre de 1929.

CIUDAD SIN SUEÑO

(NOCTURNO DEL BROOKLYN BRIDGE)

No duerme nadie por el cielo. Nadie, nadie.
No duerme nadie.
Las criaturas de la luna huelen y rondan sus cabañas.
Vendrán las iguanas vivas a morder a los hombres que no
[sueñan
y el que huye con el corazón roto encontrará por las es-
[quinas
al increíble cocodrilo quieto bajo la tierna protesta de los
[astros.

No duerme nadie por el mundo. Nadie, nadie.
No duerme nadie.
Hay un muerto en el cementerio más lejano
que se queja tres años
porque tiene un paisaje seco en la rodilla;
y el niño que enterraron esta mañana lloraba tanto
que hubo necesidad de llamar a los perros para que ca-
[llase.

No es sueño la vida. ¡Alerta! ¡Alerta! ¡Alerta!
Nos caemos por las escaleras para comer la tierra húmeda
o subimos al filo de la nieve con el coro de las dalias
[muertas.

Pero no hay olvido, ni sueño:
carne viva. Los besos atan las bocas
en una maraña de venas recientes
y al que le duele su dolor le dolerá sin descanso
y el que teme la muerte la llevará sobre sus hombros.

Un día
los caballos vivirán en las tabernas
y las hormigas furiosas
atacarán los cielos amarillos que se refugian en los ojos
[de las vacas.

Otro día
veremos la resurrección de las mariposas disecadas
y aun andando por un paisaje de esponjas grises y barcos
[mudos
veremos brillar nuestro anillo y manar rosas de nuestra
[lengua.
¡Alerta! ¡Alerta! ¡Alerta!
A los que guardan todavía huellas de zarpa y aguacero,
a aquel muchacho que llora porque no sabe la invención
[del puente
o a aquel muerto que ya no tiene más que la cabeza y un
[zapato,
hay que llevarlos al muro donde iguanas y sierpes esperan,
donde espera la dentadura del oso,
donde espera la mano momificada del niño
y la piel del camello se eriza con un violento escalofrío
[azul.

No duerme nadie por el cielo. Nadie, nadie.
No duerme nadie.

Pero si alguien cierra los ojos,
¡azotadlo, hijos míos, azotadlo!

Haya un panorama de ojos abiertos
y amargas llagas encendidas.
No duerme nadie por el mundo. Nadie, nadie.
Ya lo he dicho.
No duerme nadie.
Pero si alguien tiene por la noche exceso de musgo en las [sienes,
abrid los escotillones para que vea bajo la luna
las copas falsas, el veneno y la calavera de los teatros.

PANORAMA CIEGO DE NUEVA YORK

Si no son los pájaros
cubiertos de ceniza,
si no son los gemidos que golpean las ventanas de la boda,
serán las delicadas criaturas del aire
que manan la sangre nueva por la oscuridad inextinguible.
Pero no, no son los pájaros,
porque los pájaros están a punto de ser bueyes;
pueden ser rocas blancas con la ayuda de la luna
y son siempre muchachos heridos
antes de que los jueces levanten la tela.

Todos comprenden el dolor que se relaciona con la muerte,
pero el verdadero dolor no está presente en el espíritu.
No está en el aire ni en nuestra vida,
ni en estas terrazas llenas de humo.
El verdadero dolor que mantiene despiertas las cosas
es una pequeña quemadura infinita
en los ojos inocentes de los otros sistemas.

Un traje abandonado pesa tanto en los hombros
que muchas veces el cielo los agrupa en ásperas manadas.
Y las que mueren de parto saben en la última hora
que todo rumor será piedra y toda huella latido.
Nosotros ignoramos que el pensamiento tiene arrabales

donde el filósofo es devorado por los chinos y las orugas.
Y algunos niños idiotas han encontrado por las cocinas
pequeñas golondrinas con muletas
que sabían pronunciar la palabra amor.
No, no son los pájaros.
No es un pájaro el que expresa la turbia fiebre de laguna,
ni el ansia de asesinato que nos oprime cada momento,
ni el metálico rumor de suicidio que nos anima cada ma-
[drugada.
Es una cápsula de aire donde nos duele todo el mundo,
es un pequeño espacio vivo al loco unisón de la luz,
es una escala indefinible donde las nubes y rosas olvidan
el griterío chino que bulle por el desembarcadero de la
[sangre.
Yo muchas veces me he perdido
para buscar la quemadura que mantiene despiertas las cosas
y sólo he encontrado marineros echados sobre las baran-
[dillas
y pequeñas criaturas del cielo enterradas bajo la nieve.
Pero el verdadero dolor estaba en otras plazas
donde los peces cristalizados agonizaban dentro de los
[troncos;
plazas del cielo extraño para las antiguas estatuas ilesas
y para la tierna intimidad de los volcanes.

No hay dolor en la voz. Sólo existen los dientes,
pero dientes que callarán aislados por el raso negro.
No hay dolor en la voz. Aquí sólo existe la Tierra.
La Tierra con sus puertas de siempre
que llevan al rubor de los frutos.

NACIMIENTO DE CRISTO

Un pastor pide teta por la nieve que ondula
blancos perros tendidos entre linternas sordas.
El Cristito de barro se ha partido los dedos
en los filos eternos de la madera rota.

¡Ya vienen las hormigas y los pies ateridos!
Dos hilillos de sangre quiebran el cielo duro.
Los vientres del demonio resuenan por los valles
golpes y resonancias de carne de molusco.

Lobos y sapos cantan en las hogueras verdes
coronadas por vivos hormigueros del alba.
La luna tiene un sueño de grandes abanicos
y el toro sueña un toro de agujeros y de agua.

El niño llora y mira con un tres en la frente.
San José ve en el heno tres espinas de bronce.
Los pañales exhalan un rumor de desierto
con cítaras sin cuerdas y degolladas voces.

La nieve de Manhattan empuja los anuncios
y lleva gracia pura por las falsas ojivas.
Sacerdotes idiotas y querubes de pluma
van detrás de Lutero por las altas esquinas.

LA AURORA

La aurora de Nueva York tiene
cuatro columnas de cieno
y un huracán de negras palomas
que chapotean las aguas podridas.

La aurora de Nueva York gime
por las inmensas escaleras
buscando entre las aristas
nardos de angustia dibujada.

La aurora llega y nadie la recibe en su boca
porque allí no hay mañana ni esperanza posible.
A veces las monedas en enjambres furiosos
taladran y devoran abandonados niños.

Los primeros que salen comprenden con sus huesos
que no habrá paraíso ni amores deshojados;
saben que van al cieno de números y leyes,
a los juegos sin arte, a sudores sin fruto.

La luz es sepultada por cadenas y ruidos
en impúdico reto de ciencia sin raíces.
Por los barrios hay gentes que vacilan insomnes
como recién salidas de un naufragio de sangre.

IV

POEMAS DEL LAGO EDEM MILLS

A EDUARDO UGARTE

POEMA DOBLE DEL LAGO EDEM

Nuestro ganado pace, el viento espira.

GARCILASO

Era mi voz antigua
ignorante de los densos jugos amargos.
La adivino lamiendo mis pies
bajo los frágiles helechos mojados.

¡Ay voz antigua de mi amor,
ay voz de mi verdad,
ay voz de mi abierto costado,
cuando todas las rosas manaban de mi lengua
y el césped no conocía la impasible dentadura del caballo!

Estás aquí bebiendo mi sangre,
bebiendo mi humor de niño pesado,
mientras mis ojos se quiebran en el viento
con el aluminio y las voces de los borrachos.

Déjame pasar la puerta
donde Eva come hormigas
y Adán fecunda peces deslumbrados.
Déjame pasar hombrecillo de los cuernos
al bosque de los desperezos
y los alegrísimos saltos.

Yo sé el uso más secreto
que tiene un viejo alfiler oxidado
y sé del horror de unos ojos despiertos
sobre la superficie concreta del plato.

Pero no quiero mundo ni sueño, voz divina,
quiero mi libertad, mi amor humano
en el rincón más oscuro de la brisa que nadie quiera.
¡Mi amor humano!

Esos perros marinos se persiguen
y el viento acecha troncos descuidados.
¡Oh voz antigua, quema con tu lengua
esta voz de hojalata y de talco!

Quiero llorar porque me da la gana
como lloran los niños del último banco,
porque yo no soy un hombre, ni un poeta, ni una hoja,
pero sí un pulso herido que sonda las cosas del otro lado.

Quiero llorar diciendo mi nombre,
rosa, niño y abeto a la orilla de este lago,
para decir mi verdad de hombre de sangre
matando en mí la burla y la sugestión del vocablo.

No, no, yo no pregunto, yo deseo,
voz mía libertada que me lames las manos.
En el laberinto de biombos es mi desnudo el que recibe
la luna de castigo y el reloj encenizado.

Así hablaba yo.
Así hablaba yo cuando Saturno detuvo los trenes
y la bruma y el Sueño y la Muerte me estaban buscando.
Me estaban buscando
allí donde mugen las vacas que tienen patitas de paje
y allí donde flota mi cuerpo entre los equilibrios contrarios

CIELO VIVO

Yo no podré quejarme
si no encontré lo que buscaba.
Cerca de las piedras sin jugo y los insectos vacíos
no veré el duelo del sol con las criaturas en carne viva.

Pero me iré al primer paisaje
de choques, líquidos y rumores
que trasmina a niño recién nacido
y donde toda superficie es evitada,
para entender que lo que busco tendrá su blanco de ale-
[gría
cuando yo vuele mezclado con el amor y las arenas.

Allí no llega la escarcha de los ojos apagados
ni el mugido del árbol asesinado por la oruga.
Allí todas las formas guardan entrelazadas
una sola expresión frenética de avance.

No puedes avanzar por los enjambres de corolas
porque el aire disuelve tus dientes de azúcar,
ni puedes acariciar la fugaz hoja del helecho
sin sentir el asombro definitivo del marfil.

Allí bajo las raíces y en la medula del aire,
se comprende la verdad de las cosas equivocadas,
el nadador de níquel que acecha la onda más fina
y el rebaño de vacas nocturnas con rojas patitas de mujer.

Yo no podré quejarme
si no encontré lo que buscaba;
pero me iré al primer paisaje de humedades y latidos
para entender que lo que busco tendrá su blanco de ale-
[gría
cuando yo vuele mezclado con el amor y las arenas.

Vuelo fresco de siempre sobre lechos vacíos,
sobre grupos de brisas y barcos encallados.
Tropiezo vacilante por la dura eternidad fija
y amor al fin sin alba. Amor. ¡Amor visible!

Edem Mills, Vermont, 24 de agosto de 1929.

V

EN LA CABAÑA DEL FARMER

(CAMPO DE NEWBURG)

A CONCHA MÉNDEZ
Y MANUEL ALTOLAGUIRRE

EL NIÑO STANTON

Do you like me?
—Yes, and you?
—Yes, yes.

Cuando me quedo solo
me quedan todavía tus diez años,
los tres caballos ciegos,
tus quince rostros con el rostro de la pedrada
y las fiebres pequeñas heladas sobre las hojas del maíz.
Stanton, hijo mío, Stanton.
A las doce de la noche el cáncer salía por los pasillos
y hablaba con los caracoles vacíos de los documentos,
el vivísimo cáncer lleno de nubes y termómetros
con su casto afán de manzana para que lo piquen los rui-
[señores.
En la casa donde no hay un cáncer
se quiebran las blancas paredes en el delirio de la astro-
[nomía
y por los establos más pequeños y en las cruces de los
[bosques
brilla por muchos años el fulgor de la quemadura.
Mi dolor sangraba por las tardes
cuando tus ojos eran dos muros,

cuando tus manos eran dos países
y mi cuerpo rumor de hierba.

Mi agonía buscaba su traje,
polvorienta, mordida por los perros,
y tú la acompañaste sin temblar
hasta la puerta del agua oscura.
¡Oh mi Stanton, idiota y bello entre los pequeños anima-
[litos,
con tu madre fracturada por los herreros de las aldeas,
con un hermano bajo los arcos,
otro comido por los hormigueros,
y el cáncer sin alambradas latiendo por las habitaciones!
Hay nodrizas que dan a los niños
ríos de musgo y amargura de pie
y algunas negras suben a los pisos para repartir filtro de
[rata.
Porque es verdad que la gente
quiere echar las palomas a las alcantarillas
y yo sé lo que esperan los que por la calle
nos oprimen de pronto las yemas de los dedos.

Tu ignorancia es un monte de leones, Stanton.
El día que el cáncer te dio una paliza
y te escupió en el dormitorio donde murieron los huéspe-
[des en la epidemia
y abrió su quebrada rosa de vidrios secos y manos blandas
para salpicar de lodo las pupilas de los que navegan,
tú buscaste en la hierba mi agonía,
mi agonía con flores de terror,
mientras que el agrio cáncer mudo que quiere acostarse
[contigo
pulverizaba rojos paisajes por las sábanas de amargura,
y ponía sobre los ataúdes

helados arbolitos de ácido bórico.
Stanton, vete al bosque con tus arpas judías,
vete para aprender celestiales palabras
que duermen en los troncos, en nubes, en tortugas,
en los perros dormidos, en el plomo, en el viento,
en lirios que no duermen, en aguas que no copian,
para que aprendas, hijo, lo que tu pueblo olvida.

Cuando empiece el tumulto de la guerra
dejaré un pedazo de queso para tu perro en la oficina.
Tus diez años serán las hojas
que vuelan en los trajes de los muertos,
diez rosas de azufre débil
en el hombro de mi madrugada.
Y yo, Stanton, yo solo, en olvido,
con tus caras marchitas sobre mi boca,
iré penetrando a voces las verdes estatuas de la Malaria.

VACA

A Luis Lacasa

Se tendió la vaca herida;
árboles y arroyos trepaban por sus cuernos.
Su hocico sangraba en el cielo.

Su hocico de abejas
bajo el bigote lento de la baba.
Un alarido blanco puso en pie la mañana.

Las vacas muertas y las vivas,
rubor de luz o miel de establo,
balaban con los ojos entornados.

Que se enteren las raíces
y aquel niño que afila su navaja
de que ya se pueden comer la vaca.

Arriba palidecen
luces y yugulares.
Cuatro pezuñas tiemblan en el aire.

Que se entere la luna
y esa noche de rocas amarillas:
que ya se fue la vaca de ceniza.

Que ya se fue balando
por el derribo de los cielos yertos
donde meriendan muerte los borrachos.

NIÑA AHOGADA EN EL POZO

(GRANADA Y NEWBURG)

Las estatuas sufren por los ojos con la oscuridad de los
[ataúdes,
pero sufren mucho más por el agua que no desemboca.
Que no desemboca.

El pueblo corría por las almenas rompiendo las cañas de
[los pescadores.
¡Pronto! ¡Los bordes! ¡De prisa! Y croaban las estrellas
[tiernas.
... que no desemboca.

Tranquila en mi recuerdo, astro, círculo, meta,
lloras por las orillas de un ojo de caballo.
... que no desemboca.

Pero nadie en lo oscuro podrá darte distancias,
sin afilado límite, porvenir de diamante.
... que no desemboca.

Mientras la gente busca silencios de almohada
tú lates para siempre definida en tu anillo.
... que no desemboca.

Eterna en los finales de unas ondas que aceptan
combate de raíces y soledad prevista.
... que no desemboca.
¡Ya vienen por las rampas! ¡Levántate del agua!
¡Cada punto de luz te dará una cadena!
... que no desemboca.

Pero el pozo te alarga manecitas de musgo,
insospechada ondina de su casta ignorancia.
... que no desemboca.

No, que no desemboca. Agua fija en un punto,
respirando con todos sus violines sin cuerdas
en la escala de las heridas y los edificios deshabitados.

¡Agua que no desemboca!

VI

INTRODUCCIÓN A LA MUERTE

POEMAS DE LA SOLEDAD EN VERMONT

PARA RAFAEL SÁNCHEZ VENTURA

MUERTE

A Luis de la Serna

¡Qué esfuerzo!
¡Qué esfuerzo del caballo por ser perro!
¡Qué esfuerzo del perro por ser golondrina!
¡Qué esfuerzo de la golondrina por ser abeja!
¡Qué esfuerzo de la abeja por ser caballo!
Y el caballo,
¡qué flecha aguda exprime de la rosa!,
¡qué rosa gris levanta de su belfo!
Y la rosa,
¡qué rebaño de luces y alaridos
ata en el vivo azúcar de su tronco!
Y el azúcar,
¡qué puñalitos sueña en su vigilia!;
y los puñales diminutos
¡qué luna sin establos, qué desnudos,
piel eterna y rubor, andan buscando!
Y yo, por los aleros,
¡qué serafín de llamas busco y soy!
Pero el arco de yeso,
¡qué grande, qué invisible, qué diminuto!,
sin esfuerzo.

NOCTURNO DEL HUECO

I

Para ver que todo se ha ido,
para ver los huecos y los vestidos,
¡dame tu guante de luna,
tu otro guante perdido en la hierba,
amor mío!

Puede el aire arrancar los caracoles
muertos sobre el pulmón del elefante
y soplar los gusanos ateridos
de las yemas de luz o las manzanas.

Los rostros bogan impasibles
bajo el diminuto griterío de las yerbas
y en el rincón está el pechito de la rana
turbio de corazón y mandolina.

En la gran plaza desierta
mugía la bovina cabeza recién cortada
y eran duro cristal definitivo
las formas que buscaban el giro de la sierpe.

Para ver que todo se ha ido
dame tu mundo hueco, ¡amor mío!
Nostalgia de academia y cielo triste.
¡Para ver que todo se ha ido!

Dentro de ti, amor mío, por tu carne,
¡qué silencio de trenes boca arriba!,
¡cuánto brazo de momia florecido!,
¡qué cielo sin salida, amor, qué cielo!

Es la piedra en el agua y es la voz en la brisa
bordes de amor que escapan de su tronco sangrante.
Basta tocar el pulso de nuestro amor presente
para que broten flores sobre los otros niños.

Para ver que todo se ha ido.
Para ver los huecos de nubes y ríos.
Dame tus manos de laurel, amor.
¡Para ver que todo se ha ido!

Ruedan los huecos puros, por mí, por ti, en el alba
conservando las huellas de las ramas de sangre
y algún perfil de yeso tranquilo que dibuja
instantáneo dolor de luna apuntillada.

Mira formas concretas que buscan su vacío.
Perros equivocados y manzanas mordidas.
Mira el ansia, la angustia de un triste mundo fósil
que no encuentra el acento de su primer sollozo.

Cuando busco en la cama los rumores del hilo
has venido, amor mío, a cubrir mi tejado.
El hueco de una hormiga puede llenar el aire,
pero tú vas gimiendo sin norte por mis ojos.

No, por mis ojos no, que ahora me enseñas
cuatro ríos ceñidos en tu brazo,
en la dura barraca donde la luna prisionera
devora a un marinero delante de los niños.

Para ver que todo se ha ido
¡amor inexpugnable, amor huido!
No, no me des tu hueco,
¡que ya va por el aire el mío!
¡Ay de ti, ay de mí, de la brisa!
Para ver que todo se ha ido.

II

Yo.
Con el hueco blanquísimo de un caballo,
crines de ceniza. Plaza pura y doblada.

Yo.
Mi hueco traspasado con las axilas rotas.
Piel seca de uva neutra y amianto de madrugada.

Toda la luz del mundo cabe dentro de un ojo.
Canta el gallo y su canto dura más que sus alas.

Yo.
Con el hueco blanquísimo de un caballo.
Rodeado de espectadores que tienen hormigas en las pa-
[labras.

En el circo del frío sin perfil mutilado.
Por los capiteles rotos de las mejillas desangradas.

Yo.
Mi hueco sin ti, ciudad, sin tus muertos que comen.
Ecuestre por mi vida definitivamente anclada.

Yo.
No hay siglo nuevo ni luz reciente.
Sólo un caballo azul y una madrugada.

PAISAJE CON DOS TUMBAS
Y UN PERRO ASIRIO

Amigo,
levántate para que oigas aullar
al perro asirio.
Las tres ninfas del cáncer han estado bailando,
hijo mío.

Trajeron unas montañas de lacre rojo
y unas sábanas duras donde estaba el cáncer dormido.
El caballo tenía un ojo en el cuello
y la luna estaba en un cielo tan frío
que tuvo que desgarrarse su monte de Venus
y ahogar en sangre y ceniza los cementerios antiguos.

Amigo,
despierta, que los montes todavía no respiran
y las hierbas de mi corazón están en otro sitio.
No importa que estés lleno de agua de mar.
Yo amé mucho tiempo a un niño
que tenía una plumilla en la lengua
y vivimos cien años dentro de un cuchillo.
Despierta. Calla. Escucha. Incorpórate un poco.
El aullido
es una larga lengua morada que deja

hormigas de espanto y licor de lirios.
Ya viene hacia la roca. ¡No alargues tus raíces!
Se acerca. Gime. No solloces en sueños, amigo.
¡Amigo!
Levántate para que oigas aullar
al perro asirio.

RUINA

A Regino Sainz de la Maza

Sin encontrarse.
Viajero por su propio torso blanco.
Así iba el aire.

Pronto se vio que la luna
era una calavera de caballo
y el aire una manzana oscura.

Detrás de la ventana,
con látigos y luces, se sentía
la lucha de la arena con el agua.

Yo vi llegar las hierbas
y les eché un cordero que balaba
bajo sus dientecillos y lancetas.

Volaba dentro de una gota
la cáscara de pluma y celuloide
de la primer paloma.

Las nubes, en manada,
se quedaron dormidas contemplando
el duelo de las rocas con el alba.

Vienen las hierbas, hijo;
ya suenan sus espadas de saliva
por el cielo vacío.

Mi mano, amor. ¡Las hierbas!
Por los cristales rotos de la casa
la sangre desató sus cabelleras.

Tú solo y yo quedamos;
prepara tu esqueleto para el aire.
Yo solo y tú quedamos.

Prepara tu esqueleto;
hay que buscar de prisa, amor, de prisa,
nuestro perfil sin sueño.

LUNA Y PANORAMA DE LOS INSECTOS

(POEMA DE AMOR)

> La luna en el mar riela,
> en la lona gime el viento
> y alza en blando movimiento
> olas de plata y azul.
>
> ESPRONCEDA

Mi corazón tendría la forma de un zapato
si cada aldea tuviera una sirena.
Pero la noche es interminable cuando se apoya en los en-
[fermos
y hay barcos que buscan ser mirados para poder hundirse
[tranquilos.

Si el aire sopla blandamente
mi corazón tiene la forma de una niña.
Si el aire se niega a salir de los cañaverales
mi corazón tiene la forma de una milenaria boñiga de
[toro.

Bogar, bogar, bogar, bogar,
hacia el batallón de puntas desiguales,
hacia un paisaje de acechos pulverizados.

Noche igual de la nieve, de los sistemas suspendidos.
Y la luna.
¡La luna!
Pero no la luna.
La raposa de las tabernas,
el gallo japonés que se comió los ojos,
las hierbas masticadas.

No nos salvan las solitarias en los vidrios,
ni los herbolarios donde el metafísico
encuentra las otras vertientes del cielo.
Son mentiras las formas. Sólo existe
el círculo de bocas del oxígeno.
La luna.
Pero no la luna.
Los insectos,
los muertos diminutos por las riberas,
dolor en longitud,
yodo en un punto,
las muchedumbres en el alfiler,
el desnudo que amasa la sangre de todos,
y mi amor que no es un caballo ni una quemadura,
criatura de pecho devorado.
¡Mi amor!

Ya cantan, gritan, gimen: Rostro. ¡Tu rostro! Rostro.
Las manzanas son unas,
las dalias son idénticas,
la luz tiene un sabor de metal acabado
y el campo de todo un lustro cabrá en la mejilla de la mo-
[neda.
Pero tu rostro cubre los cielos del banquete.
¡Ya cantan!, ¡gritan!, ¡gimen!,
¡cubren!, ¡trepan!, ¡espantan!

Es necesario caminar, ¡de prisa!, por las ondas, por las
[ramas,
por las calles deshabitadas de la Edad Media que bajan al
[río,
por las tiendas de las pieles donde suena un cuerno de
[vaca herida,
por las escalas, ¡sin miedo!, por las escalas.
Hay un hombre descolorido que se está bañando en el
[mar;
es tan tierno que los reflectores le comieron jugando el
[corazón.
Y en el Perú viven mil mujeres, ¡oh insectos!, que noche
[y día
hacen nocturnos y desfiles entrecruzando sus propias venas.

Un diminuto guante corrosivo me detiene. ¡Basta!
En mi pañuelo he sentido el tris
de la primera vena que se rompe.
Cuida tus pies, amor mío, ¡tus manos!,
ya que yo tengo que entregar mi rostro,
mi rostro, ¡mi rostro!, ¡ay, mi comido rostro!

Este fuego casto para mi deseo,
esta confusión por anhelo de equilibrio,
este inocente dolor de pólvora en mis ojos
aliviará la angustia de otro corazón
devorado por las nebulosas.

No nos salva la gente de las zapaterías,
ni los paisajes que se hacen música al encontrar las llaves
[oxidadas.
Son mentiras los aires. Sólo existe
una cunita en el desván
que recuerda todas las cosas.

Y la luna.
Pero no la luna.
Los insectos,
los insectos solos,
crepitantes, mordientes, estremecidos, agrupados,
y la luna
con un guante de humo sentada en la puerta de sus derribos.
¡¡La luna!!

New York, 4 de enero de 1930.

VII

VUELTA A LA CIUDAD

PARA ANTONIO HERNÁNDEZ SORIANO

NEW YORK

OFICINA Y DENUNCIA

A Fernando Vela

Debajo de las multiplicaciones
hay una gota de sangre de pato;
debajo de las divisiones
hay una gota de sangre de marinero;
debajo de las sumas, un río de sangre tierna.
Un río que viene cantando
por los dormitorios de los arrabales,
y es plata, cemento o brisa
en el alba mentida de New York.
Existen las montañas. Lo sé.
Y los anteojos para la sabiduría.
Lo sé. Pero yo no he venido a ver el cielo.
Yo he venido para ver la turbia sangre.
La sangre que lleva las máquinas a las cataratas
y el espíritu a la lengua de la cobra.
Todos los días se matan en New York
cuatro millones de patos,
cinco millones de cerdos,
dos mil palomas para el gusto de los agonizantes,
un millón de vacas,

un millón de corderos
y dos millones de gallos,
que dejan los cielos hechos añicos.
Más vale sollozar afilando la navaja
o asesinar a los perros
en las alucinantes cacerías
que resistir en la madrugada
los interminables trenes de leche,
los interminables trenes de sangre
y los trenes de rosas maniatadas
por los comerciantes de perfumes.
Los patos y las palomas,
y los cerdos y los corderos
ponen sus gotas de sangre
debajo de las multiplicaciones,
y los terribles alaridos de las vacas estrujadas
llenan de dolor el valle
donde el Hudson se emborracha con aceite.
Yo denuncio a toda la gente
que ignora la otra mitad,
la mitad irredimible
que levanta sus montes de cemento
donde laten los corazones
de los animalitos que se olvidan
y donde caeremos todos
en la última fiesta de los taladros.
Os escupo en la cara.
La otra mitad me escucha
devorando, orinando, volando en su pureza,
como los niños de las porterías
que llevan frágiles palitos
a los huecos donde se oxidan
las antenas de los insectos.
No es el infierno, es la calle.

No es la muerte, es la tienda de frutas.
Hay un mundo de ríos quebrados
y distancias inasibles
en la patita de ese gato
quebrada por el automóvil,
y yo oigo el canto de la lombriz
en el corazón de muchas niñas.
Óxido, fermento, tierra estremecida.
Tierra tú mismo que nadas
por los números de la oficina.
¿Qué voy a hacer? ¿Ordenar los paisajes?
¿Ordenar los amores que luego son fotografías,
que luego son pedazos de madera
y bocanadas de sangre?
San Ignacio de Loyola
asesinó un pequeño conejo
y todavía sus labios gimen
por las torres de las iglesias.
No, no, no, no; yo denuncio.
Yo denuncio la conjura
de estas desiertas oficinas
que no radian las agonías,
que borran los programas de la selva,
y me ofrezco a ser comido
por las vacas estrujadas
cuando sus gritos llenan el valle
donde el Hudson se emborracha con aceite.

CEMENTERIO JUDÍO

Las alegres fiebres huyeron a las maromas de los barcos
y el judío empujó la verja con el pudor helado del interior
de la lechuga.

Los niños de Cristo dormían,
y el agua era una paloma,
y la madera era una garza,
y el plomo era un colibrí,
y aun las vivas prisiones de fuego
estaban consoladas por el salto de la langosta.

Los niños de Cristo bogaban y los judíos llenaban los
[muros
con un solo corazón de paloma
por el que todos querían escapar.
Las niñas de Cristo cantaban y las judías miraban la muerte
con un solo ojo de faisán,
vidriado por la angustia de un millón de paisajes.

Los médicos ponen en el níquel sus tijeras y guantes de
[goma
cuando los cadáveres sienten en los pies
la terrible claridad de otra luna enterrada.
Pequeños dolores ilesos se acercan a los hospitales
y los muertos se van quitando un traje de sangre cada día.

Las arquitecturas de escarcha,
las liras y gemidos que se escapan de las hojas diminutas
en otoño, mojando las últimas vertientes,
se apagaban en el negro de los sombreros de copa.
La hierba celeste y sola de la que huye con miedo el rocío
y las blancas entradas de mármol que conducen al aire
[duro
mostraban su silencio roto por las huellas dormidas de los
[zapatos.

El judío empujó la verja;
pero el judío no era un puerto,
y las barcas de nieve se agolparon
por las escalerillas de su corazón:
las barcas de nieve que acechan
un hombre de agua que las ahogue,
las barcas de los cementerios
que a veces dejan ciegos a los visitantes.

Los niños de Cristo dormían
y el judío ocupó su litera.
Tres mil judíos lloraban en el espanto de las galerías
porque reunían entre todos con esfuerzo media paloma,
porque uno tenía la rueda de un reloj
y otro un botín con orugas parlantes
y otro una lluvia nocturna cargada de cadenas
y otro la uña de un ruiseñor que estaba vivo;
y porque la media paloma gemía
derramando una sangre que no era la suya.

Las alegres fiebres bailaban por las cúpulas humedecidas
y la luna copiaba en su mármol
nombres viejos y cintas ajadas.
Llegó la gente que come por detrás de las yertas columnas

y los asnos de blancos dientes
con los especialistas de las articulaciones.
Verdes girasoles temblaban
por los páramos del crepúsculo
y todo el cementerio era una queja
de bocas de cartón y trapo seco.
Ya los niños de Cristo se dormían
cuando el judío, apretando los ojos,
se cortó las manos en silencio
al escuchar los primeros gemidos.

New York, 18 de enero de 1930.

VIII

DOS ODAS

A MI EDITOR ARMANDO GUIBERT

GRITO HACIA ROMA

(DESDE LA TORRE DEL CRYSLER BUILDING)

Manzanas levemente heridas
por los finos espadines de plata,
nubes rasgadas por una mano de coral
que lleva en el dorso una almendra de fuego,
peces de arsénico como tiburones,
tiburones como gotas de llanto para cegar una multitud,
rosas que hieren
y agujas instaladas en los caños de la sangre,
mundos enemigos y amores cubiertos de gusanos
caerán sobre ti. Caerán sobre la gran cúpula
que untan de aceite las lenguas militares
donde un hombre se orina en una deslumbrante paloma
y escupe carbón machacado
rodeado de miles de campanillas.

Porque ya no hay quien reparta el pan ni el vino,
ni quien cultive hierbas en la boca del muerto,
ni quien abra los linos del reposo,
ni quien llore por las heridas de los elefantes.
No hay más que un millón de herreros
forjando cadenas para los niños que han de venir.
No hay más que un millón de carpinteros

que hacen ataúdes sin cruz.
No hay más que un gentío de lamentos
que se abren las ropas en espera de la bala.
El hombre que desprecia la paloma debía hablar,
debía gritar desnudo entre las columnas,
y ponerse una inyección para adquirir la lepra
y llorar un llanto tan terrible
que disolviera sus anillos y sus teléfonos de diamante.
Pero el hombre vestido de blanco
ignora el misterio de la espiga,
ignora el gemido de la parturienta,
ignora que Cristo puede dar agua todavía,
ignora que la moneda quema el beso de prodigio
y da la sangre del cordero al pico idiota del faisán.

Los maestros enseñan a los niños
una luz maravillosa que viene del monte;
pero lo que llega es una reunión de cloacas
donde gritan las oscuras ninfas del cólera.
Los maestros señalan con devoción las enormes cúpulas
[sahumadas;
pero debajo de las estatuas no hay amor,
no hay amor bajo los ojos de cristal definitivo.
El amor está en las carnes desgarradas por la sed,
en la choza diminuta que lucha con la inundación;
el amor está en los fosos donde luchan las sierpes del
[hambre,
en el triste mar que mece los cadáveres de las gaviotas
y en el oscurísimo beso punzante debajo de las almohadas.
Pero el viejo de las manos translúcidas
dirá: Amor, amor, amor,
aclamado por millones de moribundos;
dirá: amor, amor, amor,
entre el tisú estremecido de ternura;

dirá: paz, paz, paz,
entre el tirite de cuchillos y melones de dinamita;
dirá: amor, amor, amor,
hasta que se le pongan de plata los labios.

Mientras tanto, mientras tanto, ¡ay!, mientras tanto,
los negros que sacan las escupideras,
los muchachos que tiemblan bajo el terror pálido de los
[directores,
las mujeres ahogadas en aceites minerales,
la muchedumbre de martillo, de violín o de nube
ha de gritar aunque le estrellen los sesos en el muro,
ha de gritar frente a las cúpulas,
ha de gritar loca de fuego,
ha de gritar loca de nieve,
ha de gritar con la cabeza llena de excremento,
ha de gritar como todas las noches juntas,
ha de gritar con voz tan desgarrada
hasta que las ciudades tiemblen como niñas
y rompan las prisiones del aceite y la música,
porque queremos el pan nuestro de cada día,
flor de aliso y perenne ternura desgranada,
porque queremos que se cumpla la voluntad de la Tierra
que da sus frutos para todos.

ODA A WALT WHITMAN

Por el East River y el Bronx
los muchachos cantaban enseñando sus cinturas,
con la rueda, el aceite, el cuero y el martillo.
Noventa mil mineros sacaban la plata de las rocas
y los niños dibujaban escaleras y perspectivas.

Pero ninguno se dormía,
ninguno quería ser el río,
ninguno amaba las hojas grandes,
ninguno la lengua azul de la playa.

Por el East River y el Queensborough
los muchachos luchaban con la industria,
y los judíos vendían al fauno del río
la rosa de la circuncisión
y el cielo desembocaba por los puentes y los tejados
manadas de bisontes empujadas por el viento.

Pero ninguno se detenía,
ninguno quería ser nube,
ninguno buscaba los helechos
ni la rueda amarilla del tamboril.

Cuando la luna salga
las poleas rodarán para turbar el cielo;
un límite de agujas cercará la memoria
y los ataúdes se llevarán a los que no trabajan.

Nueva York de cieno,
Nueva York de alambre y de muerte:
¿Qué ángel llevas oculto en la mejilla?
¿Qué voz perfecta dirá las verdades del trigo?
¿Quién el sueño terrible de tus anémonas manchadas?

Ni un solo momento, viejo hermoso Walt Whitman,
he dejado de ver tu barba llena de mariposas,
ni tus hombros de pana gastados por la luna,
ni tus muslos de Apolo virginal,
ni tu voz como una columna de ceniza;
anciano hermoso como la niebla
que gemías igual que un pájaro
con el sexo atravesado por una aguja,
enemigo del sátiro,
enemigo de la vid
y amante de los cuerpos bajo la burda tela.
Ni un solo momento, hermosura viril
que en montes de carbón, anuncios y ferrocarriles,
soñabas ser un río y dormir como un río
con aquel camarada que pondría en tu pecho
un pequeño dolor de ignorante leopardo.

Ni un solo momento, Adán de sangre, macho,
hombre solo en el mar, viejo hermoso Walt Whitman,
porque por las azoteas,
agrupados en los bares,
saliendo en racimos de las alcantarillas,
temblando entre las piernas de los chauffeurs

o girando en las plataformas del ajenjo,
los maricas, Walt Whitman, te señalan.

¡También ése! ¡También! Y se despeñan
sobre tu barba luminosa y casta,
rubios del norte, negros de la arena,
muchedumbres de gritos y ademanes,
como gatos y como las serpientes,
los maricas, Walt Whitman, los maricas
turbios de lágrimas, carne para fusta,
bota o mordisco de los domadores.

¡También ése! ¡También! Dedos teñidos
apuntan a la orilla de tu sueño
cuando el amigo come tu manzana
con un leve sabor de gasolina
y el sol canta por los ombligos
de los muchachos que juegan bajo los puentes.

Pero tú no buscabas los ojos arañados,
ni el pantano oscurísimo donde sumergen a los niños,
ni la saliva helada,
ni las curvas heridas como panza de sapo
que llevan los maricas en coches y terrazas
mientras la luna los azota por las esquinas del terror.

Tú buscabas un desnudo que fuera como un río,
toro y sueño que junte la rueda con el alga,
padre de tu agonía, camelia de tu muerte,
y gimiera en las llamas de tu ecuador oculto.

Porque es justo que el hombre no busque su deleite
en la selva de sangre de la mañana próxima.
El cielo tiene playas donde evitar la vida
y hay cuerpos que no deben repetirse en la aurora.

Agonía, agonía, sueño, fermento y sueño.
Éste es el mundo, amigo, agonía, agonía.
Los muertos se descomponen bajo el reloj de las ciudades,
la guerra pasa llorando con un millón de ratas grises,
los ricos dan a sus queridas
pequeños moribundos iluminados,
y la vida no es noble, ni buena, ni sagrada.

Puede el hombre, si quiere, conducir su deseo
por vena de coral o celeste desnudo.
Mañana los amores serán rocas y el Tiempo
una brisa que viene dormida por las ramas.
Por eso no levanto mi voz, viejo Walt Whitman,
contra el niño que escribe
nombre de niña en su almohada,
ni contra el muchacho que se viste de novia
en la oscuridad del ropero,
ni contra los solitarios de los casinos
que beben con asco el agua de la prostitución,
ni contra los hombres de mirada verde
que aman al hombre y queman sus labios en silencio.
Pero sí contra vosotros, maricas de las ciudades,
de carne tumefacta y pensamiento inmundo,
madres de lodo, arpías, enemigos sin sueño
del Amor que reparte coronas de alegría.

Contra vosotros siempre, que dais a los muchachos
gotas de sucia muerte con amargo veneno.
Contra vosotros siempre,
Faeries de Norteamérica,
Pájaros de La Habana,
Jotos de Méjico,
Sarasas de Cádiz,
Apios de Sevilla,

Cancos de Madrid,
Floras de Alicante,
Adelaidas de Portugal.
¡Maricas de todo el mundo, asesinos de palomas!
Esclavos de la mujer, perras de sus tocadores,
abiertos en las plazas con fiebre de abanico
o emboscados en yertos paisajes de cicuta.

¡No haya cuartel! La muerte
mana de vuestros ojos
y agrupa flores grises en la orilla del cieno.
¡No haya cuartel! ¡Alerta!
Que los confundidos, los puros,
los clásicos, los señalados, los suplicantes
os cierren las puertas de la bacanal.
Y tú, bello Walt Whitman, duerme a orillas del Hudson
con la barba hacia el polo y las manos abiertas.
Arcilla blanda o nieve, tu lengua está llamando
camaradas que velen tu gacela sin cuerpo.
Duerme, no queda nada.
Una danza de muros agita las praderas
y América se anega de máquinas y llanto.
Quiero que el aire fuerte de la noche más honda
quite flores y letras del arco donde duermes
y un niño negro anuncie a los blancos del oro
la llegada del reino de la espiga.

IX

HUIDA DE NUEVA YORK

DOS VALSES HACIA LA CIVILIZACIÓN

PEQUEÑO VALS VIENÉS

En Viena hay diez muchachas,
un hombro donde solloza la muerte
y un bosque de palomas disecadas.
Hay un fragmento de la mañana
en el museo de la escarcha.
Hay un salón con mil ventanas.
¡Ay, ay, ay, ay!
Toma este vals con la boca cerrada.

Este vals, este vals, este vals,
de sí, de muerte y de coñac
que moja su cola en el mar.

Te quiero, te quiero, te quiero,
con la butaca y el libro muerto,
por el melancólico pasillo,
en el oscuro desván del lirio,
en nuestra cama de la luna
y en la danza que sueña la tortuga.
¡Ay, ay, ay, ay!
Toma este vals de quebrada cintura.

En Viena hay cuatro espejos
donde juegan tu boca y los ecos.

Hay una muerte para piano
que pinta de azul a los muchachos.
Hay mendigos por los tejados.
Hay frescas guirnaldas de llanto.
¡Ay, ay, ay, ay!
Toma este vals que se muere en mis brazos.

Porque te quiero, te quiero, amor mío,
en el desván donde juegan los niños,
soñando viejas luces de Hungría
por los rumores de la tarde tibia,
viendo ovejas y lirios de nieve
por el silencio oscuro de tu frente.
¡Ay, ay, ay, ay!
Toma este vals del «Te quiero siempre».

En Viena bailaré contigo
con un disfraz que tenga
cabeza de río.
¡Mira qué orillas tengo de jacintos!
Dejaré mi boca entre tus piernas,
mi alma en fotografía y azucenas,
y en las ondas oscuras de tu andar
quiero, amor mío, amor mío, dejar,
violín y sepulcro, las cintas del vals.

VALS EN LAS RAMAS

Cayó una hoja
y dos
y tres.
Por la luna nadaba un pez.
El agua duerme una hora
y el mar blanco duerme cien.
La dama
estaba muerta en la rama.
La monja
cantaba dentro de la toronja.
La niña
iba por el pino a la piña.
Y el pino
buscaba la plumilla del trino.
Pero el ruiseñor
lloraba sus heridas alrededor.
Y yo también
porque cayó una hoja
y dos
y tres.
Y una cabeza de cristal
y un violín de papel
y la nieve podría con el mundo
una a una

dos a dos
y tres a tres.
¡Oh duro marfil de carnes invisibles!
¡Oh golfo sin hormigas del amanecer!
con el numen de las ramas,
con el ay de las damas,
con el croo de las ranas,
y el geo amarillo de la miel.
Llegará un torso de sombra
Coronado de laurel.
Será el cielo para el viento
duro como una pared
y las ramas desgajadas
se irán bailando con él.
Una a una
alrededor de la luna,
dos a dos
alrededor del sol,
y tres a tres
para que los marfiles se duerman bien.

X

EL POETA LLEGA A LA HABANA

A DON FERNANDO ORTIZ

SON DE NEGROS EN CUBA

Cuando llegue la luna llena
iré a Santiago de Cuba.
Iré a Santiago
en un coche de agua negra.
Iré a Santiago.
Cantarán los techos de palmera.
Iré a Santiago.
Cuando la palma quiere ser cigüeña.
Iré a Santiago.
Y cuando quiere ser medusa el plátano.
Iré a Santiago.
Con la rubia cabeza de Fonseca.
Iré a Santiago.
Y con el rosa de Romeo y Julieta.
Iré a Santiago.
Mar de papel y plata de monedas.
Iré a Santiago.
¡Oh Cuba, oh ritmo de semillas secas!
Iré a Santiago.
¡Oh cintura caliente y gota de madera!
Iré a Santiago.
¡Arpa de troncos vivos, caimán, flor de tabaco!
Iré a Santiago.
Siempre dije que yo iría a Santiago

en un coche de agua negra.
Iré a Santiago.
Brisa y alcohol en las ruedas.
Iré a Santiago.
Mi coral en la tiniebla.
Iré a Santiago.
El mar ahogado en la arena.
Iré a Santiago.
Calor blanco, fruta muerta.
Iré a Santiago.
¡Oh bovino frescor de cañavera!
¡Oh Cuba! ¡Oh curva de suspiro y barro!
Iré a Santiago.

PEQUEÑO POEMA INFINITO

Para Luis Cardoza y Aragón

Equivocar el camino
es llegar a la nieve
y llegar a la nieve
es pacer durante veinte siglos las hierbas de los cemen-
[terios.

Equivocar el camino
es llegar a la mujer,
la mujer que no teme la luz,
la mujer que mata dos gallos en un segundo,
la luz que no teme a los gallos
y los gallos que no saben cantar sobre la nieve.

Pero si la nieve se equivoca de corazón
puede llegar el viento Austro
y como el aire no hace caso de los gemidos
tendremos que pacer otra vez las hierbas de los cemen-
[terios.

Yo vi dos dolorosas espigas de cera
que enterraban un paisaje de volcanes
y vi dos niños locos que empujaban llorando las pupilas
[de un asesino.

Pero el dos no ha sido nunca un número
porque es una angustia y su sombra,
porque es la guitarra donde el amor se desespera,
porque es la demostración de otro infinito que no es suyo
y es las murallas del muerto
y el castigo de la nueva resurrección sin finales.
Los muertos odian el número dos,
pero el número dos adormece a las mujeres
y como la mujer teme la luz
la luz tiembla delante de los gallos
y los gallos sólo saben volar sobre la nieve
tendremos que pacer sin descanso las hierbas de los ce-
[menterios.

New York, 10 de enero de 1930.

[LA LUNA PUDO DETENERSE AL FIN]

La luna pudo detenerse al fin por la curva blanquísima de
[los caballos.
Un rayo de luz violeta que se escapaba de la herida pro-
[yectó en el cielo el instante de la circuncisión de un
[niño muerto.

La sangre bajaba por el monte y los ángeles la buscaban,
pero los cálices eran de viento y al fin llenaba los zapatos.
Cojos perros fumaban sus pipas y un olor de cuero ca-
[liente
ponía grises los labios redondos de los que vomitaban en
[las esquinas.
Y llegaban largos alaridos por el Sur de la noche seca.
Era que la luna quemaba con sus bujías el falo de los ca-
[ballos.
Un sastre especialista en púrpura
había encerrado a tres santas mujeres
y les enseñaba una calavera por los vidrios de la ventana.
Las tres en el arrabal rodeaban a un camello blanco
que lloraba porque al alba
tenía que pasar sin remedio por el ojo de una aguja.
¡Oh cruz! ¡Oh clavos! ¡Oh espina!
¡Oh espina clavada en el hueso hasta que se oxiden los
[planetas!

Como nadie volvía la cabeza, el cielo pudo desnudarse.
Entonces se oyó la gran voz y los fariseos dijeron:
Esa maldita vaca tiene las tetas llenas de leche.
La muchedumbre cerraba las puertas
y la lluvia bajaba por las calles decidida a mojar el corazón
mientras la tarde se puso turbia de latidos y leñadores
y la oscura ciudad agonizaba bajo el martillo de los car-
[pinteros.
Esa maldita vaca
tiene las tetas llenas de perdigones,
dijeron los fariseos.
Pero la sangre mojó sus pies y los espíritus inmundos
estrellaban ampollas de laguna sobre las paredes del
[templo.
Se supo el momento preciso de la salvación de nuestra
[vida.
Porque la luna lavó con agua
las quemaduras de los caballos
y no la niña viva que callaron en la arena.
Entonces salieron los fríos cantando sus canciones
y las ranas encendieron sus lumbres en la doble orilla del
[río.
Esa maldita vaca, maldita, maldita, maldita
no nos dejará dormir, dijeron los fariseos,
y se alejaron a sus casas por el tumulto de la calle
dando empujones a los borrachos y escupiendo sal de los
[sacrificios
mientras la sangre los seguía con un balido del cordero.

Fue entonces
y la tierra despertó arrojando temblorosos ríos de polilla.

New York, 18 de octubre de 1929.

TIERRA Y LUNA

Me quedo con el transparente hombrecillo
que come los huevos de la golondrina.
Me quedo con el niño desnudo
que pisotean los borrachos de Brooklyn,
con las criaturas mudas que pasan bajo los arcos.
Con el arroyo de venas ansioso de abrir sus manecitas.

Tierra tan sólo. Tierra.
Tierra para los manteles estremecidos,
para la pupila viciosa de nube,
para las heridas recientes y el húmedo pensamiento.
Tierra para todo lo que huye de la tierra.

No es la ceniza en vilo de las cosas quemadas,
ni los muertos que mueven sus lenguas bajo los árboles.
Es la tierra desnuda que bala por el cielo
y deja atrás los grupos ligeros de ballenas.

Es la tierra alegrísima, imperturbable nadadora,
la que yo encuentro en el niño y en las criaturas que pa-
[san los arcos.
¡Viva la tierra de mi pulso y del baile de los helechos,
que deja a veces por el aire un duro perfil de Faraón!
Me quedo con la mujer fría

donde se queman los musgos inocentes,
me quedo con los borrachos de Brooklyn
que pisan al niño desnudo;
me quedo con los signos desgarrados
de la lenta comida de los osos.

Pero entonces baja la luna despeñada por las escaleras,
poniendo las ciudades de hule celeste y talco sensitivo,
llenado los pies de mármol la llanura sin recodos,
y olvidando, bajo las sillas, diminutas carcajadas de al-
[godón.

¡Oh Diana, Diana, Diana vacía!
Convexa resonancia donde la abeja se vuelve loca.
Mi amor de paso, tránsito, larga muerte gustada,
nunca la piel ilesa de tu desnudo ruido.
Esa tierra, ¡Dios mío!, tierra, lo que vengo buscando.

Embozo de horizonte, latido y sepultura.
Es dolor que acaba y amor que se consume,
torre de sangre abierta con las manos quemadas.

Pero la luna subía y bajaba las escaleras,
repartiendo lentejas desangradas en los ojos,
dando escobazos de plata a los niños de los muelles,
y borrando mi apariencia por el término del aire.

OMEGA

(POEMAS PARA MUERTOS)

Las hierbas.
Yo me cortaré la mano derecha.
Espera.
Las hierbas.
Tengo un guante de mercurio y otro de seda.
Espera.
¡Las hierbas!
No solloces. Silencio, que no nos sientan.
Espera.
¡Las hierbas!
Se cayeron las estatuas
al abrirse la gran puerta.
¡¡Las hierbaaas!!

POEMA DEL CANTE JONDO

BALADILLA DE LOS TRES RÍOS

A Salvador Quintero

El río Guadalquivir
va entre naranjos y olivos.
Los dos ríos de Granada
bajan de la nieve al trigo.

¡Ay, amor
que se fue y no vino!

El río Guadalquivir
tiene las barbas granates.
Los dos ríos de Granada
uno llanto y otro sangre.

¡Ay, amor
que se fue por el aire!

Para los barcos de vela,
Sevilla tiene un camino;
por el agua de Granada
sólo reman los suspiros.
¡Ay, amor
que se fue y no vino!

Guadalquivir, alta torre
y viento en los naranjales.
Dauro y Genil, torrecillas
muertas sobre los estanques.

¡Ay, amor
que se fue por el aire!

¡Quién dirá que el agua lleva
un fuego fatuo de gritos!

¡Ay, amor
que se fue y no vino!

Lleva azahar, lleva olivas,
Andalucía, a tus mares.

¡Ay, amor
que se fue por el aire!

POEMA DE LA SIGUIRIYA GITANA

A Carlos Morla Vicuña

PAISAJE

El campo
de olivos
se abre y se cierra
como un abanico.
Sobre el olivar
hay un cielo hundido
y una lluvia oscura
de luceros fríos.
Tiembla junco y penumbra
a la orilla del río.
Se riza el aire gris.
Los olivos,
están cargados
de gritos.
Una bandada
de pájaros cautivos,
que mueven sus larguísimas
colas en lo sombrío.

LA GUITARRA

Empieza el llanto
de la guitarra.
Se rompen las copas
de la madrugada.
Empieza el llanto
de la guitarra.
Es inútil
callarla.
Es imposible
callarla.
Llora monótona
como llora el agua,
como llora el viento
sobre la nevada.
Es imposible
callarla.
Llora por cosas
lejanas.
Arena del Sur caliente
que pide camelias blancas.
Llora flecha sin blanco,
la tarde sin mañana,

y el primer pájaro muerto
sobre la rama.
¡Oh guitarra!
Corazón malherido
por cinco espadas.

EL GRITO

La elipse de un grito,
va de monte
a monte.

Desde los olivos,
será un arco iris negro
sobre la noche azul.

¡Ay!

Como un arco de viola,
el grito ha hecho vibrar
largas cuerdas del viento.

¡Ay!

(Las gentes de las cuevas
asoman sus velones.)

¡Ay!

EL SILENCIO

Oye, hijo mío, el silencio.
Es un silencio ondulado,
un silencio,
donde resbalan valles y ecos
y que inclina las frentes
hacia el suelo.

EL PASO DE LA SIGUIRIYA

Entre mariposas negras,
va una muchacha morena
junto a una blanca serpiente
de niebla.

Tierra de luz,
cielo de tierra.

Va encadenada al temblor
de un ritmo que nunca llega;
tiene el corazón de plata
y un puñal en la diestra.

¿Adónde vas siguiriya
con un ritmo sin cabeza?
¿Qué luna recogerá
tu dolor del cal y adelfa?

Tierra de luz,
cielo de tierra.

DESPUÉS DE PASAR

Los niños miran
un punto lejano.

Los candiles se apagan.
Unas muchachas ciegas
preguntan a la luna,
y por el aire ascienden
espirales de llanto.

Las montañas miran
un punto lejano.

Y DESPUÉS

Los laberintos
que crea el tiempo,
se desvanecen.

(Sólo queda
el desierto.)

El corazón
fuente del deseo,
se desvanece.

(Sólo queda
el desierto.)

La ilusión de la aurora
y los besos,
se desvanecen.

Sólo queda
el desierto.
Un ondulado
desierto.

POEMA DE LA SOLEÁ

A Jorge Zalamea

Tierra seca,
tierra quieta
de noches
inmensas.

(Viento en el olivar,
viento en la sierra.)

Tierra
vieja
del candil
y la pena.
Tierra
de las hondas cisternas.
Tierra
de la muerte sin ojos
y las flechas.

(Viento por los caminos.
Brisa en las alamedas.)

PUEBLO

Sobre el monte pelado
un calvario.
Agua clara
y olivos centenarios.
Por las callejas
hombres embozados,
y en las torres
veletas girando.
Eternamente
girando.
¡Oh, pueblo perdido,
en la Andalucía del llanto!

PUÑAL

El puñal,
entra en el corazón,
como la reja del arado
en el yermo.

No.
No me lo claves.
No.

El puñal,
como un rayo de sol,
incendia las terribles
hondonadas.

No.
No me lo claves.
No.

ENCRUCIJADA

Viento del Este;
un farol
y el puñal
en el corazón.
La calle
tiene un temblor
de cuerda
en tensión,
un temblor
de enorme moscardón.
Por todas partes
yo
veo el puñal
en el corazón.

¡AY!

El grito deja en el viento
una sombra de ciprés.

(Dejadme en este campo
llorando.)

Todo se ha roto en el mundo.
No queda más que el silencio.

(Dejadme en este campo
llorando.)

El horizonte sin luz
está mordido de hogueras.

(Ya os he dicho que me dejéis
en este campo
llorando.)

SORPRESA

Muerto se quedó en la calle
con un puñal en el pecho.
No lo conocía nadie.
¡Cómo temblaba el farol!
Madre.
¡Cómo temblaba el farolito
de la calle!
Era madrugada. Nadie
pudo asomarse a sus ojos
abiertos al duro aire.
Que muerto se quedó en la calle
que con un puñal en el pecho
y que no lo conocía nadie.

LA SOLEÁ

Vestida con mantos negros
piensa que el mundo es chiquito
y el corazón es inmenso.

Vestida con mantos negros.

Piensa que el suspiro tierno
y el grito, desaparecen
en la corriente del viento.

Vestida con mantos negros.

Se dejó el balcón abierto
y al alba por el balcón
desembocó todo el cielo.

¡Ay yayayayay,
que vestida con mantos negros!

CUEVA

De la cueva salen
largos sollozos.

(Lo cárdeno
sobre lo rojo.)

El gitano evoca
países remotos.

(Torres altas y hombres
misteriosos.)

En la voz entrecortada
van sus ojos.

(Lo negro
sobre lo rojo.)

Y la cueva encalada
tiembla en el oro.

(Lo blanco
sobre lo rojo.)

ENCUENTRO

Ni tú ni yo estamos
en disposición
de encontrarnos.
Tú... por lo que ya sabes.
¡Yo la he querido tanto!
Sigue esa veredita.
En las manos,
Tengo los agujeros
de los clavos.
¿No ves cómo me estoy
desangrando?
No mires nunca atrás,
vete despacio
y reza como yo
a San Cayetano,
que ni tú ni yo estamos
en disposición
de encontrarnos.

ALBA

Campanas de Córdoba
en la madrugada.
Campanas de amanecer
en Granada.
Os sienten todas las muchachas
que lloran a la tierna
soleá enlutada.
Las muchachas,
de Andalucía la alta
y la baja.
Las niñas de España,
de pie menudo
y temblorosas faldas,
que han llenado de luces
las encrucijadas.
¡Oh, campanas de Córdoba
en la madrugada,
y oh, campanas de amanecer
en Granada!

POEMA DE LA SAETA

A Francisco Iglesias

ARQUEROS

Los arqueros oscuros
a Sevilla se acercan.

Guadalquivir abierto.

Anchos sombreros grises,
largas capas lentas.

¡Ay, Guadalquivir!

Vienen de los remotos
países de la pena.

Guadalquivir abierto.

Y van a un laberinto.
Amor, cristal y piedra.

¡Ay, Guadalquivir!

NOCHE

Cirio, candil,
farol y luciérnaga.

La constelación
de la saeta.

Ventanitas de oro
tiemblan,
y en la aurora se mecen
cruces superpuestas.

Cirio, candil,
farol y luciérnaga.

SEVILLA

Sevilla es una torre
llena de arqueros finos.

Sevilla para herir.
Córdoba para morir.

Una ciudad que acecha
largos ritmos,
y los enrosca
como laberintos.
Como tallos de parra
encendidos.
¡Sevilla para herir!

Bajo el arco del cielo,
sobre su llano limpio,
dispara la constante
saeta de su río.

¡Córdoba para morir!

Y loca de horizonte
mezcla en su vino,

lo amargo de Don Juan
y lo perfecto de Dionisio.

Sevilla para herir.
¡Siempre Sevilla para herir!

PROCESIÓN

Por la calleja vienen
extraños unicornios.
¿De qué campo,
de qué bosque mitológico?
Más cerca,
ya parecen astrónomos.
Fantásticos Merlines
y el Ecce Homo,
Durandarte encantado.
Orlando furioso.

PASO

Virgen con miriñaque,
virgen de la Soledad,
abierta como un inmenso
tulipán.
En tu barco de luces
vas
por la alta marea
de la ciudad,
entre saetas turbias
y estrellas de cristal.
Virgen con miriñaque
tú vas
por el río de la calle,
¡hasta el mar!

SAETA

Cristo moreno
pasa
de lirio de Judea
a clavel de España.

¡Miradlo por dónde viene!

De España.
Cielo limpio y oscuro,
tierra tostada,
y cauces donde corre
muy lenta el agua.
Cristo moreno,
con las guedejas quemadas,
los pómulos salientes
y las pupilas blancas.

¡Miradlo por dónde va!

BALCÓN

La Lola
canta saetas.
Los toreritos
la rodean,
y el barberillo
desde su puerta,
sigue los ritmos
con la cabeza.
Entre la albahaca
y la hierbabuena,
la Lola canta
saetas.
La Lola aquella,
que se miraba
tanto en la alberca.

MADRUGADA

Pero como el amor
los saeteros
están ciegos.

Sobre la noche verde,
las saetas,
dejan rastros de lirio
caliente.

La quilla de la luna
rompe nubes moradas
y las aljabas
se llenan de rocío.

¡Ay, pero como el amor
los saeteros
están ciegos!

GRÁFICO DE LA PETENERA

A EUGENIO MONTES

CAMPANA

BORDÓN

En la torre
amarilla,
dobla una campana.

Sobre el viento
amarillo,
se abren las campanadas.

En la torre
amarilla,
cesa la campana.

El viento con el polvo,
hace proras de plata.

CAMINO

Cien jinetes enlutados,
¿dónde irán,
por el cielo yacente
del naranjal?
Ni a Córdoba ni a Sevilla
llegarán.
Ni a Granada la que suspira
por el mar.
Esos caballos soñolientos
los llevarán,
al laberinto de las cruces
donde tiembla el cantar.
Con siete ayes clavados,
¿dónde irán,
los cien jinetes andaluces
del naranjal?

LAS SEIS CUERDAS

La guitarra,
hace llorar a los sueños.
El sollozo de las almas
perdidas,
se escapa por su boca
redonda.
Y como la tarántula
teje una gran estrella
para cazar suspiros,
que flotan en su negro
aljibe de madera.

DANZA

EN EL HUERTO DE LA PETENERA

En la noche del huerto,
seis gitanas,
vestidas de blanco
bailan.

En la noche del huerto,
coronadas,
con rosas de papel
y biznagas.

En la noche del huerto,
sus dientes de nácar,
escriben la sombra
quemada.

Y en la noche del huerto,
sus sombras se alargan,
y llegan hasta el cielo
moradas.

MUERTE DE LA PETENERA

En la casa blanca muere
la perdición de los hombres.

Cien jacas caracolean.
Sus jinetes están muertos.

Bajo las estremecidas
estrellas de los velones,
su falda de moaré tiembla
entre sus muslos de cobre.

Cien jacas caracolean.
Sus jinetes están muertos.

Largas sombras afiladas
vienen del turbio horizonte,
y el bordón de una guitarra
se rompe.

Cien jacas caracolean.
Sus jinetes están muertos.

FALSETA

¡Ay, petenera gitana!
¡Yayay petenera!
Tu entierro no tuvo niñas
buenas.
Niñas que le dan a Cristo muerto
sus guedejas,
y llevan blancas mantillas
en las ferias.
Tu entierro fue de gente
siniestra.
Gente con el corazón
en la cabeza,
que te siguió llorando
por las callejas.
¡Ay, petenera gitana!
¡Yayay petenera!

«DE PROFUNDIS»

Los cien enamorados
duermen para siempre
bajo la tierra seca.
Andalucía tiene
largos caminos rojos.
Córdoba, olivos verdes
donde poner cien cruces,
que los recuerden.
Los cien enamorados
duermen para siempre.

CLAMOR

En las torres
amarillas,
doblan las campanas.

Sobre los vientos
amarillos,
se abren las campanas.

Por un camino va
la muerte, coronada,
de azahares marchitos.
Canta y canta
una canción
en su vihuela blanca,
y canta y canta y canta.

En las torres amarillas,
cesan las campanas.

El viento con el polvo,
hace proras de plata.

DOS MUCHACHAS

A Máximo Quijano

LA LOLA

Bajo el naranjo lava
pañales de algodón.
Tiene verdes los ojos
y violeta la voz.

¡Ay, amor,
bajo el naranjo en flor!

El agua de la acequia
iba llena de sol,
en el olivarito
cantaba un gorrión.

¡Ay, amor,
bajo el naranjo en flor!

Luego cuando la Lola
gaste todo el jabón,
vendrán los torerillos.
¡Ay, amor,
bajo el naranjo en flor!

AMPARO

Amparo,
¡qué sola estás en tu casa
vestida de blanco!

(Ecuador entre el jazmín
y el nardo.)

Oyes los maravillosos
surtidores de tu patio,
y el débil trino amarillo
del canario.

Por la tarde ves temblar
los cipreses con los pájaros,
mientras bordas lentamente
letras sobre el cañamazo.

Amparo,
¡qué sola estás en tu casa
vestida de blanco!

Amparo,
¡y qué difícil decirte:
yo te amo!

VIÑETAS FLAMENCAS

A MANUEL TORRES, «NIÑO DE JEREZ»,
QUE TIENE TRONCO DE FARAÓN

RETRATO DE SILVERIO FRANCONETTI

Entre italiano
y flamenco,
¿cómo cantaría
aquel Silverio?
La densa miel de Italia
con el limón nuestro,
iba en el hondo llanto
del siguiriyero.
Su grito fue terrible.
Los viejos
dicen que se erizaban
los cabellos,
y se abría el azogue
de los espejos.
Pasaba por los tonos
sin romperlos.
Y fue un creador
y un jardinero.
Un creador de glorietas
para el silencio.
Ahora su melodía
duerme con los ecos.
Definitiva y pura.
¡Con los últimos ecos!

JUAN BREVA

Juan Breva tenía
cuerpo de gigante
y voz de niña.
Nada como su trino.
Era la misma
pena cantando
detrás de una sonrisa.
Evoca los limonares
de Málaga la dormida,
y hay en su llanto dejos
de sal marina.
Como Homero cantó
ciego. Su voz tenía,
algo de mar sin luz
y naranja exprimida.

CAFÉ CANTANTE

Lámparas de cristal
y espejos verdes.

Sobre el tablado oscuro,
la Parrala sostiene
una conversación
con la muerte.
La llama
no viene,
y las vuelve a llamar.
Las gentes
aspiran los sollozos.
Y en los espejos verdes,
largas colas de seda
se mueven.

LAMENTACIÓN DE LA MUERTE

A Miguel Benítez

Sobre el cielo negro,
culebrinas amarillas.

Vine a este mundo con ojos
y me voy sin ellos.
¡Señor del mayor dolor!
Y luego,
un velón y una manta
en el suelo.

Quise llegar adonde
llegaron los buenos.
¡Y he llegado, Dios mío!...
Pero luego,
un velón y una manta
en el suelo.

Limoncito amarillo
limonero.

Echad los limoncitos
al viento.

¡Ya lo sabéis!... Porque luego
luego,
un velón y una manta
en el suelo.

Sobre el cielo negro,
culebrinas amarillas.

CONJURO

La mano crispada
como una Medusa
ciega el ojo doliente
del candil.

As de bastos.
Tijeras en cruz.

Sobre el humo blanco
del incienso, tiene
algo de topo y
mariposa indecisa.

As de bastos.
Tijeras en cruz.

Aprieta un corazón
invisible, ¿la veis?

Un corazón
reflejado en el viento.

As de bastos.
Tijeras en cruz.

MEMENTO

Cuando yo me muera
enterradme con mi guitarra
bajo la arena.

Cuando yo me muera
entre los naranjos
y la hierbabuena.

Cuando yo me muera,
enterradme si queréis
en una veleta.

¡Cuando yo me muera!

TRES CIUDADES

A PILAR ZUBIAURRE

MALAGUEÑA

La muerte
entra y sale
de la taberna.

Pasan caballos negros
y gente siniestra
por los hondos caminos
de la guitarra.

Y hay un olor a sal
y a sangre de hembra,
en los nardos febriles
de la marina.

La muerte
entra y sale,
y sale y entra
la muerte
de la taberna.

BARRIO DE CÓRDOBA

TÓPICO NOCTURNO

En la casa se defienden
de las estrellas.
La noche se derrumba.
Dentro hay una niña muerta
con una rosa encarnada
oculta en la cabellera.
Seis ruiseñores la lloran
en la reja.

Las gentes van suspirando
con las guitarras abiertas.

BAILE

La Carmen está bailando
por las calles de Sevilla.
Tiene blancos los cabellos
y brillantes las pupilas.

¡Niñas,
corred las cortinas!

En su cabeza se enrosca
una serpiente amarilla,
y va soñando en el baile
con galanes de otros días.

¡Niñas,
corred las cortinas!

Las calles están desiertas
y en los fondos se adivinan,
corazones andaluces
buscando viejas espinas.

¡Niñas,
corred las cortinas!

SEIS CAPRICHOS

A REGINO SÁINZ DE LA MAZA

ADIVINANZA DE LA GUITARRA

En la redonda
encrucijada,
seis doncellas
bailan.
Tres de carne
y tres de plata.
Los sueños de ayer las buscan
pero las tiene abrazadas,
un Polífemo de oro.
¡La guitarra!

CANDIL

¡Oh, qué grave medita
la llama del candil!

Como un faquir indio
mira su entraña de oro
y se eclipsa soñando
atmósferas sin viento.

Cigüeña incandescente
pica desde su nido
a las sombras macizas,
y se asoma temblando
a los ojos redondos
del gitanillo muerto.

CRÓTALO

Crótalo.
Crótalo.
Crótalo.
Escarabajo sonoro.

En la araña
de la mano
rizas el aire
cálido,
y te ahogas en tu trino
de palo.

Crótalo.
Crótalo.
Crótalo.
Escarabajo sonoro.

CHUMBERA

Laoconte salvaje.

¡Qué bien estás
bajo la media luna!

Múltiple pelotari.

¡Qué bien estás
amenazando al viento!

Dafne y Atis,
saben de tu color.
Inexplicable.

PITA

Pulpo petrificado.

Pones cinchas cenicientas
al vientre de los montes,
y muelas formidables
a los desfiladeros.

Pulpo petrificado.

CRUZ

La cruz.
(Punto final
del camino.)

Se mira en la acequia.
(Puntos suspensivos.)

ESCENA DEL TENIENTE CORONEL DE LA GUARDIA CIVIL

CUARTO DE BANDERAS

TENIENTE CORONEL

Yo soy el teniente coronel de la Guardia civil.

SARGENTO

Sí.

TENIENTE CORONEL

Y no hay quien me desmienta.

SARGENTO

No.

TENIENTE CORONEL

Tengo tres estrellas y veinte cruces.

SARGENTO

Sí.

TENIENTE CORONEL

Me ha saludado el cardenal arzobispo con sus veinticuatro borlas moradas.

SARGENTO

Sí.

TENIENTE CORONEL

Yo soy el teniente. Yo soy el teniente. Yo soy el teniente coronel de la Guardia civil.

(Romeo y Julieta, celeste, blanco y oro, se abrazan sobre el jardín de tabaco de la caja de puros. El militar acaricia el cañón de un fusil lleno de sombra submarina.)

VOZ

Luna, luna, luna, luna,
del tiempo de la aceituna.
Cazorla enseña su torre
y Benamejí la oculta.

Luna, luna, luna, luna.
Un gallo canta en la luna.
Señor alcalde, sus niñas
están mirando a la luna.

TENIENTE CORONEL

¿Qué pasa?

SARGENTO

¡Un gitano!

(La mirada de mulo joven del gitanillo ensombrece y agiganta los ojirris del TENIENTE CORONEL *de la Guardia civil.)*

TENIENTE CORONEL

Yo soy el teniente coronel de la Guardia civil.

SARGENTO

Sí.

TENIENTE CORONEL

¿Tú quién eres?

GITANO

Un gitano.

TENIENTE CORONEL

¿Y qué es un gitano?

GITANO

Cualquier cosa.

TENIENTE CORONEL

¿Cómo te llamas?

GITANO

Eso.

TENIENTE CORONEL

¿Qué dices?

GITANO

Gitano.

SARGENTO

Me lo encontré y lo he traído.

TENIENTE CORONEL

¿Dónde estabas?

GITANO

En el puente de los ríos.

TENIENTE CORONEL

Pero ¿de qué ríos?

GITANO

De todos los ríos.

TENIENTE CORONEL

¿Y qué hacías allí?

GITANO

Una torre de canela.

TENIENTE CORONEL

¡Sargento!

SARGENTO

A la orden, mi teniente coronel de la Guardia civil.

GITANO

He inventado unas alas para volar, y vuelo. Azufre y rosa en mis labios.

TENIENTE CORONEL

¡Ay!

GITANO

Aunque no necesito alas, porque vuelo sin ellas. Nubes y anillos en mi sangre.

TENIENTE CORONEL

¡Ay!

GITANO

En Enero tengo azahar.

TENIENTE CORONEL

(Retorciéndose.) ¡Ayyyyy!

GITANO

Y naranjas en la nieve.

TENIENTE CORONEL

¡Ayyyyy, pun, pin, pam! *(Cae muerto.)*

(El alma de tabaco y café con leche del TENIENTE CORONEL *de la Guardia civil sale por la ventana.)*

SARGENTO

¡Socorro!

* * *

(En el patio del cuartel, cuatro guardias civiles apalean al gitanillo.)

CANCIÓN DEL GITANO APALEADO

Veinticuatro bofetadas.
Veinticinco bofetadas;
después, mi madre, a la noche,
me pondrá en papel de plata.

Guardia civil caminera,
dadme unos sorbitos de agua.
Agua con peces y barcos.
Agua, agua, agua, agua.

¡Ay, mandor de los civiles
que estás arriba en tu sala!
¡No habrá pañuelos de seda
para limpiarme la cara!

5 de julio 1925.

DIÁLOGO DEL AMARGO

CAMPO

UNA VOZ

Amargo.
Las adelfas de mi patio.
Corazón de almendra amarga.
Amargo.

(Llegan tres JÓVENES *con anchos sombreros.)*

JOVEN 1.º

Vamos a llegar tarde.

JOVEN 2.º

La noche se nos echa encima.

JOVEN 1.º

¿Y ése?

JOVEN 2.º

Viene detrás.

JOVEN 1.º

(En alta voz.) ¡Amargo!

AMARGO

(Lejos.) Ya voy.

JOVEN 2.º

(A voces.) ¡Amargo!

AMARGO

(Con calma.) ¡Ya voy!

(Pausa)

JOVEN 1.º

¡Qué hermosos olivares!

JOVEN 2.º

Sí

(Largo silencio.)

JOVEN 1.º

No me gusta andar de noche.

JOVEN 2.º

Ni a mí tampoco.

JOVEN 1.º

La noche se hizo para dormir.

JOVEN 2.º

Es verdad.

(Ranas y grillos hacen la glorieta del estilo andaluz. El AMARGO *camina con las manos en la cintura.)*

AMARGO

Ay yayayay.
Yo le pregunté a la muerte.
Ay yayayay.

(El grito de su canto pone un acento circunflejo sobre el corazón de los que lo han oído.)

JOVEN 1.º

(Desde muy lejos.) ¡Amargo!

JOVEN 2.º

(Casi perdido.) ¡Amargooo!

(Silencio.)

(El AMARGO *está solo en medio de la carretera. Entorna sus grandes ojos verdes y se ciñe la chaqueta de pana alrededor del talle. Altas montañas le rodean. Su gran reloj de plata le suena oscuramente en el bolsillo a cada paso.)*

(Un JINETE *viene galopando por la carretera.)*

JINETE

(Parando el caballo.) ¡Buenas noches!

AMARGO

A la paz de Dios.

JINETE

¿Va usted a Granada?

AMARGO

A Granada voy.

JINETE

Pues vamos juntos.

AMARGO

Eso parece.

JINETE

¿Por qué no monta en la grupa?

AMARGO

Porque no me duelen los pies.

JINETE

Yo vengo de Málaga.

AMARGO

Bueno.

JINETE

Allí están mis hermanos.

AMARGO

(Displicente.) ¿Cuántos?

JINETE

Son tres. Venden cuchillos. Ése es el negocio.

AMARGO

De salud les sirva.

JINETE

De plata y de oro.

AMARGO

Un cuchillo no tiene que ser más que cuchillo.

JINETE

Se equivoca.

AMARGO

Gracias.

JINETE

Los cuchillos de oro se van solos al corazón. Los de plata cortan el cuello como una brizna de hierba.

AMARGO

¿No sirven para partir el pan?

JINETE

Los hombres parten el pan con las manos.

AMARGO

¡Es verdad!

(El caballo se inquieta.)

JINETE

¡Caballo!

AMARGO

Es la noche.

(El camino ondulante salomoniza la sombra del animal.)

JINETE

¿Quieres un cuchillo?

AMARGO

No.

JINETE

Mira que te lo regalo.

AMARGO

Pero yo no lo acepto.

JINETE

No tendrás otra ocasión.

AMARGO

¿Quién sabe?

JINETE

Los otros cuchillos no sirven. Los otros cuchillos son blandos y se asustan de la sangre. Los que nosotros vendemos son fríos. ¿Entiendes? Entran buscando el sitio de más calor y allí se paran.

(El AMARGO *calla. Su mano derecha se le enfría como si agarrase un pedazo de oro.)*

JINETE

¡Qué hermoso cuchillo!

AMARGO

¿Vale mucho?

JINETE

Pero ¿no quieres éste?

(Saca un cuchillo de oro. La punta brilla como una llama de candil.)

AMARGO

He dicho que no.

JINETE

¡Muchacho, súbete conmigo!

AMARGO

Todavía no estoy cansado.

(El caballo se vuelve a espantar.)

JINETE

(Tirando de las bridas.) Pero ¡qué caballo éste!

AMARGO

Es lo oscuro.

(Pausa.)

JINETE

Como te iba diciendo, en Málaga están mis tres hermanos. ¡Qué manera de vender cuchillos!

En la catedral compraron dos mil para adornar todos los altares y poner una corona a la torre. Muchos barcos escribieron en ellos sus nombres, los pescadores más humildes de la orilla del mar se alumbran de noche con el brillo que despiden sus hojas afiladas.

AMARGO

¡Es una hermosura!

JINETE

¿Quién lo puede negar?

(La noche se espesa como un vino de cien años. La serpiente gorda del Sur abre sus ojos en la madrugada, y hay en los durmientes un deseo infinito de arrojarse por el balcón a la magia perversa del perfume y la lejanía.)

AMARGO

Me parece que hemos perdido el camino.

JINETE

(Parando el caballo.) ¿Sí?

AMARGO

Con la conversación.

JINETE

¿No son aquellas las luces de Granada?

AMARGO

No sé.

JINETE

El mundo es muy grande.

AMARGO

Como que está deshabitado.

JINETE

Tú lo estás diciendo.

AMARGO

¡Me da una desesperanza! ¡Ay yayayay!

JINETE

Porque si llegas allí, ¿qué haces?

AMARGO

¿Qué hago?

JINETE

Y si te estás en tu sitio, ¿para qué quieres estar?

AMARGO

¿Para qué?

JINETE

Yo monto este caballo y vendo cuchillos, pero si no lo hiciera, ¿qué pasaría?

AMARGO

¿Qué pasaría?

(Pausa.)

JINETE

Estamos llegando a Granada.

AMARGO

¿Es posible?

JINETE

Mira cómo relumbran los miradores.

AMARGO

Sí, ciertamente.

JINETE

Ahora no te negarás a montar conmigo.

AMARGO

Espera un poco.

JINETE

¡Vamos, sube! Sube de prisa. Es necesario llegar antes de que amanezca... Y toma este cuchillo. ¡Te lo regalo!

AMARGO

¡Ay yayayay!

(El JINETE *ayuda al* AMARGO. *Los dos emprenden el camino de Granada. La sierra del fondo se cubre de cicutas y de ortigas.)*

CANCIÓN DE LA MADRE DEL AMARGO

Lo llevan puesto en mi sábana
mis adelfas y mi palma.

Día veintisiete de agosto
con un cuchillito de oro.

La cruz. ¡Y vamos andando!
Era moreno y amargo.

Vecinas, dadme una jarra
de azófar con limonada.

La cruz. No llorad ninguna.
El Amargo está en la luna.

9 julio, 1925.

BODAS DE SANGRE

TRAGEDIA EN TRES ACTOS Y SIETE CUADROS

(1933)

PERSONAJES

La Madre
La Novia
La Suegra
La Mujer de Leonardo
La Criada
La Vecina
Muchachas
Leonardo
El Novio
El Padre de la Novia
La Luna
La Muerte (como mendiga)
Leñadores
Mozos

ACTO PRIMERO

CUADRO I

Habitación pintada de amarillo

NOVIO *(Entrando.)*
Madre.
MADRE
¿Qué?
NOVIO
Me voy.
MADRE
¿Adónde?
NOVIO
A la viña. *(Va a salir.)*
MADRE
Espera.
NOVIO
¿Quieres algo?
MADRE
Hijo, el almuerzo.
NOVIO
Déjalo. Comeré uvas. Dame la navaja.

MADRE
¿Para qué?

NOVIO *(Riendo.)*
Para cortarlas.

MADRE *(Entre dientes y buscándola.)*
La navaja, la navaja... Malditas sean todas y el bribón que las inventó.

NOVIO
Vamos a otro asunto.

MADRE
Y las escopetas, y las pistolas, y el cuchillo más pequeño, y hasta las azadas y los bieldos de la era.

NOVIO
Bueno.

MADRE
Todo lo que puede cortar el cuerpo de un hombre. Un hombre hermoso, con su flor en la boca, que sale a las viñas o va a sus olivos propios, porque son de él, heredados...

NOVIO *(Bajando la cabeza.)*
Calle usted.

MADRE
... y ese hombre no vuelve. O si vuelve es para ponerle una palma encima o un plato de sal gorda para que no se hinche. No sé cómo te atreves a llevar una navaja en tu cuerpo, ni cómo yo dejo a la serpiente dentro del arcón.

NOVIO
¿Está bueno ya?

MADRE
Cien años que yo viviera no hablaría de otra cosa. Primero, tu padre, que me olía a clavel y lo disfruté tres años escasos. Luego, tu hermano. ¿Y es justo y puede ser que una cosa pequeña como una pistola o una navaja pueda acabar con un hombre, que es un toro? No

callaría nunca. Pasan los meses y la desesperación me pica en los ojos y hasta en las puntas del pelo.

NOVIO *(Fuerte.)*

¿Vamos a acabar?

MADRE

No. No vamos a acabar. ¿Me puede alguien traer a tu padre? ¿Y a tu hermano? Y luego, el presidio. ¿Qué es el presidio? ¡Allí comen, allí fuman, allí tocan los instrumentos! Mis muertos llenos de hierba, sin hablar, hechos polvo; dos hombres que eran dos geranios... Los matadores, en presidio, frescos, viendo los montes...

NOVIO

¿Es que quiere usted que los mate?

MADRE

No... Si hablo, es porque... ¿Cómo no voy a hablar viéndote salir por esa puerta? Es que no me gusta que lleves navaja. Es que..., que no quisiera que salieras al campo.

NOVIO *(Riendo.)*

¡Vamos!

MADRE

Que me gustaría que fueras una mujer. No te irías al arroyo ahora y bordaríamos las dos cenefas y perritos de lana.

NOVIO (*Coge de un brazo a la* MADRE *y ríe.)*

Madre, ¿y si yo la llevara conmigo a las viñas?

MADRE

¿Qué hace en las viñas una vieja? ¿Me ibas a meter debajo de los pámpanos?

NOVIO *(Levantándola en sus brazos.)*

Vieja, revieja, requetevieja.

MADRE

Tu padre sí que me llevaba. Eso es buena casta. Sangre. Tu abuelo dejó a un hijo en cada esquina. Eso me gusta. Los hombres, hombres, el trigo, trigo.

NOVIO

¿Y yo, madre?

MADRE

¿Tú, qué?

NOVIO

¿Necesito decírselo otra vez?

MADRE *(Seria.)*

¡Ah!

NOVIO

¿Es que le parece mal?

MADRE

No.

NOVIO

¿Entonces?...

MADRE

No lo sé yo misma. Así, de pronto, siempre me sorprende. Yo sé que la muchacha es buena. ¿Verdad que sí? Modosa. Trabajadora. Amasa su pan y cose sus faldas, y siento, sin embargo, cuando la nombro, como si me dieran una pedrada en la frente.

NOVIO

Tonterías.

MADRE

Más que tonterías. Es que me quedo sola. Ya no me quedas más que tú, y siento que te vayas.

NOVIO

Pero usted vendrá con nosotros.

MADRE

No. Yo no puedo dejar aquí solos a tu padre y a tu hermano. Tengo que ir todas las mañanas, y si me voy es fácil que muera uno de los Félix, uno de la familia de los matadores, y lo entierren al lado. ¡Y eso sí que no! ¡Ca! ¡Eso sí que no! Porque con las uñas los desentierro y yo sola los machaco contra la tapia.

NOVIO *(Fuerte.)*
Vuelta otra vez.

MADRE
Perdóname. *(Pausa.)* ¿Cuánto tiempo llevas en relaciones?

NOVIO
Tres años. Ya pude comprar la viña.

MADRE
Tres años. Ella tuvo un novio, ¿no?

NOVIO
No sé. Creo que no. Las muchachas tienen que mirar con quien se casan.

MADRE
Sí. Yo no miré a nadie. Miré a tu padre, y cuando lo mataron miré a la pared de enfrente. Una mujer con un hombre, y ya está.

NOVIO
Usted sabe que mi novia es buena.

MADRE
No lo dudo. De todos modos, siento no saber cómo fue su madre.

NOVIO
¿Qué más da?

MADRE *(Mirándole.)*
Hijo.

NOVIO
¿Qué quiere usted?

MADRE
¡Que es verdad! ¡Que tienes razón! ¿Cuándo quieres que la pida?

NOVIO *(Alegre.)*
¿Le parece bien el domingo?

MADRE *(Seria.)*
Le llevaré los pendientes de azófar, que son antiguos, y tú le compras...

NOVIO

Usted entiende más...

MADRE

Le compras unas medias caladas, y para ti dos trajes... ¡Tres! ¡No te tengo más que a ti!

NOVIO

Me voy. Mañana iré a verla.

MADRE

Sí, sí; y a ver si me alegras con seis nietos, o los que te dé la gana, ya que tu padre no tuvo lugar de hacérmelos a mí.

NOVIO

El primero para usted.

MADRE

Sí, pero que haya niñas. Que yo quiero bordar y hacer encaje y estar tranquila.

NOVIO

Estoy seguro que usted querrá a mi novia.

MADRE

La querré. *(Se dirige a besarlo y reacciona.)* Anda, ya estás muy grande para besos. Se los das a tu mujer. *(Pausa. Aparte.)* Cuando lo sea.

NOVIO

Me voy.

MADRE

Que caves bien la parte del molinillo, que la tienes descuidada.

NOVIO

¡Lo dicho!

MADRE

Anda con Dios. *(Vase el* NOVIO. *La* MADRE *queda sentada de espaldas a la puerta. Aparece en la puerta una* VECINA *vestida de color oscuro, con pañuelo a la cabeza.)* Pasa.

VECINA
¿Cómo estás?
MADRE
Ya ves.
VECINA
Yo bajé a la tienda y vine a verte. ¡Vivimos tan lejos!...
MADRE
Hace veinte años que no he subido a lo alto de la calle.
VECINA
Tú estás bien.
MADRE
¿Lo crees?
VECINA
Las cosas pasan. Hace dos días trajeron al hijo de mi vecina con los dos brazos cortados por la máquina. *(Se sienta.)*
MADRE
¿A Rafael?
VECINA
Sí. Y allí lo tienes. Muchas veces pienso que tu hijo y el mío están mejor donde están, dormidos, descansando, que no expuestos a quedarse inútiles.
MADRE
Calla. Todo eso son invenciones, pero no consuelos.
VECINA
¡Ay!
MADRE
¡Ay!

(Pausa.)

VECINA *(Triste.)*
¿Y tu hijo?
MADRE
Salió.

VECINA

¡Al fin compró la viña!

MADRE

Tuvo suerte.

VECINA

Ahora se casará.

MADRE *(Como despertando y acercando su silla a la silla de la* VECINA.)

Oye.

VECINA *(En plan confidencial.)*

Dime.

MADRE

¿Tú conoces a la novia de mi hijo?

VECINA

¡Buena muchacha!

MADRE

Sí, pero...

VECINA

Pero quien la conozca a fondo no hay nadie. Vive sola con su padre allí, tan lejos, a diez leguas de la casa más cerca. Pero es buena. Acostumbrada a la soledad.

MADRE

¿Y su madre?

VECINA

A su madre la conocí. Hermosa. Le relucía la cara como a un santo; pero a mí no me gustó nunca. No quería a su marido.

MADRE *(Fuerte.)*

Pero ¡cuántas cosas sabéis las gentes!

VECINA

Perdona. No quisiera ofender; pero es verdad. Ahora, si fue decente o no, nadie lo dijo. De esto no se ha hablado. Ella era orgullosa.

MADRE

¡Siempre igual!

VECINA

Tú me preguntaste.

MADRE

Es que quisiera que ni a la viva ni a la muerta las conociera nadie. Que fueran como dos cardos, que ninguna persona los nombra y pinchan si llega el momento.

VECINA

Tienes razón. Tu hijo vale mucho.

MADRE

Vale. Por eso lo cuido. A mí me habían dicho que la muchacha tuvo novio hace tiempo.

VECINA

Tendría ella quince años. Él se casó ya hace dos años con una prima de ella, por cierto. Nadie se acuerda del noviazgo.

MADRE

¿Cómo te acuerdas tú?

VECINA

¡Me haces unas preguntas!...

MADRE

A cada uno le gusta enterarse de lo que le duele. ¿Quién fue el novio?

VECINA

Leonardo.

MADRE

¿Qué Leonardo?

VECINA

Leonardo el de los Félix.

MADRE *(Levantándose.)*

¡De los Félix!

VECINA

Mujer, ¿qué culpa tiene Leonardo de nada? Él tenía ocho años cuando las cuestiones.

MADRE

Es verdad... Pero oigo eso de Félix y es lo mismo *(Entre dientes.)* Félix que llenárseme de cieno la boca *(Escupe.)*, y tengo que escupir, tengo que escupir por no matar.

VECINA

Repórtate. ¿Qué sacas con eso?

MADRE

Nada. Pero tú lo comprendes.

VECINA

No te opongas a la felicidad de tu hijo. No le digas nada. Tú estás vieja. Yo, también. A ti y a mí nos toca callar.

MADRE

No le diré nada.

VECINA *(Besándola.)*

Nada.

MADRE *(Serena.)*

¡Las cosas!...

VECINA

Me voy, que pronto llegará mi gente del campo.

MADRE

¿Has visto qué día de calor?

VECINA

Iban negros los chiquillos que llevan el agua a los segadores. Adiós, mujer.

MADRE

Adiós. *(Se dirige a la puerta de la izquierda. En medio del camino se detiene y lentamente se santigua.)*

Telón

CUADRO II

Habitación pintada de rosa con cobres y ramos de flores populares. En el centro, una mesa con mantel. Es la mañana. SUEGRA *de* LEONARDO *con un niño en brazos. Lo mece. La* MUJER, *en la otra esquina, hace punto de media*

SUEGRA
Nana, niño, nana
del caballo grande
que no quiso el agua.
El agua era negra
dentro de las ramas.
Cuando llega el puente
se detiene y canta.
¿Quién dirá, mi niño,
lo que tiene el agua
con su larga cola
por su verde sala?

MUJER *(Bajo.)*
Duérmete, clavel,
que el caballo no quiere beber.

SUEGRA
Duérmete, rosal,
que el caballo se pone a llorar.
Las patas heridas,

las crines heladas,
dentro de los ojos
un puñal de plata.
Bajaban al río.
¡Ay, cómo bajaban!
La sangre corría
más fuerte que el agua.

MUJER

Duérmete, clavel,
que el caballo no quiere beber.

SUEGRA

Duérmete, rosal,
que el caballo se pone a llorar.

MUJER

No quiso tocar
la orilla mojada,
su belfo caliente
con moscas de plata.
A los montes duros
solo relinchaba
con el río muerto
sobre la garganta.
¡Ay caballo grande
que no quiso el agua!
¡Ay dolor de nieve,
caballo del alba!

SUEGRA

¡No vengas! Detente,
cierra la ventana
con rama de sueños
y sueño de ramas.

MUJER

Mi niño se duerme.

SUEGRA

Mi niño se calla.

MUJER

Caballo, mi niño
tiene una almohada.

SUEGRA

Su cuna de acero.

MUJER

Su colcha de Holanda.

SUEGRA

Nana, niño, nana.

MUJER

¡Ay caballo grande
que no quiso el agua!

SUEGRA

¡No vengas, no entres!
Vete a la montaña.
Por los valles grises
donde está la jaca.

MUJER *(Mirando.)*

Mi niño se duerme.

SUEGRA

Mi niño descansa.

MUJER *(Bajito.)*

Duérmete, clavel,
que el caballo no quiere beber.

SUEGRA *(Levantándose, y muy bajito.)*

Duérmete, rosal,
que el caballo se pone a llorar.

(Entran al niño. Entra LEONARDO.)

LEONARDO

¿Y el niño?

MUJER

Se durmió.

LEONARDO

Ayer no estuvo bien. Lloró por la noche.

MUJER *(Alegre.)*

Hoy está como una dalia. ¿Y tú? ¿Fuiste a casa del herrador?

LEONARDO

De allí vengo. ¿Querrás creer? Llevo más de dos meses poniendo herraduras nuevas al caballo y siempre se le caen. Por lo visto se las arranca con las piedras.

MUJER

¿Y no será que lo usas mucho?

LEONARDO

No. Casi no lo utilizo.

MUJER

Ayer me dijeron las vecinas que te habían visto al límite de los llanos.

LEONARDO

¿Quién lo dijo?

MUJER

Las mujeres que cogen las alcaparras. Por cierto que me sorprendió. ¿Eras tú?

LEONARDO

No. ¿Qué iba a hacer yo allí en aquel secano?

MUJER

Eso dije. Pero el caballo estaba reventando de sudor.

LEONARDO

¿Lo viste tú?

MUJER

No. Mi madre.

LEONARDO

¿Está con el niño?

MUJER

Sí. ¿Quieres un refresco de limón?

LEONARDO

Con el agua bien fría.

MUJER

¡Cómo no viniste a comer!...

LEONARDO

Estuve con los medidores del trigo. Siempre entretienen.

MUJER *(Haciendo el refresco y muy tierna.)*

¿Y lo pagan a buen precio?

LEONARDO

El justo.

MUJER

Me hace falta un vestido y al niño una gorra con lazos.

LEONARDO *(Levantándose.)*

Voy a verlo.

MUJER

Ten cuidado, que está dormido.

SUEGRA *(Saliendo.)*

Pero ¿quién da esas carreras al caballo? Está abajo, tendido, con los ojos desorbitados, como si llegara del fin del mundo.

LEONARDO *(Agrio.)*

Yo.

SUEGRA

Perdona; tuyo es.

MUJER *(Tímida.)*

Estuvo con los medidores del trigo.

SUEGRA

Por mí, que reviente. *(Se sienta.)*

(Pausa.)

MUJER
El refresco. ¿Está frío?
LEONARDO
Sí.
MUJER
¿Sabes que piden a mi prima?
LEONARDO
¿Cuándo?
MUJER
Mañana. La boda será dentro de un mes. Espero que vendrán a invitarnos.
LEONARDO *(Serio.)*
No sé.
SUEGRA
La madre de él creo que no estaba muy satisfecha con el casamiento.
LEONARDO
Y quizá tenga razón. Ella es de cuidado.
MUJER
No me gusta que penséis mal de una buena muchacha.
SUEGRA
Pero cuando dice eso es porque la conoce. ¿No ves que fue tres años novia suya? *(Con intención.)*
LEONARDO
Pero la dejé. *(A su* MUJER.) ¿Vas a llorar ahora? ¡Quita! *(La aparta bruscamente las manos de la cara.)* Vamos a ver al niño. *(Entran abrazados.)*

(Aparece la MUCHACHA, *alegre. Entra corriendo.)*

MUCHACHA
Señora.
SUEGRA
¿Qué pasa?

MUCHACHA
Llegó el novio a la tienda y ha comprado todo lo mejor que había.

SUEGRA
¿Vino solo?

MUCHACHA
No, con su madre. Seria, alta. *(La imita.)* Pero ¡qué lujo!

SUEGRA
Ellos tienen dinero.

MUCHACHA
¡Y compraron unas medias caladas!... ¡Ay, qué medias! ¡El sueño de las mujeres en medias! Mire usted: una golondrina aquí *(Señala el tobillo.)*, un barco aquí *(Señala la pantorrilla.)* y aquí una rosa. *(Señala el muslo.)*

SUEGRA
¡Niña!

MUCHACHA
¡Una rosa con las semillas y el tallo! ¡Ay! ¡Todo en seda!

SUEGRA
Se van a juntar dos buenos capitales.

(Aparecen LEONARDO *y su* MUJER.)

MUCHACHA
Vengo a deciros lo que están comprando.

LEONARDO *(Fuerte.)*
No nos importa.

MUJER
Déjala.

SUEGRA
Leonardo, no es para tanto.

MUCHACHA

Usted dispense. *(Se va llorando.)*

SUEGRA

¿Qué necesidad tienes de ponerte a mal con las gentes?

LEONARDO

No le he preguntado su opinión. *(Se sienta.)*

SUEGRA

Está bien.

(Pausa.)

MUJER *(A* LEONARDO.*)*

¿Qué te pasa? ¿Qué idea te bulle por dentro de la cabeza? No me dejes así, sin saber nada...

LEONARDO

Quita.

MUJER

No. Quiero que me mires y me lo digas.

LEONARDO

Déjame. *(Se levanta.)*

MUJER

¿Adónde vas, hijo?

LEONARDO *(Agrio.)*

¿Te puedes callar?

SUEGRA *(Enérgica, a su hija.)*

¡Cállate! *(Sale* LEONARDO.*)* ¡El niño! *(Entra y vuelve a salir con él en brazos.)*

(La MUJER *ha permanecido de pie, inmóvil.)*

Las patas heridas,
Las crines heladas,
dentro de los ojos

un puñal de plata.
Bajaban al río.
La sangre corría
más fuerte que el agua.

MUJER *(Volviéndose lentamente y como soñando.)*
Duérmete, clavel,
que el caballo se pone a beber.

SUEGRA
Duérmete, rosal,
que el caballo se pone a llorar.

MUJER
Nana, niño, nana.

SUEGRA
¡Ay, caballo grande,
que no quiso el agua!

MUJER *(Dramática.)*
¡No vengas, no entres!
¡Vete a la montaña!
¡Ay dolor de nieve,
caballo de alba!

SUEGRA *(Llorando.)*
Mi niño se duerme...

MUJER *(Llorando y acercándose lentamente.)*
Mi niño descansa...

SUEGRA
Duérmete, clavel,
que el caballo no quiere beber.

MUJER *(Llorando y apoyándose sobre la mesa.)*
Duérmete, rosal,
que el caballo se pone a llorar.

Telón

CUADRO III

Interior de la cueva donde vive la NOVIA. *Al fondo, una cruz de grandes flores rosa. Las puertas, redondas, con cortinajes de encaje y lazos rosa. Por las paredes, de material blanco y duro, abanicos redondos, jarros azules y pequeños espejos*

CRIADA

Pasen... *(Muy afable, llena de hipocresía humilde. Entran el* NOVIO *y su* MADRE. *La* MADRE *viste de raso negro y lleva mantilla de encaje. El* NOVIO, *de pana negra con gran cadena de oro.)* ¿Se quieren sentar? Ahora vienen. *(Sale.)*

(Quedan MADRE *e* HIJO *sentados, inmóviles como estatuas. Pausa larga.)*

MADRE

¿Traes el reloj?

NOVIO

Sí. *(Lo saca y lo mira.)*

MADRE

Tenemos que volver a tiempo. ¡Qué lejos vive esta gente!

NOVIO

Pero estas tierras son buenas.

MADRE
Buenas; pero demasiado solas. Cuatro horas de camino y ni una casa ni un árbol.

NOVIO
Estos son los secanos.

MADRE
Tu padre los hubiera cubierto de árboles.

NOVIO
¿Sin agua?

MADRE
Ya la hubiera buscado. Los tres años que estuvo casado conmigo, plantó diez cerezos. *(Haciendo memoria.)* Los tres nogales del molino, toda una viña y una planta que se llama Júpiter, que da flores encarnadas, y se secó.

(Pausa.)

NOVIO *(Por la* NOVIA.)
Debe estar vistiéndose.

(Entra el PADRE DE LA NOVIA. *Es anciano, con el cabello blanco, reluciente. Lleva la cabeza inclinada. La* MADRE *y el* NOVIO *se levantan y se dan las manos en silencio.)*

PADRE
¿Mucho tiempo de viaje?

MADRE
Cuatro horas. *(Se sientan.)*

PADRE
Habéis venido por el camino más largo.

MADRE
Yo estoy ya vieja para andar por las terreras del río.

NOVIO

Se marea.

(Pausa.)

PADRE

Buena cosecha de esparto.

NOVIO

Buena de verdad.

PADRE

En mi tiempo, ni esparto daba esta tierra. Ha sido necesario castigarla y hasta llorarla, para que nos dé algo provechoso.

MADRE

Pero ahora da. No te quejes. Yo no vengo a pedirte nada.

PADRE *(Sonriendo.)*

Tú eres más rica que yo. Las viñas valen un capital. Cada pámpano una moneda de plata. Lo que siento es que las tierras..., ¿entiendes?..., estén separadas. A mí me gusta todo junto. Una espina tengo en el corazón, y es la huertecilla esa metida entre mis tierras, que no me quieren vender por todo el oro del mundo.

NOVIO

Eso pasa siempre.

PADRE

Si pudiéramos con veinte pares de bueyes traer tus viñas aquí y ponerlas en la ladera. ¡Qué alegría!...

MADRE

¿Para qué?

PADRE

Lo mío es de ella y lo tuyo de él. Por eso. Para verlo todo junto, ¡qué junto es una hermosura!

NOVIO

Y sería menos trabajo.

MADRE

Cuando yo me muera, vendéis aquello y compráis aquí al lado.

PADRE

Vender, ¡vender! ¡Bah!; comprar hija, comprarlo todo. Si yo hubiera tenido hijos hubiera comprado todo este monte hasta la parte del arroyo. Porque no es buena tierra; pero con brazos se la hace buena, y como no pasa gente no te roban los frutos y puedes dormir tranquilo.

(Pausa.)

MADRE

Tú sabes a lo que vengo.

PADRE

Sí.

MADRE

¿Y qué?

PADRE

Me parece bien. Ellos lo han hablado.

MADRE

Mi hijo tiene y puede.

PADRE

Mi hija también.

MADRE

Mi hijo es hermoso. No ha conocido mujer. La honra más limpia que una sábana puesta al sol.

PADRE

Qué te digo de la mía. Hace las migas a las tres, cuando el lucero. No habla nunca; suave como la lana, borda toda clase de bordados y puede cortar una maroma con los dientes.

MADRE

Dios bendiga su casa.

PADRE
Que Dios la bendiga.

(Aparece la CRIADA *con dos bandejas. Una con copas y la otra con dulces.)*

MADRE *(Al* HIJO.)
¿Cuándo queréis la boda?

NOVIO
El jueves próximo.

PADRE
Día en que ella cumple veintidós años justos.

MADRE
¡Veintidós años! Esa edad tendría mi hijo mayor si viviera. Que viviría caliente y macho como era, si los hombres no hubieran inventado las navajas.

PADRE
En eso no hay que pensar.

MADRE
Cada minuto. Métete la mano en el pecho.

PADRE
Entonces el jueves. ¿No es así?

NOVIO
Así es.

PADRE
Los novios y nosotros iremos en coche hasta la iglesia, que está muy lejos, y el acompañamiento en los carros y en las caballerías que traigan.

MADRE
Conformes.

(Pasa la CRIADA.)

PADRE

Dile que ya puede entrar. *(A la* MADRE.) Celebraré mucho que te guste.

(Aparece la NOVIA. *Trae las manos caídas en actitud modesta y la cabeza baja.)*

MADRE

Acércate. ¿Estás contenta?

NOVIA

Sí, señora.

PADRE

No debes estar seria. Al fin y al cabo ella va a ser tu madre.

NOVIA

Estoy contenta. Cuando he dado el sí es porque quiero darlo.

MADRE

Naturalmente. *(Le coge la barbilla.)* Mírame.

PADRE

Se parece en todo a mi mujer.

MADRE

¿Sí? ¡Qué hermoso mirar! ¿Tú sabes lo que es casarse, criatura?

NOVIA *(Seria.)*

Lo sé.

MADRE

Un hombre, unos hijos y una pared de dos varas de ancho para todo lo demás.

NOVIO

¿Es que hace falta otra cosa?

MADRE

No. Que vivan todos, ¡eso! ¡Que vivan!

NOVIA

Yo sabré cumplir.

MADRE
Aquí tienes unos regalos.

NOVIA
Gracias.

PADRE
¿No tomamos algo?

MADRE
Yo no quiero. *(Al* NOVIO.) ¿Y tú?

NOVIO
Tomaré. *(Toma un dulce. La* NOVIA *toma otro.)*

PADRE *(Al* NOVIO.)
¿Vino?

MADRE
No lo prueba.

PADRE
¡Mejor!

(Pausa. Todos están de pie.)

NOVIO *(A la* NOVIA.)
Mañana vendré.

NOVIA
¿A qué hora?

NOVIO
A las cinco.

NOVIA
Yo te espero.

NOVIO
Cuando me voy de tu lado siento un despego grande y así como un nudo en la garganta.

NOVIA
Cuando seas mi marido ya no lo tendrás.

NOVIO
Eso digo yo.

MADRE

Vamos. El sol no espera. *(Al* PADRE.) ¿Conformes en todo?

PADRE

Conformes.

MADRE *(A la* CRIADA.)

Adiós, mujer.

CRIADA

Vayan ustedes con Dios.

(La MADRE *besa a la* NOVIA *y van saliendo en silencio.*)

MADRE *(En la puerta.)*

Adiós, hija.

(La NOVIA *contesta con la mano.)*

PADRE

Yo salgo con vosotros.

(Salen.)

CRIADA

Que reviento por ver los regalos.

NOVIA *(Agria.)*

Quita.

CRIADA

¡Ay, niña, enséñamelos!

NOVIA

No quiero.

CRIADA

Siquiera las medias. Dicen que son todas caladas. ¡Mujer!

NOVIA

¡Ea, que no!

CRIADA

Por Dios. Está bien. Parece como si no tuvieras ganas de casarte.

NOVIA *(Mordiéndose la mano con rabia.)*

¡Ay!

CRIADA

Niña, hija, ¿qué te pasa? ¿Sientes dejar tu vida de reina? No pienses en cosas agrias. ¿Tienes motivo? Ninguno. Vamos a ver los regalos. *(Coge la caja.)*

NOVIA *(Cogiéndola de las muñecas.)*

Suelta.

CRIADA

¡Ay, mujer!

NOVIA

Suelta he dicho.

CRIADA

Tienes más fuerza que un hombre.

NOVIA

¿No he hecho yo trabajos de hombre? ¡Ojalá fuera!

CRIADA

¡No hables así!

NOVIA

Calla he dicho. Hablemos de otro asunto.

(La luz va desapareciendo de la escena. Pausa larga.)

CRIADA

¿Sentiste anoche un caballo?

NOVIA

¿A qué hora?

CRIADA

A las tres.

NOVIA

Sería un caballo suelto de la manada.

CRIADA
No. Llevaba jinete.

NOVIA
¿Por qué lo sabes?

CRIADA
Porque lo vi. Estuvo parado en tu ventana. Me chocó mucho.

NOVIA
¿No sería mi novio? Algunas veces ha pasado a esas horas.

CRIADA
No.

NOVIA
¿Tú le viste?

CRIADA
Sí.

NOVIA
¿Quién era?

CRIADA
Era Leonardo.

NOVIA
¡Mentira! ¡Mentira! ¿A qué viene aquí?

CRIADA
Vino.

NOVIA
¡Cállate! ¡Maldita sea tu lengua!

(Se siente el ruido de un caballo.)

CRIADA *(En la ventana.)*
Mira, asómate. ¿Era?

NOVIA
¡Era!

Telón rápido

ACTO SEGUNDO

CUADRO I

Zaguán de casa de la NOVIA. *Portón al fondo. Es de noche. La* NOVIA *sale con las enaguas blancas encañonadas, llenas de encajes y puntas bordadas, y un corpiño blanco, con los brazos al aire. La* CRIADA, *lo mismo*

CRIADA
Aquí te acabaré de peinar.

NOVIA
No se puede estar ahí dentro, del calor.

CRIADA
En estas tierras no refresca ni al amanecer.

(Se sienta la NOVIA *en una silla baja y se mira en un espejito de mano. La* CRIADA *la peina.)*

NOVIA
Mi madre era de un sitio donde había muchos árboles. De tierra rica.

CRIADA
¡Así era ella de alegre!

NOVIA
Pero se consumió aquí.

CRIADA
El sino.

NOVIA
Como nos consumimos todas. Echan fuego las paredes. ¡Ay!, no tires demasiado.

CRIADA
Es para arreglarte mejor esta onda. Quiero que te caiga sobre la frente. *(La* NOVIA *se mira en el espejo.)* ¡Qué hermosa estás! ¡Ay! *(La besa apasionadamente.)*

NOVIA *(Seria.)*
Sigue peinándome.

CRIADA *(Peinándola.)*
¡Dichosa tú que vas a abrazar a un hombre, que lo vas a besar, que vas a sentir su peso!

NOVIA
Calla.

CRIADA
Y lo mejor es cuando te despiertes y lo sientas al lado y que él te roza los hombros con su aliento, como con una plumilla de ruiseñor.

NOVIA *(Fuerte.)*
¿Te quieres callar?

CRIADA
¡Pero, niña! Una boda, ¿qué es? Una boda es esto y nada más. ¿Son los dulces? ¿Son los ramos de flores? No. Es una cama relumbrante y un hombre y una mujer.

NOVIA
No se debe decir.

CRIADA
Eso es otra cosa. ¡Pero es bien alegre!

NOVIA
O bien amargo.

CRIADA
El azahar te lo voy a poner desde aquí hasta aquí, de modo que la corona luzca sobre el peinado. *(Le prueba un ramo de azahar.)*

NOVIA *(Se mira en el espejo.)*
Trae. *(Coge el azahar y lo mira y deja caer la cabeza abatida.)*

CRIADA
¿Qué es esto?

NOVIA
Déjame.

CRIADA
No son horas de ponerse triste. *(Animosa.)* Trae el azahar. *(La* NOVIA *tira el azahar.)* ¡Niña! ¿Qué castigo pides tirando al suelo la corona? ¡Levanta esa frente! ¿Es que no te quieres casar? Dilo. Todavía te puedes arrepentir. *(Se levanta.)*

NOVIA
Son nublos. Un mal aire en el centro, ¿quién no lo tiene?

CRIADA
Tú quieres a tu novio.

NOVIA
Lo quiero.

CRIADA
Sí, sí, estoy segura.

NOVIA
Pero éste es un paso muy grande.

CRIADA
Hay que darlo.

NOVIA
Ya me he comprometido.

CRIADA
Te voy a poner la corona.

NOVIA *(Se sienta.)*
Date prisa, que ya deben ir llegando.
CRIADA
Ya llevarán lo menos dos horas de camino.
NOVIA
¿Cuánto hay de aquí a la iglesia?
CRIADA
Cinco leguas por el arroyo, que por el camino hay el doble.

(La NOVIA *se levanta y la* CRIADA *se entusiasma al verla.)*

Despierte la novia
la mañana de la boda.
¡Que los ríos del mundo
lleven tu corona!

NOVIA *(Sonriente.)*
Vamos.
CRIADA *(La besa entusiasmada y baila alrededor.)*
Que despierte
con el ramo verde
del laurel florido.
¡Que despierte
por el tronco y la rama
de los laureles!

(Se oyen unos aldabonazos.)

NOVIA
¡Abre! Deben ser los primeros convidados. *(Entra.)*

(La CRIADA *abre sorprendida.)*

CRIADA
¿Tú?
LEONARDO
Yo. Buenos días.
CRIADA
¡El primero!
LEONARDO
¿No me han convidado?
CRIADA
Sí.
LEONARDO
Por eso vengo.
CRIADA
¿Y tu mujer?
LEONARDO
Yo vine a caballo. Ella se acerca por el camino.
CRIADA
¿No te has encontrado a nadie?
LEONARDO
Los pasé con el caballo.
CRIADA
Vas a matar al animal con tanta carrera.
LEONARDO
¡Cuando se muera, muerto está!

(Pausa.)

CRIADA
Siéntate. Todavía no se ha levantado nadie.
LEONARDO
¿Y la novia?
CRIADA
Ahora mismo la voy a vestir.
LEONARDO
¡La novia! ¡Estará contenta!

CRIADA *(Variando la conversación.)*

¿Y el niño?

LEONARDO

¿Cuál?

CRIADA

Tu hijo.

LEONARDO *(Recordando como soñoliento.)*

¡Ah!

CRIADA

¿Lo traen?

LEONARDO

No.

(Pausa. Voces cantando muy lejos.)

VOCES

¡Despierte la novia
la mañana de la boda!

LEONARDO

Despierte la novia
la mañana de la boda.

CRIADA

Es la gente. Vienen lejos todavía.

LEONARDO *(Levantándose.)*

La novia llevará una corona grande, ¿no? No debía ser tan grande. Un poco más pequeña le sentaría mejor. ¿Y trajo ya el novio el azahar que se tiene que poner en el pecho?

NOVIA *(Apareciendo todavía en enaguas y con la corona de azahar puesta.)*

Lo trajo.

CRIADA *(Fuerte.)*

No salgas así.

NOVIA

¿Qué más da? *(Seria.)* ¿Por qué preguntas si trajeron el azahar? ¿Llevas intención?

LEONARDO

Ninguna. ¿Qué intención iba a tener? *(Acercándose.)* Tú, que me conoces, sabes que no la llevo. Dímelo. ¿Quién he sido yo para ti? Abre y refresca tu recuerdo. Pero dos bueyes y una mala choza son casi nada. Esa es la espina.

NOVIA

¿A qué vienes?

LEONARDO

A ver tu casamiento.

NOVIA

¡También yo vi el tuyo!

LEONARDO

Amarrado por ti, hecho con tus dos manos. A mí me pueden matar, pero no me puden escupir. Y la plata, que brilla tanto, escupe algunas veces.

NOVIA

¡Mentira!

LEONARDO

No quiero hablar, porque soy hombre de sangre, y no quiero que todos estos cerros oigan mis voces.

NOVIA

Las mías serían más fuertes.

CRIADA

Estas palabras no pueden seguir. Tú no tienes que hablar de lo pasado. *(La* CRIADA *mira a las puertas presa de inquietud.)*

NOVIA

Tienes razón. Yo no debo hablarte siquiera. Pero se me calienta el alma de que vengas a verme y atisbar mi boda y preguntes con intención por el azahar. Vete y espera a tu mujer en la puerta.

LEONARDO

¿Es que tú y yo no podemos hablar?

CRIADA *(Con rabia.)*

No; no podéis hablar.

LEONARDO

Después de mi casamiento he pensado noche y día de quién era la culpa, y cada vez que pienso sale una culpa nueva que se come a la otra; pero ¡siempre hay culpa!

NOVIA

Un hombre con su caballo sabe mucho y puede mucho para poder estrujar a una muchacha metida en un desierto. Pero yo tengo orgullo. Por eso me caso. Y me encerraré con mi marido, a quien tengo que querer por encima de todo.

LEONARDO

El orgullo no te servirá de nada. *(Se acerca.)*

NOVIA

¡No te acerques!

LEONARDO

Callar y quemarse es el castigo más grande que nos podemos echar encima. ¿De qué me sirvió a mí el orgullo y el no mirarte y el dejarte despierta noches y noches? ¡De nada! ¡Sirvió para echarme fuego encima! Porque tú crees que el tiempo cura y que las paredes tapan, y no es verdad, no es verdad. ¡Cuando las cosas llegan a los centros, no hay quien las arranque!

NOVIA *(Temblando.)*

No puedo oírte. No puedo oír tu voz. Es como si me bebiera una botella de anís y me durmiera en una colcha de rosas. Y me arrastra y sé que me ahogo, pero voy detrás.

CRIADA (*Cogiendo a* LEONARDO *por las solapas.)*

¡Debes irte ahora mismo!

LEONARDO
Es la última vez que voy a hablar con ella. No temas nada.

NOVIA
Y sé que estoy loca y sé que tengo el pecho podrido de aguantar, y aquí estoy quieta por oírlo, por verlo menear los brazos.

LEONARDO
No me quedo tranquilo si no te digo estas cosas. Yo me casé. Cásate tú ahora.

CRIADA *(A* LEONARDO.*)*
¡Y se casa!

VOCES *(Cantando más cerca.)*
Despierte la novia
la mañana de la boda.

NOVIA
¡Despierte la novia! *(Sale corriendo a su cuarto.)*

CRIADA
Ya está aquí la gente. *(A* LEONARDO.*)* No te vuelvas a acercar a ella.

LEONARDO
Descuida. *(Sale por la izquierda.)*

(Empieza a clarear el día.)

MUCHACHA 1.ª *(Entrando.)*
Despierta la novia
la mañana de la boda;
ruede la ronda
y en cada balcón una corona.

VOCES
¡Despierte la novia!

CRIADA *(Moviendo algazara.)*
Que despierte
con el ramo verde

del amor florido.
¡Que despierte
por el tronco de la rama
de los laureles!

MUCHACHA 2.ª *(Entrando.)*
Que despierte
con el largo pelo,
camisa de nieve,
botas de charol y plata
y jazmines en la frente.

CRIADA
¡Ay pastora,
que la luna asoma!

MUCHACHA 1.ª
¡Ay galán,
deja tu sombrero por el olivar!

MOZO 1.º *(Entrando con el sombrero en alto.)*
Despierte la novia,
que por los campos viene
rondando la boda,
con bandejas de dalias
y panes de gloria.

VOCES
¡Despierte la novia!

MUCHACHA 2.ª
La novia
se ha puesto su blanca corona,
y el novio
se la prende con lazos de oro.

CRIADA
Por el toronjil
la novia no puede dormir.

MUCHACHA 3.ª *(Entrando.)*
Por el naranjel
el novio le ofrece cuchara y mantel.

(*Entran tres* CONVIDADOS.)

MOZO 1.º
¡Despierta, paloma!
El alba despeja
campanadas de sombra.
CONVIDADO
La novia, la blanca novia,
hoy doncella,
mañana señora.
MUCHACHA 1.ª
Baja, morena,
arrastrando tu cola de seda.
CONVIDADO
Baja, morenita
que llueve rocío la mañana fría.
MOZO 1.º
Despertad, señora, despertad,
porque viene el aire lloviendo azahar.
CRIADA
Un árbol quiero bordarle
lleno de cintas granates
y en cada cinta un amor
con vivas alrededor.
VOCES
Despierte la novia.
MOZO 1.º
¡La mañana de la boda!
CONVIDADO
La mañana de la boda
qué galana vas a estar;
pareces, flor de los montes,
la mujer de un capitán.

PADRE *(Entrando.)*
La mujer de un capitán
se lleva el novio.
¡Ya viene con sus bueyes por el tesoro!
MUCHACHA 3.ª
El novio
parece la flor del oro.
Cuando camina,
a sus plantas se agrupan las clavellinas.
CRIADA
¡Ay mi niña dichosa!
MOZO 2.º
Que despierte la novia.
CRIADA
¡Ay mi galana!
MUCHACHA 1.ª
La boda está llamando
por las ventanas.
MUCHACHA 2.ª
Que salga la novia.
MUCHACHA 1.ª
¡Que salga, que salga!
CRIADA
¡Que toquen y repiquen
las campanas!
MOZO 1.º
¡Que viene aquí! ¡Que sale ya!
CRIADA
¡Como un toro, la boda
levantándose está!

(Aparece la NOVIA. *Lleva un traje negro mil novecientos, con caderas y larga cola rodeada de gasas plisadas y encajes du-*

ros. Sobre el peinado de visera lleva la corona de azahar. Suenan las guitarras. Las MUCHACHAS *besan a la* NOVIA.)

MUCHACHA 3.ª
¿Qué esencia te echaste en el pelo?
NOVIA *(Riendo.)*
Ninguna.
MUCHACHA 2.ª *(Mirando el traje.)*
La tela es de lo que no hay.
MOZO 1.º
¡Aquí está el novio!
NOVIO
¡Salud!
MUCHACHA 1.ª *(Poniéndole una flor en la oreja.)*
El novio
parece la flor del oro.
MUCHACHA 2.ª
¡Aires de sosiego
le manan los ojos!

(El NOVIO *se dirige al lado de la* NOVIA.)

NOVIA
¿Por qué te pusiste esos zapatos?
NOVIO
Son más alegres que los negros.
MUJER DE LEONARDO *(Entrando y besando a la* NOVIA.)
¡Salud!

(Hablan todas con algazara.)

LEONARDO *(Entrando como quien cumple un deber.)*
La mañana de casada
la corona te ponemos.

MUJER

¡Para que el campo se alegre
con el agua de tu pelo!

MADRE *(Al* PADRE.)

¿También están ésos aquí?

PADRE

Son familia. ¡Hoy es día de perdones!

MADRE

Me aguanto, pero no perdono.

NOVIO

¡Con la corona da alegría mirarte!

NOVIA

¡Vámonos pronto a la iglesia!

NOVIO

¿Tienes prisa?

NOVIA

Sí. Estoy deseando ser tu mujer y quedarme sola contigo, y no oír más voz que la tuya.

NOVIO

¡Eso quiero yo!

NOVIA

Y no ver más que tus ojos. Y que me abrazaras tan fuerte, que aunque me llamara mi madre, que está muerta, no me pudiera despegar de ti.

NOVIO

Yo tengo fuerza en los brazos. Te voy a abrazar cuarenta años seguidos.

NOVIA *(Dramática, cogiéndole del brazo.)*

¡Siempre!

PADRE

¡Vamos pronto! ¡A coger las caballerías y los carros! Que ya ha salido el sol.

MADRE
¡Que llevéis cuidado! No sea que tengamos mala hora.

(Se abre el gran portón del fondo. Empiezan a salir.)

CRIADA *(Llorando.)*
Al salir de tu casa,
blanca doncella,
acuérdate que sales
como una estrella...
MUCHACHA 1.ª
Limpia de cuerpo y ropa
al salir de tu casa para la boda.

(Van saliendo.)

MUCHACHA 2.ª
¡Ya sales de tu casa
para la iglesia!
CRIADA
¡El aire pone flores
por las arenas!
MUCHACHA 3.ª
¡Ay la blanca niña!
CRIADA
Aire oscuro el encaje
de su mantilla.

(Salen. Se oyen guitarras, palillos y panderetas. Quedan solos LEONARDO *y su* MUJER.)

MUJER
Vamos.

LEONARDO
¿Adónde?

MUJER
A la iglesia. Pero no vas en el caballo. Vienes conmigo.

LEONARDO
¿En el carro?

MUJER
¿Hay otra cosa?

LEONARDO
Yo no soy hombre para ir en carro.

MUJER
Y yo no soy mujer para ir sin su marido a un casamiento. ¡Que no puedo más!

LEONARDO
¡Ni yo tampoco!

MUJER
¿Por qué me miras así? Tienes una espina en cada ojo.

LEONARDO
¡Vamos!

MUJER
No sé lo que pasa. Pero pienso y no quiero pensar. Una cosa sé. Yo ya estoy despachada. Pero tengo un hijo. Y otro que viene. Vamos andando. El mismo sino tuvo mi madre. Pero de aquí no me muevo.

(Voces fuera.)

VOCES
¡Al salir de tu casa
para la iglesia,
acuérdate que sales
como una estrella!

MUJER *(Llorando.)*
¡Acuérdate que sales
como una estrella!

Así salí yo de mi casa también. Que me cabía todo el campo en la boca.

LEONARDO *(Levántandose.)*

Vamos.

MUJER

¡Pero conmigo!

LEONARDO

Sí. *(Pausa.)* ¡Echa a andar! *(Salen.)*

VOCES

¡Al salir de tu casa
para la iglesia,
acuérdate que sales
como una estrella!

Telón lento

CUADRO II

Exterior de la cueva de la NOVIA. *Entonación en blancos grises y azules fríos. Grandes chumberas. Tonos sombríos y plateados. Panorama de mesetas color barquillo, todo endurecido como paisaje de cerámica popular*

CRIADA *(Arreglando en una mesa copas y bandejas.)*
Giraba,
giraba la rueda
y el agua pasaba,
porque llega la boda,
que se aparten las ramas
y la luna se adorne
por su blanca baranda.
(En voz alta.)
¡Pon los manteles!
(En voz patética.)
Cantaban,
cantaban los novios
y el agua pasaba,
porque llega la boda,
que relumbre la escarcha
y se llenen de miel
las almendras amargas.
(En voz alta.)

¡Prepara el vino!
(En voz poética.)
Galana,
galana de la tierra,
mira cómo el agua pasa.
Porque llega tu boda
recógete las faldas
y bajo el ala del novio
nunca salgas de tu casa.
Porque el novio es un palomo
con todo el pecho de brasa
y espera el campo el rumor
de la sangre derramada.
Giraba,
giraba la rueda
y el agua pasaba.
¡Porque llega tu boda,
deja que relumbre el agua!

MADRE *(Entrando.)*
¡Por fin!

PADRE
¿Somos los primeros?

CRIADA
No. Hace rato llegó Leonardo con su mujer. Corrieron como demonios. La mujer llegó muerta de miedo. Hicieron el camino como si hubieran venido a caballo.

PADRE
Ese busca la desgracia. No tiene buena sangre.

MADRE
¿Qué sangre va a tener? La de toda su familia. Mana de su bisabuelo, que empezó matando, y sigue en toda la mala ralea, manejadores de cuchillos y gente de falsa sonrisa.

PADRE

¡Vamos a dejarlo!

CRIADA

¿Cómo lo va a dejar?

MADRE

Me duele hasta la punta de las venas. En la frente de todos ellos yo no veo más que la mano con que mataron a lo que era mío. ¿Tú me ves a mí? ¿No te parezco loca? Pues es loca de no haber gritado todo lo que mi pecho necesita. Tengo en mi pecho un grito siempre puesto de pie a quien tengo que castigar y meter entre los mantos. Pero me llevan a los muertos y hay que callar. Luego la gente critica. *(Se quita el manto.)*

PADRE

Hoy no es día de que te acuerdes de esas cosas.

MADRE

Cuando sale la conversación, tengo que hablar. Y hoy más. Porque hoy me quedo sola en mi casa.

PADRE

En espera de estar acompañada.

MADRE

Esa es mi ilusión: los nietos. *(Se sientan.)*

PADRE

Yo quiero que tengan muchos. Esta tierra necesita brazos que no sean pagados. Hay que sostener una batalla con las malas hierbas, con los cardos, con los pedruscos que salen no se sabe dónde. Y estos brazos tienen que ser de los dueños, que castiguen y que dominen, que hagan brotar las simientes. Se necesitan muchos hijos.

MADRE

¡Y alguna hija! ¡Los varones son del viento! Tienen por fuerza que manejar armas. Las niñas no salen jamás a la calle.

PADRE *(Alegre.)*

Yo creo que tendrán de todo.

MADRE

Mi hijo la cubrirá bien. Es de buena simiente. Su padre pudo haber tenido conmigo muchos hijos.

PADRE

Lo que yo quisiera es que esto fuera cosa de un día. Que en seguida tuvieran dos o tres hombres.

MADRE

Pero no es así. Se tarda mucho. Por eso es tan terrible ver la sangre de una derramada por el suelo. Una fuente que corre un minuto y a nosotros nos ha costado años. Cuando yo llegué a ver a mi hijo, estaba tumbado en mitad de la calle. Me mojé las manos de sangre y me las lamí con la lengua. Porque era mía. Tú no sabes lo que es eso. En una custodia de cristal y topacios pondría yo la tierra empapada por ella.

PADRE

Ahora tienes que esperar. Mi hija es ancha y tu hijo es fuerte.

MADRE

Así espero. *(Se levantan.)*

PADRE

Prepara las bandejas de trigo.

CRIADA

Están preparadas.

MUJER DE LEONARDO *(Entrando.)*

¡Que sea para bien!

MADRE

Gracias.

LEONARDO

¿Va a ver fiesta?

PADRE

Poca. La gente no puede entretenerse.

CRIADA
¡Ya están aquí!

(Van entrando INVITADOS *en alegres grupos. Entran los* NOVIOS *cogidos del brazo. Sale* LEONARDO.)

NOVIO
En ninguna boda se vio tanta gente.

NOVIA *(Sombría.)*
En ninguna.

PADRE
Fue lucida.

MADRE
Ramas enteras de familias han venido.

NOVIO
Gente que no salía de su casa.

MADRE
Tu padre sembró mucho y ahora lo recoges tú.

NOVIO
Hubo primos míos que yo ya no conocía.

MADRE
Toda la gente de la costa.

NOVIO *(Alegre.)*
Se espantaban de los caballos.

(Hablan.)

MADRE *(A la* NOVIA.)
¿Qué piensas?

NOVIA
No pienso en nada.

MADRE
Las bendiciones pesan mucho.

(Se oyen guitarras.)

NOVIA

Como el plomo.

MADRE *(Fuerte.)*

Pero no han de pesar. Ligera como paloma debes ser.

NOVIA

¿Se queda usted aquí esta noche?

MADRE

No. Mi casa está sola.

NOVIA

¡Debía usted quedarse!

PADRE *(A la* MADRE.)

Mira el baile que tienen formado. Bailes de allá de la orilla del mar.

(Sale LEONARDO *y se sienta. Su* MUJER, *detrás de él, en actitud rígida.)*

MADRE

Son los primos de mi marido. Duros como piedras para la danza.

PADRE

Me alegra el verlos. ¡Qué cambio para esta casa! *(Se va.)*

NOVIO *(A la* NOVIA.)

¿Te gustó el azahar?

NOVIA *(Mirándole fija.)*

Sí.

NOVIO

Es todo de cera. Dura siempre. Me hubiera gustado que llevaras en todo el vestido.

NOVIA

No hace falta.

(Mutis LEONARDO *por la derecha.)*

MUCHACHA 1.ª
Vamos a quitarle los alfileres.

NOVIA *(Al* NOVIO.)
Ahora vuelvo.

MUJER
¡Que seas feliz con mi prima!

NOVIO
Tengo seguridad.

MUJER
Aquí los dos; sin salir nunca y a levantar la casa. ¡Ojalá yo viviera también así de lejos!

NOVIO
¿Por qué no compráis tierras? El monte es barato y los hijos se crían mejor.

MUJER
No tenemos dinero. ¡Y con el camino que llevamos!

NOVIO
Tu marido es un buen trabajador.

MUJER
Sí, pero le gusta volar demasiado. Ir de una cosa a otra. No es hombre tranquilo.

CRIADA
¿No tomáis nada? Te voy a envolver unos roscos de vino para tu madre, que a ella le gustan mucho.

NOVIO
Ponle tres docenas.

MUJER
No, no. Con media tiene bastante.

NOVIO
Un día es un día.

MUJER *(A la* CRIADA.)
¿Y Leonardo?

CRIADA
No lo vi.

NOVIO
Debe estar con la gente.

MUJER
¡Voy a ver! *(Se va.)*

CRIADA
Aquello está hermoso.

NOVIO
¿Y tú no bailas?

CRIADA
No hay quien me saque.

(Pasan al fondo dos MUCHACHAS: *durante todo este acto, el fondo será un animado cruce de figuras.)*

NOVIO *(Alegre.)*
Eso se llama no entender. Las viejas frescas como tú bailan mejor que las jóvenes.

CRIADA
Pero ¿vas a echarme requiebros, niño? ¡Qué familia la tuya! ¡Machos entre los machos! Siendo niña vi la boda de tu abuelo. ¡Qué figura! Parecía como si se casara un monte.

NOVIO
Yo tengo menos estatura.

CRIADA
Pero el mismo brillo en los ojos. ¿Y la niña?

NOVIO
Quitándose la toca.

CRIADA
¡Ah! Mira. Para la medianoche, como no dormiréis, os he preparado jamón y unas copas grandes de vino antiguo. En la parte baja de la alacena. Por si lo necesitáis.

NOVIO *(Sonriente.)*
No como a medianoche.
CRIADA *(Con malicia.)*
Si tú no, la novia. *(Se va.)*
MOZO 1.º *(Entrando.)*
¡Tienes que beber con nosotros!
NOVIO
Estoy esperando a la novia.
MOZO 2.º
¡Ya la tendrás en la madrugada!
MOZO 1.º
¡Que es cuando más gusta!
MOZO 2.º
Un momento.
NOVIO
Vamos.

(Salen. Se oye gran algazara. Sale la NOVIA. *Por el lado opuesto salen dos* MUCHACHAS *corriendo a encontrarla.)*

MUCHACHA 1.ª
¿A quién diste el primer alfiler, a mí o a ésta?
NOVIA
No me acuerdo.
MUCHACHA 1.ª
A mí me lo diste aquí.
MUCHACHA 2.ª
A mí delante del altar.
NOVIA *(Inquieta y con una gran lucha interior.)*
No sé nada.
MUCHACHA 1.ª
Es que yo quisiera que tú...
NOVIA *(Interrumpiendo.)*
Ni me importa. Tengo mucho que pensar.

MUCHACHA 2.ª
Perdona.

(LEONARDO *cruza el fondo.)*

NOVIA *(Ve a* LEONARDO.)
Y estos momentos son agitados.
MUCHACHA 1.ª
¡Nosotras no sabemos nada!
NOVIA
Ya lo sabréis cuando os llegue la hora. Estos pasos son pasos que cuestan mucho.
MUCHACHA 1.ª
¿Te ha disgustado?
NOVIA
No. Perdonad vosotras.
MUCHACHA 2.ª
¿De qué? Pero los dos alfileres sirven para casarse, ¿verdad?
NOVIA
Los dos.
MUCHACHA 1.ª
Ahora, que una se casa antes que otra.
NOVIA
¿Tantas ganas tenéis?
MUCHACHA 2.ª *(Vergonzosa.)*
Sí.
NOVIA
¿Para qué?
MUCHACHA 1.ª
Pues... *(Abrazando a la segunda.)*

(Echan a correr las dos. Llega el NOVIO *y, muy despacio, abraza a la* NOVIA *por detrás.)*

NOVIA *(Con gran sobresalto.)*
¡Quita!
NOVIO
¿Te asustas de mí?
NOVIA
¡Ay! ¿Eras tú?
NOVIO
¿Quién iba a ser? *(Pausa.)* Tu padre o yo.
NOVIA
¡Es verdad!
NOVIO
Ahora que tu padre te hubiera abrazado más blando.
NOVIA *(Sombría.)*
¡Claro!
NOVIO
Porque es viejo. *(La abraza fuertemente de un modo un poco brusco.)*
NOVIA *(Seca.)*
¡Déjame!
NOVIO
¿Por qué? *(La deja.)*
NOVIA
Pues... la gente. Pueden vernos.

(Vuelve a cruzar el fondo la CRIADA, *que no mira a los* NOVIOS.)

NOVIO
¿Y qué? Ya es sagrado.
NOVIA
Sí, pero déjame... Luego.
NOVIO
¿Qué tienes? ¡Estás como asustada!

NOVIA
No tengo nada. No te vayas.

(Sale la MUJER *de* LEONARDO.)

MUJER
No quiero interrumpir...

NOVIO
Dime.

MUJER
¿Pasó por aquí mi marido?

NOVIO
No.

MUJER
Es que no le encuentro y el caballo no está tampoco en el establo.

NOVIO *(Alegre.)*
Debe estar dándole una carrera.

(Se va la MUJER, *inquieta. Sale la* CRIADA.)

CRIADA
¿No andáis satisfechos de tanto saludo?

NOVIO
Yo estoy deseando que esto acabe. La novia está un poco cansada.

CRIADA
¿Qué es eso, niña?

NOVIA
¡Tengo como un golpe en las sienes!

CRIADA
Una novia de estos montes debe ser fuerte. *(Al* NOVIO.) Tú eres el único que la puedes curar, porque tuya es. *(Sale corriendo.)*

NOVIO *(Abrazándola.)*
Vamos un rato al baile. *(La besa.)*
NOVIA *(Angustiada.)*
No. Quisiera echarme en la cama un poco.
NOVIO
Yo te haré compañía.
NOVIA
¡Nunca! ¿Con toda la gente aquí? ¿Qué dirían? Déjame sosegar un momento.
NOVIO
¡Lo que quieras! ¡Pero no estés así por la noche!
NOVIA *(En la puerta.)*
A la noche estaré mejor.
NOVIO
¡Que es lo que yo quiero!

(Aparece la MADRE.)

MADRE
Hijo.
NOVIO
¿Dónde anda usted?
MADRE
En todo ese ruido. ¿Estás contento?
NOVIO
Sí.
MADRE
¿Y tu mujer?
NOVIO
Descansa un poco. ¡Mal día para las novias!
MADRE
¿Mal día? El único bueno. Para mí fue como una herencia. *(Entra la* CRIADA *y se dirige al cuarto de la* NOVIA.) Es la roturación de las tierras, la plantación de árboles nuevos.

NOVIO
¿Uste se va a ir?

MADRE
Sí. Yo tengo que estar en mi casa.

NOVIO
Sola.

MADRE
Sola, no. Que tengo la cabeza llena de cosas y de hombres y de luchas.

NOVIO
Pero luchas que ya no son luchas.

(Sale la CRIADA *rápidamente; desaparece corriendo por el fondo.)*

MADRE
Mientras una vive, lucha.

NOVIO
¡Siempre la obedezco!

MADRE
Con tu mujer procura estar cariñoso, y si la notas infautada o arisca, hazle una caricia que le produzca un poco de daño, un abrazo fuerte, un mordisco y luego un beso suave. Que ella no pueda disgustarse, pero que sienta que tú eres el macho, el amo, el que mandas. Así aprendí de tu padre. Y como no lo tienes, tengo que ser yo la que te enseñe estas fortalezas.

NOVIO
Yo siempre haré lo que usted mande.

PADRE *(Entrando.)*
¿Y mi hija?

NOVIO
Está dentro.

MUCHACHA 1.ª
¡Vengan los novios, que vamos a bailar la rueda!

MOZO 1.º *(Al* NOVIO.)
Tú la vas a dirigir.
PADRE *(Saliendo.)*
¡Aquí no está!
NOVIO
¿No?
PADRE
Debe haber subido a la baranda.
NOVIO
¡Voy a ver! *(Entra.)*

(Se oye algazara y guitarras.)

MUCHACHA 1.ª
¡Ya ha empezado! *(Sale.)*
NOVIO *(Saliendo.)*
No está.
MADRE *(Inquieta.)*
¿No?
PADRE
¿Y adónde puede haber ido?
CRIADA *(Entrando.)*
Y la niña, ¿dónde está?
MADRE *(Seria.)*
No lo sabemos.

(Sale el NOVIO. *Entran tres* INVITADOS.)

PADRE *(Dramático.)*
Pero ¿no está en el baile?
CRIADA
En el baile no está.
PADRE *(Con arranque.)*
Hay mucha gente. ¡Mirad!

CRIADA

¡Ya he mirado!

PADRE *(Trágico.)*

¿Pues dónde está?

NOVIO *(Entrando.)*

Nada. En ningún sitio.

MADRE *(Al* PADRE.)

¿Qué es esto? ¿Dónde está tu hija?

(Entra la MUJER *de* LEONARDO.)

MUJER

¡Han huido! ¡Han huido! Ella y Leonardo. En el caballo. Van abrazados, como una exhalación.

PADRE

¡No es verdad! ¡Mi hija, no!

MADRE

¡Tu hija, sí! Planta de mala madre, y él, él también, él. Pero ¡ya es la mujer de mi hijo!

NOVIO *(Entrando.)*

¡Vamos detrás! ¿Quién tiene un caballo?

MADRE

¿Quién tiene un caballo ahora mismo, quién tiene un caballo? Que le daré todo lo que tengo, mis ojos y hasta mi lengua...

VOZ

Aquí hay uno.

MADRE *(Al* HIJO.)

¡Anda! ¡Detrás! *(Salen con dos mozos.)* ¡No. No vayas. Esa gente mata pronto y bien...; pero sí, corre, y yo detrás!

PADRE

No será ella. Quizá se haya tirado al aljibe.

MADRE

Al agua se tiran las honradas, las limpias; ¡ésa, no! Pero ya es mujer de mi hijo. Dos bandos. Aquí hay ya dos bandos. *(Entran todos.)* Mi familia y la tuya. Salid todos de aquí. Limpiarse el polvo de los zapatos. Vamos a ayudar a mi hijo. *(La gente se separa en dos grupos.)* Porque tiene gente; que son: sus primos del mar y todos los que llegan de tierra adentro. ¡Fuera de aquí! Por todos los caminos. Ha llegado otra vez la hora de la sangre. Dos bandos. Tú con el tuyo y yo con el mío. ¡Atrás! ¡Atrás!

Telón

ACTO TERCERO

CUADRO I

Bosque. Es de noche. Grandes troncos húmedos. Ambiente oscuro. Se oyen dos violines. Salen tres LEÑADORES

LEÑADOR 1.º
¿Y los han encontrado?
LEÑADOR 2.º
No. Pero los buscan por todas partes.
LEÑADOR 3.º
Ya darán con ellos.
LEÑADOR 2.º
¡Chisss!
LEÑADOR 3.º
¿Qué?
LEÑADOR 2.º
Parece que se acercan por todos los caminos a la vez.
LEÑADOR 1.º
Cuando salga la luna los verán.
LEÑADOR 2.º
Debían dejarlos.
LEÑADOR 1.º
El mundo es grande. Todos pueden vivir en él.

LEÑADOR 3.º
Pero los matarán.

LEÑADOR 2.º
Hay que seguir la inclinación: han hecho bien en huir.

LEÑADOR 1.º
Se estaban engañando uno a otro y al fin la sangre pudo más.

LEÑADOR 3.º
¡La sangre!

LEÑADOR 1.º
Hay que seguir el camino de la sangre.

LEÑADOR 2.º
Pero sangre que ve la luz se la bebe la tierra.

LEÑADOR 1.º
¿Y qué? Vale más ser muerto desangrado que vivo con ella podrida.

LEÑADOR 3.º
Callar.

LEÑADOR 1.º
¿Qué? ¿Oyes algo?

LEÑADOR 3.º
Oigo los grillos, las ranas, el acecho de la noche.

LEÑADOR 1.º
Pero el caballo no se siente.

LEÑADOR 3.º
No.

LEÑADOR 1.º
Ahora la estará queriendo.

LEÑADOR 2.º
El cuerpo de ella era para él y el cuerpo de él para ella.

LEÑADOR 3.º
Los buscan y los matarán.

LEÑADOR 1.º
Pero ya habrán mezclado sus sangres y serán como dos cántaros vacíos, como dos arroyos secos.

LEÑADOR 2.º
Hay muchas nubes y será fácil que la luna no salga.
LEÑADOR 3.º
El novio los encontrará con luna o sin luna. Yo lo vi salir. Como una estrella furiosa. La cara color ceniza. Expresaba el sino de su casta.
LEÑADOR 1.º
Su casta de muertos en mitad de la calle.
LEÑADOR 2.º
¡Eso es!
LEÑADOR 3.º
¿Crees que ellos lograrán romper el cerco?
LEÑADOR 2.º
Es difícil. Hay cuchillos y escopetas a diez leguas a la redonda.
LEÑADOR 3.º
Él lleva buen caballo.
LEÑADOR 2.º
Pero lleva una mujer.
LEÑADOR 1.º
Ya estamos cerca.
LEÑADOR 2.º
Un árbol de cuarenta ramas. Lo cortaremos pronto.
LEÑADOR 3.º
Ahora sale la luna. Vamos a darnos prisa.

(Por la izquierda surge una claridad.)

LEÑADOR 1.º
¡Ay luna que sales!
Luna de las hojas grandes.
LEÑADOR 2.º
¡Llena de jazmines la sangre!

LEÑADOR 1.º
¡Ay luna sola!
¡Luna de las verdes hojas!
LEÑADOR 2.º
Plata en la cara de la novia.
LEÑADOR 3.º
¡Ay luna mala!
Deja para el amor la oscura rama.
LEÑADOR 1.º
¡Ay triste luna!
¡Deja para el amor la rama oscura!

(Salen. Por la claridad de la izquierda aparece la LUNA. *La* LUNA *es un leñador joven, con la cara blanca. La escena adquiere un vivo resplandor azul.)*

LUNA
Cisne redondo en el río,
ojo de las catedrales,
alba fingida en las hojas,
soy; ¡no podrán escaparse!
¿Quién se oculta? ¿Quién solloza
por la maleza del valle?
La luna deja un cuchillo
abandonado en el aire,
que siendo acecho de plomo
quiere ser dolor de sangre.
¡Dejadme entrar! ¡Vengo helada
por paredes y cristales!
¡Abrid tejados y pechos
donde pueda calentarme!
¡Tengo frío! Mis cenizas
de soñolientos metales

buscan la cresta del fuego
por los montes y las calles.
Pero me lleva la nieve
sobre su espalda de jaspe,
y me anega, dura y fría,
el agua de los estanques.
Pues esta noche tendrán
mis mejillas roja sangre,
y los juncos agrupados
en los anchos pies del aire.
¡No haya sombra ni emboscada,
que no puedan escaparse!
¡Que quiero entrar en un pecho
para poder calentarme!
¡Un corazón para mí!
¡Caliente!, que se derrame
por los montes de mi pecho;
dejadme entrar, ¡ay dejadme!
(A las ramas.)
No quiero sombras. Mis rayos
han de entrar todas partes,
y haya en los troncos oscuros
un rumor de claridades,
para que esta noche tengan
mis mejillas dulce sangre,
y los juncos agrupados
en los anchos pies del aire.
¿Quién se oculta? ¡Afuera digo!
¡No! ¡No podrán escaparse!
Yo haré lucir al caballo
una fiebre de diamante.

(Desaparece entre los troncos y vuelve la escena a su luz oscura. Sale una ANCIANA

totalmente cubierta por tenues paños verdeoscuros. Lleva los pies descalzos. Apenas si se le verá el rostro entre los pliegues. Este personaje no figura en el reparto.)

MENDIGA

Esa luna se va, y ellos se acercan.
De aquí no pasan. El rumor del río
apagará con el rumor de troncos
el desgarrado vuelo de los gritos.
Aquí ha de ser, y pronto. Estoy cansada.
Abren los cofres, y los blancos hilos
aguardan por el suelo de la alcoba
cuerpos pesados con el cuello herido.
No se despierte un pájaro y la brisa,
recogiendo en su falda los gemidos,
huya con ellos por las negras copas
o los entierre por el blanco limo.
(Impaciente.)
¡Esa luna, esa luna!
¡Esa luna, esa luna!

(Aparece la LUNA. *Vuelve la luz intensa.)*

LUNA

Ya se acercan.
Unos por la cañada y otros por el río.
Voy a alumbrar las piedras. ¿Qué necesitas?

MENDIGA

Nada.

LUNA

El aire va llegando duro, con doble filo.

MENDIGA

Ilumina el chaleco y aparta los botones,
que después las navajas ya saben el camino.

LUNA

Pero que tarden mucho en morir. Que la sangre
me ponga entre los dedos su delicado silbo.
¡Mira que ya mis valles de ceniza despiertan
en ansia de esta fuente de chorro estremecido!

MENDIGA

No dejemos que pasen el arroyo. ¡Silencio!

LUNA

¡Allí vienen!

(Se va. Queda la escena a oscuras.)

MENDIGA

¡De prisa! Mucha luz. ¿Me has oído?
¡No pueden escaparse!

(Entran el NOVIO *y* MOZO 1.º La MENDIGA *se sienta y se tapa con el manto.)*

NOVIO

Por aquí.

MOZO 1.º

No los encontrarás.

NOVIO *(Enérgico.)*

¡Sí los encontraré!

MOZO 1.º

Creo que se han ido por otra vereda.

NOVIO

No. Yo sentí hace un momento el galope.

MOZO 1.º

Sería otro caballo.

NOVIO *(Dramático.)*
Oye. No hay más que un caballo en el mundo, y es este. ¿Te has enterado? Si me sigues, sígueme sin hablar.

MOZO 1.º
Es que yo quisiera...

NOVIO
Calla. Estoy seguro de encontrármelos aquí. ¿Ves este brazo? Pues no es mi brazo. Es el brazo de mi hermano y el de mi padre y el de toda mi familia que está muerta. Y tiene tanto poderío, que puede arrancar este árbol de raíz si quiere. Y vamos pronto, que siento los dientes de todos los míos clavados aquí de una manera que se me hace imposible respirar tranquilo.

MENDIGA *(Quejándose.)*
¡Ay!

MOZO 1.º
¿Has oído?

NOVIO
Vete por ahí y da la vuelta.

MOZO 1.º
Esto es una caza.

NOVIO
Una caza. La más grande que se puede hacer.

(Se va el MOZO. *El* NOVIO *se dirige rápidamente hacia la izquierda y tropieza con la* MENDIGA, *la Muerte.)*

MENDIGA
¡Ay!

NOVIO
¿Qué quieres?

MENDIGA
Tengo frío.

NOVIO
¿Adónde te diriges?

MENDIGA *(Siempre quejándose como una mendiga.)*
Allá lejos…

NOVIO
¿De dónde vienes?

MENDIGA
De allí..., de muy lejos.

NOVIO
¿Viste un hombre y una mujer que corrían montados en un caballo?

MENDIGA *(Despertándose.)*
Espera... *(Lo mira.)* Hermoso galán. *(Se levanta.)* Pero mucho más hermoso si estuviera dormido.

NOVIO
Dime, contesta, ¿los viste?

MENDIGA
Espera... ¡Qué espaldas más anchas! ¿Cómo no te gusta estar tendido sobre ellas y no andar sobre las plantas de los pies, que son tan chicas?

NOVIO *(Zamarreándola.)*
¡Te digo si los viste! ¿Han pasado por aquí?

MENDIGA *(Enérgica.)*
No han pasado; pero están saliendo de la colina. ¿No los oyes?

NOVIO
No.

MENDIGA
¿Tú no conoces el camino?

NOVIO
¡Iré, sea como sea!

MENDIGA
Te acompañaré. Conozco esta tierra.

NOVIO *(Impaciente.)*
¡Pero vamos! ¿Por dónde?
MENDIGA *(Dramática.)*
¡Por allí!

(Salen rápidos. Se oyen lejanos dos violines que expresan el bosque. Vuelven los LEÑADORES. *Llevan las hachas al hombro. Pasan lentos entre los troncos.)*

LEÑADOR 1.º
¡Ay muerte que sales!
Muerte de las hojas grandes.
LEÑADOR 2.º
¡No abras el chorro de la sangre!
LEÑADOR 1.º
¡Ay muerte sola!
Muerte de las secas hojas.
LEÑADOR 3.º
¡No cubras de flores la boda!
LEÑADOR 2.º
¡Ay triste muerte!
Deja para el amor la rama verde.
LEÑADOR 1.º
¡Ay muerte mala!
¡Deja para el amor la verde rama!

(Van saliendo mientras hablan. Aparecen LEONARDO *y la* NOVIA.)

LEONARDO
¡Calla!
NOVIA
Desde aquí yo me iré sola.
¡Vete! ¡Quiero que te vuelvas!

LEONARDO

¡Calla, digo!

NOVIA

Con los dientes,
con las manos, como puedas,
quita de mi cuello honrado
el metal de esta cadena,
dejándome arrinconada
allá en mi casa de tierra.
Y si no quieres matarme
como a víbora pequeña,
pon en mis manos de novia
el cañón de la escopeta.
¡Ay, qué lamento, qué fuego
me sube por la cabeza!
¡Qué vidrios se me clavan en la lengua!

LEONARDO

Ya dimos el paso; ¡calla!
porque nos persiguen cerca
y te he de llevar conmigo.

NOVIA

¡Pero ha de ser a la fuerza!

LEONARDO

¿A la fuerza? ¿Quién bajó
primero las escaleras?

NOVIA

Yo las bajé.

LEONARDO

¿Quién le puso
al caballo bridas nuevas?

NOVIA

Yo misma. Verdad.

LEONARDO

¿Y qué manos
me calzaron las espuelas?

NOVIA

Estas manos que son tuyas,
pero que al verte quisieran
quebrar las ramas azules
y el murmullo de tus venas.
¡Te quiero! ¡Te quiero! ¡Aparta!
Que si matarte pudiera,
te pondría una mortaja
con los filos de violetas.
¡Ay, qué lamento, qué fuego
me sube por la cabeza!

LEONARDO

¡Qué vidrios se me clavan en la lengua!
Porque yo quise olvidar
y puse un muro de piedra
entre tu casa y la mía.
Es verdad. ¿No lo recuerdas?
Y cuando te vi de lejos
me eché en los ojos arena.
Pero montaba a caballo
y el caballo iba a tu puerta.
Con alfileres de plata
mi sangre se puso negra,
y el sueño me fue llenando
las carnes de mala hierba.
Que yo no tengo la culpa,
que la culpa es de la tierra
y de ese olor que te sale
de los pechos y las trenzas.

NOVIA

¡Ay que sinrazón! No quiero
contigo cama ni cena,
y no hay minuto del día
que estar contigo no quiera,

porque me arrastras y voy,
y me dices que me vuelva
y te sigo por el aire
como una brizna de hierba.
He dejado a un hombre duro
y a toda su descendencia
en la mitad de la boda
y con la corona puesta.
Para ti será el castigo
y no quiero que lo sea.
¡Déjame sola! ¡Huye tú!
No hay nadie que te defienda.

LEONARDO

Pájaros de la mañana
por los árboles se quiebran.
La noche se está muriendo
en el filo de la piedra.
Vamos al rincón oscuro,
donde yo siempre te quiera,
que no me importa la gente,
ni el veneno que nos echa.
(La abraza fuertemente.)

NOVIA

Y yo dormiré a tus pies
para guardar lo que sueñas.
Desnuda, mirando al campo,
como si fuera una perra,
(Dramática.)
¡porque eso soy! Que te miro
y tu hermosura me quema.

LEONARDO

Se abrasa lumbre con lumbre.
La misma llama pequeña

mata dos espigas juntas.
¡Vamos!
(La arrastra.)

NOVIA

¿Adónde me llevas?

LEONARDO

A donde no puedan ir
estos hombres que nos cercan.
¡Donde yo pueda mirarte!

NOVIA *(Sarcástica.)*

Llévame de feria en feria,
dolor de mujer honrada,
a que las gentes me vean
con las sábanas de boda
al aire como banderas.

LEONARDO

También yo quiero dejarte
si pienso como se piensa.
Pero voy donde tú vas.
Tú también. Da un paso. Prueba.
Clavos de luna nos funden
mi cintura y tus caderas.

(Toda esta escena es violenta, llena de gran sensualidad.)

NOVIA

¿Oyes?

LEONARDO

Viene gente.

NOVIA

¡Huye!
Es justo que yo aquí muera
con los pies dentro del agua,

espinas en la cabeza.
Y que me lloren las hojas,
mujer perdida y doncella.

LEONARDO
Cállate. Ya suben.

NOVIA
¡Vete!

LEONARDO
Silencio. Que no nos sientan.
Tú delante. ¡Vamos, digo!

(Vacila la NOVIA.*)*

NOVIA
¡Los dos juntos!

LEONARDO *(Abrazándola.)*
¡Como quieras!
Si nos separan, será
porque esté muerto.

NOVIA
Y yo muerta.

(Salen abrazados. Aparece la LUNA *muy despacio. La escena adquiere una fuerte luz azul. Se oyen los dos violines. Bruscamente se oyen dos largos gritos desgarrados y se corta la música de los violines. Al segundo grito aparece la* MENDIGA *y queda de espaldas. Abre el manto y queda en el centro, como un gran pájaro de alas inmensas. La* LUNA *se detiene. El telón baja en medio de un silencio absoluto.)*

Telón

CUADRO ÚLTIMO

Habitación blanca con arcos y gruesos muros. A la derecha y a la izquierda, escaleras blancas. Gran arco al fondo y pared del mismo color. El suelo será también de un blanco reluciente. Esta habitación simple tendrá un sentido monumental de iglesia. No habrá ni un gris, ni una sombra, ni siquiera lo preciso para la perspectiva. Dos MUCHACHAS *vestidas de azul oscuro están devanando una madeja roja*

MUCHACHA 1.ª
Madeja, madeja,
¿qué quieres hacer?
MUCHACHA 2.ª
Jazmín de vestido,
cristal de papel.
Nacer a las cuatro,
morir a las diez.
Ser hilo de lana,
cadena a tus pies
y nudo que apriete
amargo laurel.
NIÑA *(Cantando.)*
¿Fuiste a la boda?

MUCHACHA 1.ª
No.
NIÑA
¡Tampoco fui yo!
¿Qué pasaría
por los tallos de la viña?
¿Qué pasaría
por el ramo de la oliva?
¿Qué pasó
que nadie volvió?
¿Fuiste a la boda?
MUCHACHA 2.ª
Hemos dicho que no.
NIÑA *(Yéndose.)*
¡Tampoco fui yo!
MUCHACHA 2.ª
Madeja, madeja
¿qué quieres cantar?
MUCHACHA 1.ª
Heridas de cera,
dolor de arrayán.
Dormir la mañana,
de noche velar.
NIÑA *(En la puerta.)*
El hilo tropieza
con el pedernal.
Los montes azules
lo dejan pasar.
Corre, corre, corre,
y al fin llegará
a poner cuchillo
y a quitar el pan.
(Se va.)

MUCHACHA 2.ª
Madeja, madeja,
¿qué quieres decir?
MUCHACHA 1.ª
Amante sin habla.
Novio carmesí.
Por la orilla muda
tendidos los vi.
(Se detiene mirando la madeja.)
NIÑA *(Asomándose a la puerta.)*
Corre, corre, corre
el hilo hasta aquí.
Cubiertos de barro
los siento venir.
¡Cuerpos estirados,
paños de marfil!

(Se va. Aparece la MUJER *y la* SUEGRA *de* LEONARDO. *Llegan angustiadas.)*

MUCHACHA 1.ª
¿Vienen ya?
SUEGRA *(Agria.)*
No sabemos.
MUCHACHA 2.ª
¿Qué contáis de la boda?
MUCHACHA 1.ª
Dime.
SUEGRA *(Seca.)*
Nada.
MUJER
Quiero volver para saberlo todo.
SUEGRA *(Enérgica.)*
Tú, a tu casa.
Valiente y sola en tu casa.

A envejecer y a llorar.
Pero la puerta cerrada.
Nunca. Ni muerto ni vivo.
Clavaremos las ventanas.
Y vengan lluvias y noches
sobre las hierbas amargas.

MUJER
¿Qué habrá pasado?

SUEGRA
No importa.
Échate un velo en la cara.
Tus hijos son hijos tuyos
nada más. Sobre la cama
pon una cruz de ceniza
donde estuvo su almohada.

(Salen.)

MENDIGA *(A la puerta.)*
Un pedazo de pan, muchachas.

NIÑA
¡Vete!

(Las MUCHACHAS *se agrupan.)*

MENDIGA
¿Por qué?

NIÑA
Porque tú gimes: vete.

MUCHACHA 1.ª
¡Niña!

MENDIGA
¡Pude pedir tus ojos! Una nube
de pájaros me sigue: ¿quieres uno?

NIÑA
¡Yo me quiero marchar!
MUCHACHA 2.ª *(A la* MENDIGA.)
¡No le hagas caso!
MUCHACHA 1.ª
¿Vienes por el camino del arroyo?
MENDIGA
Por allí vine.
MUCHACHA 1.ª *(Tímida.)*
¿Puedo preguntarte?
MENDIGA
Yo los vi; pronto llegan: dos torrentes
quietos al fin entre las piedras grandes,
dos hombres en las patas del caballo.
Muertos en la hermosura de la noche.
(Con delectación.)
Muertos sí, muertos.
MUCHACHA 1.ª
¡Calla, vieja, calla!
MENDIGA
Flores rotas los ojos, y sus dientes
dos puñados de nieve endurecida.
Los dos cayeron, y la novia vuelve
teñida en sangre falda y cabellera.
Cubiertos con dos mantas ellos vienen
sobre los hombros de los mozos altos.
Así fue; nada más. Era lo justo.
Sobre la flor del oro, sucia arena.

(Se va. Las MUCHACHAS *inclinan la cabeza y rítmicamente van saliendo.)*

MUCHACHA 1.ª
Sucia arena.

MUCHACHA 2.ª

Sobre la flor del oro.

NIÑA

Sobre la flor del oro
traen a los novios del arroyo.
Morenito el uno,
morenito el otro.
¡Qué ruiseñor de sombra vuela y gime
sobre la flor del oro!

(Se va. Queda la escena sola. Aparece la MADRE *con una* VECINA. *La* VECINA *viene llorando.)*

MADRE

Calla.

VECINA

No puedo.

MADRE

Calla, he dicho. *(En la puerta.)* ¿No hay nadie aquí? *(Se lleva las manos a la frente.)* Debía contestarme mi hijo. Pero mi hijo es ya un brazado de flores secas. Mi hijo es ya una voz oscura detrás de los montes. (*Con rabia, a la* VECINA.) ¿Te quieres callar? No quiero llantos en esta casa. Vuestras lágrimas son lágrimas de los ojos nada más, y las mías vendrán cuando yo esté sola, de las plantas de los pies, de mis raíces, y serán más ardientes que la sangre.

VECINA

Vente a mi casa; no te quedes aquí.

MADRE

Aquí. Aquí quiero estar. Y tranquila. Ya todos están muertos. A medianoche dormiré, dormiré sin que ya me aterren la escopeta o el cuchillo. Otras madres se asomarán a las ventanas, azotadas por la lluvia, para ver el rostro de sus hijos. Yo, no. Yo haré con mi sueño una fría paloma de marfil que lleve camelias de escarcha sobre el camposanto. Pero no; camposanto, no, camposanto, no; lecho de tierra, cama que los cobija y que los mece por el cielo. *(Entra una* MUJER *de negro que se dirige a la derecha y allí se arrodilla. A la* VECINA.) Quítate las manos de la cara. Hemos de pasar días terribles. No quiero ver a nadie. La tierra y yo. Mi llanto y yo. Y estas cuatro paredes. ¡Ay! ¡Ay! *(Se sienta transida.)*

VECINA
Ten caridad de ti misma.

MADRE *(Echándose el pelo hacia atrás.)*
He de estar serena. *(Se sienta.)* Porque vendrán las vecinas y no quiero que me vean tan pobre. ¡Tan pobre! Una mujer que no tiene un hijo siquiera que poderse llevar a los labios.

(Aparece la NOVIA. *Viene sin azahar y con manto negro.)*

VECINA *(Viendo a la* NOVIA, *con rabia.)*
¿Dónde vas?

NOVIA
Aquí vengo.

MADRE *(A la* VECINA.)
¿Quién es?

VECINA
¿No la reconoces?

MADRE
Por eso pregunto quién es. Porque tengo que no reconocerla, para no clavarla mis dientes en el cuello. ¡Víbora! *(Se dirige hacia la* NOVIA *con ademán fulmi-*

nante; se detiene. A la VECINA.) ¿La ves? Está ahí, y está llorando, y yo quieta, sin arrancarle los ojos. No me entiendo. ¿Será que yo no quería a mi hijo? Pero ¿y su honra? ¿Dónde está su honra?

(Golpea a la NOVIA. *Ésta cae al suelo.)*

VECINA

¡Por Dios! *(Trata de separarlas.)*

NOVIA *(A la* VECINA.)

Déjala; he venido para que me mate y que me lleven con ellos. *(A la* MADRE.) Pero no con las manos; con garfios de alambre, con una hoz, y con fuerza, hasta que se rompa en mis huesos. ¡Déjala! Que quiero que sepa que yo soy limpia, que estaré loca, pero que me pueden enterrar sin que ningún hombre se haya mirado en la blancura de mis pechos.

MADRE

Calla, calla; ¿qué me importa eso a mí?

NOVIA

¡Porque yo me fui con el otro, me fui! *(Con angustia.)* Tú también te hubieras ido. Yo era una mujer quemada, llena de llagas por dentro y por fuera, y tu hijo era un poquito de agua de la que yo esperaba hijos, tierra, salud; pero el otro era un río oscuro, lleno de ramas, que acercaba a mí el rumor de sus juncos y su cantar entre dientes. Y yo corría con tu hijo que era como un niñito de agua, frío, y el otro me mandaba cientos de pájaros que me impedían el andar y que dejaban escarcha sobre mis heridas de pobre mujer marchita, de muchacha acariciada por el fuego. Yo no quería, ¡óyelo bien!; yo no quería, ¡óyelo bien!, yo no quería. ¡Tu hijo era mi fin y yo no lo he engañado, pero el brazo del otro me arrastró como un golpe de mar, como la cabezada de un mulo, y me hubiera arrastrado siempre, siempre, siempre, siempre, aunque hubiera sido vieja y todos los hijos de tu hijo me hubiesen agarrado de los cabellos!

(Entra una VECINA.)

MADRE

Ella no tiene culpa, ¡ni yo! *(Sarcástica.)* ¿Quién la tiene, pues? ¡Floja, delicada, mujer de mal dormir es quien tira una corona de azahar para buscar un pedazo de cama calentado por otra mujer!

NOVIA

¡Calla, calla! Véngate de mí; ¡aquí estoy! Mira que mi cuello es blando; te costará menos trabajo que segar una dalia de tu huerto. Pero ¡eso no! Honrada, honrada como una niña recién nacida. Y fuerte para demostrártelo. Enciende la lumbre. Vamos a meter las manos; tú por tu hijo; yo, por mi cuerpo. La retirarás antes tú.

(Entra otra VECINA.)

MADRE

Pero ¿qué me importa a mí tu honradez? ¿Qué me importa tu muerte? ¿Qué me importa a mí nada de nada? Benditos sean los trigos, porque mis hijos están debajo de ellos; bendita sea la lluvia, porque moja la cara de los muertos. Bendito sea Dios, que nos tiende juntos para descansar.

(Entra otra VECINA.)

NOVIA

Déjame llorar contigo.

MADRE
Llora. Pero en la puerta.

(Entra la NIÑA. *La* NOVIA *queda en la puerta. La* MADRE, *en el centro de la escena.)*

MUJER *(Entrando y dirigiéndose a la izquierda.)*
Era hermoso jinete,
y ahora montón de nieve.
Corría ferias y montes
y brazos de mujeres.
Ahora, musgo de noche
le corona la frente.

MADRE
Girasol de tu madre,
espejo de la tierra.
Que te pongan al pecho
cruz de amargas adelfas;
sábana que te cubra
de reluciente seda,
y el agua forme un llanto
entre tus manos quietas.

MUJER
¡Ay, qué cuatro muchachos
llegan con hombros cansados!

NOVIA
¡Ay, qué cuatro galanes
traen a la muerte por el aire!

MADRE
Vecinas.

NIÑA *(En la puerta.)*
Ya los traen.

MADRE

Es lo mismo.
La cruz, la cruz.

MUJERES

Dulces clavos,
dulce cruz,
dulce nombre
de Jesús.

NOVIA

Que la cruz ampare a muertos y vivos.

MADRE

Vecinas: con un cuchillo,
con un cuchillito,
en un día señalado, entre las dos y las tres,
se mataron los dos hombres del amor.
Con un cuchillo,
con un cuchillito
que apenas cabe en la mano,
pero que penetra fino
por las carnes asombradas
y que se para en el sitio
donde tiembla enmarañada
la oscura raíz del grito.

NOVIA

Y esto es un cuchillo,
un cuchillito
que apenas cabe en la mano;
pez sin escamas ni río,
para que un día señalado, entre las dos y las tres,
con este cuchillo
se queden dos hombres duros
con los labios amarillos.

MADRE

Y apenas cabe en la mano,
pero que penetra frío

por las carnes asombradas
y allí se para, en el sitio
donde tiembla enmarañada
la oscura raíz del grito.

(Las VECINAS, *arrodilladas en el suelo, lloran.)*

Telón

DIVÁN DEL TAMARIT
(1936)

GACELAS

I

GACELA DEL AMOR IMPREVISTO

Nadie comprendía el perfume
de la oscura magnolia de tu vientre.
Nadie sabía que martirizabas
un colibrí de amor entre los dientes.

Mil caballitos persas se dormían
en la plaza con luna de tu frente,
mientras que yo enlazaba cuatro noches
tu cintura, enemiga de la nieve.

Entre yeso y jazmines, tu mirada
era un pálido ramo de simientes.
Yo busqué, para darte, por mi pecho
las letras de marfil que dicen *siempre,*

siempre, siempre: jardín de mi agonía,
tu cuerpo fugitivo para siempre,
la sangre de tus venas en mi boca,
tu boca ya sin luz para mi muerte.

II

GACELA DE LA TERRIBLE PRESENCIA

Yo quiero que el agua se quede sin cauce.
Yo quiero que el viento se quede sin valles.

Quiero que la noche se quede sin ojos
y mi corazón sin la flor del oro;

que los bueyes hablen con las grandes hojas
y que la lombriz se muera de sombra;

que brillen los dientes de la calavera
y los amarillos inunden la seda.

Puedo ver el duelo de la noche herida
luchando enroscada con el mediodía.

Resisto un ocaso de verde veneno
y los arcos rotos donde sufre el tiempo.

Pero no ilumines tu limpio desnudo
como un negro cactus abierto en los juncos.

Déjame en un ansia de oscuros planetas,
pero no me enseñes tu cintura fresca.

III

GACELA DEL AMOR DESESPERADO

La noche no quiere venir
para que tú no vengas,
ni yo pueda ir.

Pero yo iré,
aunque un sol de alacranes me coma la sien.

Pero tú vendrás
con la lengua quemada por la lluvia de sal.

El día no quiere venir
para que tú no vengas,
ni yo pueda ir.

Pero yo iré
entregando a los sapos mi mordido clavel.

Pero tú vendrás
por las turbias cloacas de la oscuridad.

Ni la noche ni el día quieren venir
para que por ti muera
y tú mueras por mí.

IV

GACELA DEL AMOR QUE NO SE DEJA VER

Solamente por oír
la campana de la Vela
te puse una corona de verbena.

Granada era una luna
ahogada entre las yedras.

Solamente por oír
la campana de la Vela
desgarré mi jardín de Cartagena.

Granada era una corza
rosa por las veletas.

Solamente por oír
la campana de la Vela
me abrasaba en tu cuerpo
sin saber de quién era.

V

GACELA DEL NIÑO MUERTO

Todas las tardes en Granada,
todas las tardes se muere un niño.
Todas las tardes el agua se sienta
a conversar con sus amigos.

Los muertos llevan alas de musgo.
El viento nublado y el viento limpio
son dos faisanes que vuelan por las torres
y el día es un muchacho herido.

No quedaba en el aire ni una brizna de alondra
cuando yo te encontré por las grutas del vino.
No quedaba en la tierra ni una miga de nube
cuando te ahogabas por el río.

Un gigante de agua cayó sobre los montes
y el valle fue rodando con perros y con lirios.
Tu cuerpo, con la sombra violeta de mis manos,
era, muerto en la orilla, un arcángel de frío.

VI

GACELA DE LA RAÍZ AMARGA

Hay una raíz amarga
y un mundo de mil terrazas.

Ni la mano más pequeña
quiebra la puerta del agua.

¿Dónde vas, adónde, dónde?
Hay un cielo de mil ventanas
—batalla de abejas lívidas—
y hay una raíz amarga.

Amarga.

Duele en la planta del pie
el interior de la cara,
y duele en el tronco fresco
de noche recién cortada.

¡Amor, enemigo mío,
muerde tu raíz amarga!

VII

GACELA DEL RECUERDO DE AMOR

No te lleves tu recuerdo.
Déjalo solo en mi pecho,

temblor de blanco cerezo
en el martirio de enero.

Me separa de los muertos
un muro de malos sueños.

Doy pena de lirio fresco
para un corazón de yeso.

Toda la noche, en el huerto
mis ojos, como dos perros.

Toda la noche, corriendo
los membrillos de veneno.

Algunas veces el viento
es un tulipán de miedo,

es un tulipán enfermo,
la madrugada de invierno.

Un muro de malos sueños
me separa de los muertos.

La niebla cubre en silencio
el valle gris de tu cuerpo.

Por el arco del encuentro
la cicuta está creciendo.

Pero deja tu recuerdo,
déjalo solo en mi pecho.

VIII

GACELA DE LA MUERTE OSCURA

Quiero dormir el sueño de las manzanas,
alejarme del tumulto de los cementerios.
Quiero dormir el sueño de aquel niño
que quería cortarse el corazón en alta mar.

No quiero que me repitan que los muertos no pierden la
[sangre:
que la boca podrida sigue pidiendo agua.
No quiero enterarme de los martirios que da la hierba,
ni de la luna con boca de serpiente
que trabaja antes del amanecer.

Quiero dormir un rato,
un rato, un minuto, un siglo;
pero que todos sepan que no he muerto;
que hay un establo de oro en mis labios;
que soy el pequeño amigo del viento Oeste;
que soy la sombra inmensa de mis lágrimas.

Cúbreme por la aurora con un velo,
porque me arrojará puñados de hormigas,
y moja con agua dura mis zapatos

para que resbale la pinza de su alacrán.
Porque quiero dormir el sueño de las manzanas
para aprender un llanto que me limpie de tierra;
porque quiero vivir con aquel niño oscuro
que quería cortarse el corazón en alta mar.

IX

GACELA DEL AMOR MARAVILLOSO

Con todo el yeso
de los malos campos,
eras junco de amor, jazmín mojado.

Con sur y llama
de los malos cielos,
eras rumor de nieve por mi pecho.

Cielos y campos
anudaban cadenas en mis manos.

Campos y cielos
azotaban las llagas de mi cuerpo.

X

GACELA DE LA HUIDA

A mi amigo Miguel Pérez Ferrero

Me he perdido muchas veces por el mar
con el oído lleno de flores recién cortadas,
con la lengua llena de amor y de agonía.
Muchas veces me he perdido por el mar,
como me pierdo en el corazón de algunos niños.

No hay noche que, al dar un beso,
no sienta la sonrisa de las gentes sin rostro,
ni hay nadie que, al tocar un recién nacido,
olvide las inmóviles calaveras de caballo.

Porque las rosas buscan en la frente
un duro paisaje de hueso
y las manos del hombre no tienen más sentido
que imitar a las raíces bajo tierra.

Como me pierdo en el corazón de algunos niños,
me he perdido muchas veces por el mar.
Ignorante del agua voy buscando
una muerte de luz que me consuma.

XI

GACELA DEL AMOR CON CIEN AÑOS

Suben por la calle,
los cuatro galanes,

ay, ay, ay, ay.

Por la calle abajo
van los tres galanes,

ay, ay, ay.

Se ciñen el talle
esos dos galanes,

ay, ay.

¡Cómo vuelve el rostro
un galán y el aire!

Ay.

Por los arrayanes
se pasea nadie.

XII

GACELA DEL MERCADO MATUTINO

Por el arco de Elvira
quiero verte pasar,
para saber tu nombre
y ponerme a llorar.

¿Qué luna gris de las nueve
te desangró la mejilla?
¿Quién recoge tu semilla
de llamarada en la nieve?
¿Qué alfiler de cactus breve
asesina tu cristal?

Por el arco de Elvira
voy a verte pasar,
para beber tus ojos
y ponerme a llorar.

¡Qué voz para mi castigo
levantas por el mercado!
¡Qué clavel enajenado
en los montones de trigo!
¡Qué lejos estoy contigo,
qué cerca cuando te vas!

Por el arco de Elvira
voy a verte pasar,
para sentir tus muslos
y ponerme a llorar.

CASIDAS

I

CASIDA DEL HERIDO POR EL AGUA

Quiero bajar al pozo,
quiero subir los muros de Granada,
para mirar el corazón pasado
por el punzón oscuro de las aguas.

El niño herido gemía
con una corona de escarcha.
Estanques, aljibes y fuentes
levantaban al aire sus espadas.
¡Ay qué furia de amor, qué hiriente filo,
qué nocturno rumor, qué muerte blanca!
¡Qué desiertos de luz iban hundiendo
los arenales de la madrugada!
El niño estaba solo
con la ciudad dormida en la garganta.
Un surtidor que viene de los sueños
lo defiende del hambre de las algas.
El niño y su agonía frente a frente,
eran dos verdes lluvias enlazadas.
El niño se tendía por la tierra
y su agonía se curvaba.

Quiero bajar al pozo,
quiero morir mi muerte a bocanadas,
quiero llenar mi corazón de musgo,
para ver al herido por el agua.

II

CASIDA DEL LLANTO

He cerrado mi balcón
porque no quiero oír el llanto,
pero por detrás de los grises muros
no se oye otra cosa que el llanto.

Hay muy pocos ángeles que canten,
hay muy pocos perros que ladren,
mil violines caben en la palma de mi mano.

Pero el llanto es un perro inmenso,
el llanto es un ángel inmenso,
el llanto es un violín inmenso,
las lágrimas amordazan al viento,
y no se oye otra cosa que el llanto.

III

CASIDA DE LOS RAMOS

Por las arboledas del Tamarit
han venido los perros de plomo
a esperar que se caigan los ramos,
a esperar que se quiebren ellos solos.

El Tamarit tiene un manzano
con una manzana de sollozos.
Un ruiseñor apaga los suspiros,
y un faisán los ahuyenta por el polvo.

Pero los ramos son alegres,
los ramos son como nosotros.
No piensan en la lluvia y se han dormido,
como si fueran árboles, de pronto.

Sentados con el agua en las rodillas
dos valles esperaban al otoño.
La penumbra con paso de elefante
empujaba las ramas y los troncos.

Por las arboledas del Tamarit
hay muchos niños de velado rostro
a esperar que se caigan mis ramos,
a esperar que se quiebren ellos solos.

IV

CASIDA DE LA MUJER TENDIDA

Verte desnuda es recordar la tierra.
La tierra lisa, limpia de caballos.
La tierra sin un junco, forma pura
cerrada al porvenir: confín de plata.

Verte desnuda es comprender el ansia
de la lluvia que busca débil talle,
o la fiebre del mar de inmenso rostro
sin encontrar la luz de su mejilla.

La sangre sonará por las alcobas
y vendrá con espada fulgurante,
pero tú no sabrás dónde se ocultan
el corazón de sapo o la violeta.

Tu vientre es una lucha de raíces,
tus labios son un alba sin contorno,
bajo las rosas tibias de la cama
los muertos gimen esperando turno.

V

CASIDA DEL SUEÑO AL AIRE LIBRE

Flor de jazmín y toro degollado.
Pavimento infinito. Mapa. Sala. Arpa. Alba.
La niña finge un toro de jazmines
y el toro es un sangriento crepúsculo que brama.

Si el cielo fuera un niño pequeñito,
los jazmines tendrían mitad de noche oscura,
y el toro circo azul sin lidiadores,
y un corazón al pie de una columna.

Pero el cielo es un elefante,
y el jazmín es un agua sin sangre
y la niña es un ramo nocturno
por el inmenso pavimento oscuro.

Entre el jazmín y el toro
o garfios de marfil o gente dormida.
En el jazmín un elefante y nubes
y en el toro el esqueleto de la niña.

VI

CASIDA DE LA MANO IMPOSIBLE

Yo no quiero más que una mano,
una mano herida, si es posible.
Yo no quiero más que una mano,
aunque pase mil noches sin lecho.

Sería un pálido lirio de cal,
sería una paloma amarrada a mi corazón,
sería el guardián que en la noche de mi tránsito
prohibiera en absoluto la entrada a la luna.

Yo no quiero más que esa mano
para los diarios aceites y la sábana blanca de mi agonía.
Yo no quiero más que esa mano
para tener un ala de mi muerte.

Lo demás todo pasa.
Rubor sin nombre ya, astro perpetuo.
Lo demás es lo otro; viento triste,
mientras las hojas huyen en bandadas.

VII

CASIDA DE LA ROSA

La rosa
no buscaba la aurora:
casi eterna en su ramo,
buscaba otra cosa.

La rosa,
no buscaba ni ciencia ni sombra:
confín de carne y sueño,
buscaba otra cosa.

La rosa,
no buscaba la rosa.
Inmóvil por el cielo
buscaba otra cosa.

VIII

CASIDA DE LA MUCHACHA DORADA

La muchacha dorada
se bañaba en el agua
y el agua se doraba.

Las algas y las ramas
en sombra la asombraban,
y el ruiseñor cantaba
por la muchacha blanca.

Vino la noche clara,
turbia de plata mala,
con peladas montañas
bajo la brisa parda.

La muchacha mojada
era blanca en el agua
y el agua, llamarada.

Vino el alba sin mancha,
con mil caras de vaca,
yerta y amortajada
con heladas guirnaldas.

La muchacha de lágrimas
se bañaba entre llamas,
y el ruiseñor lloraba
con las alas quemadas.

La muchacha dorada
era una blanca garza
y el agua la doraba.

IX

CASIDA DE LAS PALOMAS OSCURAS

A Claudio Guillén

Por las ramas del laurel
van dos palomas oscuras.
La una era el sol,
la otra la luna.
«Vecinitas», les dije,
«¿dónde está mi sepultura?»
«En mi cola», dijo el sol.
«En mi garganta», dijo la luna.
Y yo que estaba caminando
con la tierra por la cintura
vi dos águilas de nieve
y una muchacha desnuda.
La una era la otra
y la muchacha era ninguna.
«Aguilitas», les dije,
«¿dónde está mi sepultura?»
«En mi cola», dijo el sol.
«En mi garganta», dijo la luna.
Por las ramas del laurel
vi dos palomas desnudas.
La una era la otra
y las dos eran ninguna.

LLANTO
POR IGNACIO SÁNCHEZ MEJÍAS
(1935)

A MI QUERIDA AMIGA
ENCARNACIÓN LÓPEZ JÚLVEZ

1

LA COGIDA Y LA MUERTE

A las cinco de la tarde.
Eran las cinco en punto de la tarde.
Un niño trajo la blanca sábana
a las cinco de la tarde.
Una espuerta de cal ya prevenida
a las cinco de la tarde.
Lo demás era muerte y sólo muerte
a las cinco de la tarde.

El viento se llevó los algodones
a las cinco de la tarde.
Y el óxido sembró cristal y níquel
a las cinco de la tarde.
Ya luchan la paloma y el leopardo
a las cinco de la tarde.
Y un muslo con un asta desolada
a las cinco de la tarde.
Comenzaron los sones del bordón
a las cinco de la tarde.
Las campanas de arsénico y el humo
a las cinco de la tarde.

En las esquinas grupos de silencio
a las cinco de la tarde.
¡Y el toro solo corazón arriba!
a las cinco de la tarde.
Cuando el sudor de nieve fue llegando
a las cinco de la tarde,
cuando la plaza se cubrió de yodo
a las cinco de la tarde,
la muerte puso huevos en la herida
a las cinco de la tarde.
A las cinco de la tarde.
A las cinco en punto de la tarde.

Un ataúd con ruedas es la cama
a las cinco de la tarde.
Huesos y flautas suenan en su oído
a las cinco de la tarde.
El toro ya mugía por su frente
a las cinco de la tarde.
El cuarto se irisaba de agonía
a las cinco de la tarde.
A lo lejos ya viene la gangrena
a las cinco de la tarde.
Trompa de lirio por las verdes ingles
a las cinco de la tarde.
Las heridas quemaban como soles
a las cinco de la tarde,
y el gentío rompía las ventanas
a las cinco de la tarde.
A las cinco de la tarde.
¡Ay qué terribles cinco de la tarde!
¡Eran las cinco en todos los relojes!
¡Eran las cinco en sombra de la tarde!

2

LA SANGRE DERRAMADA

¡Que no quiero verla!

Dile a la luna que venga,
que no quiero ver la sangre
de Ignacio sobre la arena.

¡Que no quiero verla!

La luna de par en par.
Caballo de nubes quietas,
y la plaza gris del sueño
con sauces en las barreras.

¡Que no quiero verla!
Que mi recuerdo se quema.
¡Avisad a los jazmines
con su blancura pequeña!

¡Que no quiero verla!

La vaca del viejo mundo
pasaba su triste lengua

sobre un hocico de sangres
derramadas en la arena,
y los toros de Guisando,
casi muerte y casi piedra,
mugieron como dos siglos
hartos de pisar la tierra.
No.
¡Que no quiero verla!

Por las gradas sube Ignacio
con toda su muerte a cuestas.
Buscaba el amanecer,
y el amanecer no era.
Busca su perfil seguro,
y el sueño lo desorienta.
Buscaba su hermoso cuerpo
y encontró su sangre abierta.
¡No me digáis que la vea!
No quiero sentir el chorro
cada vez con menos fuerza;
ese chorro que ilumina
los tendidos y se vuelca
sobre la pana y el cuero
de muchedumbre sedienta.
¡Quién me grita que me asome!
¡No me digáis que la vea!

No se cerraron sus ojos
cuando vio los cuernos cerca,
pero las madres terribles
levantaron la cabeza.
Y a través de las ganaderías,
hubo un aire de voces secretas
que gritaban a toros celestes,

mayorales de pálida niebla.
No hubo príncipe en Sevilla
que comparársele pueda,
ni espada como su espada,
ni corazón tan de veras.
Como un río de leones
su maravillosa fuerza,
y como un torso de mármol
su dibujada prudencia.
Aire de Roma andaluza
le doraba la cabeza
donde su risa era un nardo
de sal y de inteligencia.
¡Qué gran torero en la plaza!
¡Qué gran serrano en la sierra!
¡Qué blando con las espigas!
¡Que duro con las espuelas!
¡Qué tierno con el rocío!
¡Qué deslumbrante en la feria!
¡Qué tremendo con las últimas
banderillas de tiniebla!

Pero ya duerme sin fin.
Ya los musgos y la hierba
abren con dedos seguros
la flor de su calavera.
Y su sangre ya viene cantando:
cantando por marismas y praderas,
resbalando por cuernos ateridos,
vacilando sin alma por la niebla,
tropezando con miles de pezuñas
como una larga, oscura, triste lengua,
para formar un charco de agonía
junto al Guadalquivir de las estrellas.

¡Oh blanco muro de España!
¡Oh negro toro de pena!
¡Oh sangre dura de Ignacio!
¡Oh ruiseñor de sus venas!
No.
¡Que no quiero verla!
Que no hay cáliz que la contenga,
que no hay golondrinas que se la beban,
no hay escarcha de luz que la enfríe,
no hay canto ni diluvio de azucenas.
no hay cristal que la cubra de plata.
No.
¡¡Yo no quiero verla!!

3

CUERPO PRESENTE

La piedra es una frente donde los sueños gimen
sin tener agua curva ni cipreses helados.
La piedra es una espalda para llevar al tiempo
con árboles de lágrimas y cintas y planetas.

Yo he visto lluvias grises correr hacia las olas
levantando sus tiernos brazos acribillados,
para no ser cazadas por la piedra tendida
que desata sus miembros sin empapar la sangre.

Porque la piedra coge simientes y nublados,
esqueletos de alondras y lobos de penumbra;
pero no da sonidos, ni cristales, ni fuego,
sino plazas y plazas y otras plazas sin muros.

Ya está sobre la piedra Ignacio el bien nacido.
Ya se acabó; ¿qué pasa? Contemplad su figura:
la muerte le ha cubierto de pálidos azufres
y le ha puesto cabeza de oscuro minotauro.

Ya se acabó. La lluvia penetra por su boca.
El aire como loco deja su pecho hundido,
y el Amor, empapado con lágrimas de nieve,
se calienta en la cumbre de las ganaderías.

¿Qué dicen? Un silencio con hedores reposa.
Estamos con un cuerpo presente que se esfuma,
con una forma clara que tuvo ruiseñores
y la vemos llenarse de agujeros sin fondo.

¿Quién arruga el sudario? ¡No es verdad lo que dice!
Aquí no canta nadie, ni llora en el rincón,
ni pica las espuelas, ni espanta la serpiente:
aquí no quiero más que los ojos redondos
para ver ese cuerpo sin posible descanso.

Yo quiero ver aquí los hombres de voz dura.
Los que doman caballos y dominan los ríos:
los hombres que les suena el esqueleto y cantan
con una boca llena de sol y pedernales.

Aquí quiero yo verlos. Delante de la piedra.
Delante de este cuerpo con las riendas quebradas.
Yo quiero que me enseñen dónde está la salida
para este capitán atado por la muerte.

Yo quiero que me enseñen un llanto como un río
que tenga dulces nieblas y profundas orillas,
para llevar el cuerpo de Ignacio y que se pierda
sin escuchar el doble resuello de los toros.

Que se pierda en la plaza redonda de la luna
que finge cuando niña doliente res inmóvil;
que se pierda en la noche sin canto de los peces
y en la maleza blanca del humo congelado.

No quiero que le tapen la cara con pañuelos
para que se acostumbre con la muerte que lleva.
Vete, Ignacio: No sientas el caliente bramido.
Duerme, vuela, reposa: ¡También se muere el mar!

4

ALMA AUSENTE

No te conoce el toro ni la higuera,
ni caballos ni hormigas de tu casa.
No te conoce el niño ni la tarde
porque te has muerto para siempre.

No te conoce el lomo de la piedra,
ni el raso negro donde te destrozas.
No te conoce tu recuerdo mudo
porque te has muerto para siempre.

El otoño vendrá con caracolas,
uva de niebla y monjes agrupados,
pero nadie querrá mirar tus ojos
porque te has muerto para siempre.

Porque te has muerto para siempre,
como todos los muertos de la Tierra,
como todos los muertos que se olvidan
en un montón de perros apagados.

No te conoce nadie. No. Pero yo te canto.
Yo canto para luego tu perfil y tu gracia.
La madurez insigne de tu conocimiento.
Tu apetencia de muerte y el gusto de su boca.

La tristeza que tuvo tu valiente alegría.
Tardará mucho tiempo en nacer, si es que nace,
un andaluz tan claro, tan rico de aventura.
Yo canto su elegancia con palabras que gimen
y recuerdo una brisa triste por los olivos.

LA CASA DE BERNARDA ALBA

DRAMA DE MUJERES
EN LOS PUEBLOS DE ESPAÑA

PERSONAS

BERNARDA, 60 años
MARÍA JOSEFA (madre de Bernarda), 80 años
ANGUSTIAS (hija de Bernarda), 36 años
MAGDALENA (hija de Bernarda), 30 años
AMELIA (hija de Bernarda), 27 años
MARTIRIO (hija de Bernarda), 24 años
ADELA (hija de Bernarda), 20 años
CRIADA, 50 años
LA PONCIA (criada), 60 años
PRUDENCIA, 50 años
MENDIGA CON NIÑA
MUJERES DE LUTO
MUJER 1.ª
MUJER 2.ª
MUJER 3.ª
MUJER 4.ª
MUCHACHA

El poeta advierte que estos tres actos tienen la intención de un documental fotográfico.

ACTO PRIMERO

Habitación blanquísima del interior de la casa de BERNARDA. *Muros gruesos. Puertas en arco con cortinas de yute rematadas con madroños y volantes. Sillas de anea. Cuadros con paisajes inverosímiles de ninfas, o reyes de leyenda. Es verano. Un gran silencio umbroso se extiende por la escena. Al levantarse el telón está la escena sola. Se oyen doblar las campanas*

(*Sale la* CRIADA 1.ª)

CRIADA
Ya tengo el doble de esas campanas metido entre las sienes.

LA PONCIA (*Sale comiendo chorizo y pan.*)
Llevan ya más de dos horas de gori-gori. Han venido curas de todos los pueblos. La iglesia está hermosa. En el primer responso se desmayó la Magdalena.

CRIADA
Ésa es la que se queda más sola.

PONCIA
Era a la única que quería el padre. ¡Ay! ¡Gracias a Dios que estamos solas un poquito! Yo he venido a comer.

CRIADA
¡Si te viera Bernarda!

PONCIA

¡Quisiera que ahora, como no come ella, que todas nos muriéramos de hambre! ¡Mandona! ¡Dominanta! ¡Pero se fastidia! Le he abierto la orza de chorizos.

CRIADA *(Con tristeza, ansiosa.)*

¿Por qué no me das para mi niña, Poncia?

PONCIA

Entra y llévate también un puñado de garbanzos. ¡Hoy no se dará cuenta!

VOZ *(Dentro.)*

¡Bernarda!

PONCIA

La vieja. ¿Está bien encerrada?

CRIADA

Con dos vueltas de llave.

PONCIA

Pero debes poner también la tranca. Tiene unos dedos como cinco ganzúas.

VOZ

¡Bernarda!

PONCIA *(A voces.)*

¡Ya viene! *(A la* CRIADA.) Limpia bien todo. Si Bernarda no ve relucientes las cosas me arrancará los pocos pelos que me quedan.

CRIADA

¡Qué mujer!

PONCIA

Tirana de todos los que la rodean. Es capaz de sentarse encima de tu corazón y ver cómo te mueres durante un año sin que se le cierre esa sonrisa fría que lleva en su maldita cara. ¡Limpia, limpia ese vidriado!

CRIADA

Sangre en las manos tengo de fregarlo todo.

PONCIA

Ella, la más aseada, ella, la más decente, ella, la más alta. Buen descanso ganó su pobre marido.

(Cesan las campanas.)

CRIADA

¿Han venido todos sus parientes?

PONCIA

Los de ella. La gente de él la odia. Vinieron a verlo muerto, y le hicieron la cruz.

CRIADA

¿Hay bastantes sillas?

PONCIA

Sobran. Que se sienten en el suelo. Desde que murió el padre de Bernarda no han vuelto a entrar las gentes bajo estos techos. Ella no quiere que la vean en su dominio. ¡Maldita sea!

CRIADA

Contigo se portó bien.

PONCIA

Treinta años lavando sus sábanas, treinta años comiendo sus sobras, noches en vela cuando tose, días enteros mirando por la rendija para espiar a los vecinos y llevarle el cuento; vida sin secretos una con otra, y sin embargo, ¡maldita sea!, ¡mal dolor de clavo le pinche en los ojos!

CRIADA

¡Mujer!

PONCIA

Pero yo soy buena perra: ladro cuando me lo dice y muerdo los talones de los que piden limosna cuando ella me azuza; mis hijos trabajan en sus tierras y ya están los dos casados, pero un día me hartaré.

CRIADA
Y ese día...

PONCIA
Ese día me encerraré con ella en un cuarto y le estaré escupiendo un año entero: «Bernarda, por esto, por aquello, por lo otro», hasta ponerla como un lagarto machacado por los niños, que es lo que es ella y toda su parentela. Claro es que no le envidio la vida. Le quedan cinco mujeres, cinco hijas feas, que quitando a Angustias, la mayor, que es la hija del primer marido y tiene dineros, las demás, mucha puntilla bordada, muchas camisas de hilo, pero pan y uvas por toda herencia.

CRIADA
¡Ya quisiera tener yo lo que ellas!

PONCIA
Nosotras tenemos nuestras manos y un hoyo en la tierra de la verdad.

CRIADA
Ésa es la única tierra que nos dejan a los que no tenemos nada.

PONCIA *(En la alacena.)*
Este cristal tiene unas motas.

CRIADA
Ni con el jabón ni con bayeta se le quitan.

(Suenan las campanas.)

PONCIA
El último responso. Me voy a oírlo. A mí me gusta mucho cómo canta el párroco. En el «Pater Noster» subió, subió, subió la voz que parecía un cántaro llenándose de agua poco a poco. ¡Claro es que al final dio un gallo, pero da gloria oírlo! Ahora que nadie como el anti-

guo sacristán, Tronchapinos. En la misa de mi madre, que esté en gloria, cantó. Retumbaban las paredes y cuando decía amén era como si un lobo hubiese entrado en la iglesia. *(Imitándolo.)* ¡Amééééén! *(Se echa a toser.)*

CRIADA

Te vas a hacer el gaznate polvo.

PONCIA

¡Otra cosa hacía polvo yo! *(Sale riendo.)*

(La CRIADA *limpia. Suenan las campanas.)*

CRIADA *(Llevando el canto.)*

Tin, tin, tan. Tin, tin, tan. ¡Dios lo haya perdonado!

MENDIGA *(Con una niña.)*

¡Alabado sea Dios!

CRIADA

Tin, tin, tan. ¡Que nos espere muchos años! Tin, tin tan.

MENDIGA *(Fuerte, con cierta irritación.)*

¡Alabado sea Dios!

CRIADA *(Irritada.)*

¡Por siempre!

MENDIGA

Vengo por las sobras.

(Cesan las campanas.)

CRIADA

Por la puerta se va a la calle. Las sobras de hoy son para mí.

MENDIGA

Mujer, tú tienes quien te gane. Mi niña y yo estamos solas.

CRIADA

También están solos los perros y viven.

MENDIGA

Siempre me las dan.

CRIADA

Fuera de aquí. ¿Quién os dijo que entrarais? Ya me habéis dejado los pies señalados. *(Se van, limpia.)* Suelos barnizados con aceite, alacenas, pedestales, camas de acero, para que traguemos quina las que vivimos en las chozas de tierra con un plato y una cuchara. ¡Ojalá que un día no quedáramos ni uno para contarlo! *(Vuelven a sonar las campanas.)* Sí, sí, ¡vengan clamores!, ¡venga caja con filos dorados y toallas de seda para llevarla!; ¡que lo mismo estarás tú que estaré yo! Fastídiate, Antonio María Benavides, tieso con tu traje de paño y tus botas enterizas. ¡Fastídiate! ¡Ya no volverás a levantarme las enaguas detrás de la puerta de tu corral!

(Por el fondo, de dos [en dos], empiezan a entrar MUJERES DE LUTO, *con pañuelos, grandes faldas y abanicos negros. Entran lentamente hasta llenar la escena.)*

(Rompiendo a gritar.)

¡Ay Antonio María Benavides, que ya no verás estas paredes, ni comerás el pan de esta casa! Yo fui la que más te quiso de las que te sirvieron. *(Tirándose del cabello.)* ¿Y he de vivir yo después de haberte marchado? ¿Y he de vivir?

(Terminan de entrar las doscientas MUJERES *y aparece* BERNARDA *y sus cinco* HIJAS. BERNARDA *viene apoyada en un bastón.)*

BERNARDA *(A la* CRIADA.*)*

¡Silencio!

CRIADA *(Llorando.)*

¡Bernarda!

BERNARDA

Menos gritos y más obras. Debías haber procurado que todo esto estuviera más limpio para recibir al duelo. Vete. No es éste tu lugar. *(La* CRIADA *se va sollozando.)* Los pobres son como los animales. Parece como si estuvieran hechos de otras sustancias.

MUJER 1.ª

Los pobres sienten también sus penas.

BERNARDA

Pero las olvidan delante de un plato de garbanzos.

MUCHACHA 1.ª *(Con timidez.)*

Comer es necesario para vivir.

BERNARDA

A tu edad no se habla delante de las personas mayores.

MUJER 1.ª

Niña, cállate.

BERNARDA

No he dejado que nadie me dé lecciones. Sentarse.

(Se sientan. Pausa.)

(Fuerte.) Magdalena, no llores. Si quieres llorar te metes debajo de la cama. ¿Me has oído?

MUJER 2.ª *(A* BERNARDA.)

¿Habéis empezado los trabajos en la era?

BERNARDA

Ayer.

MUJER 3.ª

Cae el sol como plomo.

MUJER 1.ª

Hace años no he conocido calor igual.

(Pausa. Se abanican todas.)

BERNARDA
¿Está hecha la limonada?

PONCIA
Sí, Bernarda.
(Sale con una gran bandeja llena de jarritas blancas, que distribuye.)

BERNARDA
Dale a los hombres.

PONCIA
La están tomando en el patio.

BERNARDA
Que salgan por donde han entrado. No quiero que pasen por aquí.

MUCHACHA *(A* ANGUSTIAS.)
Pepe el Romano estaba con los hombres del duelo.

ANGUSTIAS
Allí estaba.

BERNARDA
Estaba su madre. Ella ha visto a su madre. A Pepe no lo ha visto ni ella ni yo.

MUCHACHA
Me pareció...

BERNARDA
Quien sí estaba era el viudo de Darajalí. Muy cerca de tu tía. A ése lo vimos todas.

MUJER 2.ª *(Aparte y en baja voz.)*
¡Mala, más que mala!

MUJER 3.ª *(Aparte y en baja voz.)*
¡Lengua de cuchillo!

BERNARDA
Las mujeres en la iglesia no deben mirar más hombre que al oficiante, y a ése porque tiene faldas. Volver la cabeza es buscar el calor de la pana.

MUJER 1.ª *(En voz baja.)*
¡Vieja lagarta recocida!
PONCIA *(Entre dientes.)*
¡Sarmentosa por calentura de varón!
BERNARDA *(Dando un golpe de bastón en el suelo.)*
Alabado sea Dios.
TODAS *(Santiguándose.)*
Sea por siempre bendito y alabado.
BERNARDA
Descansa en paz con la santa
compaña de cabecera.
TODAS
¡Descansa en paz!
BERNARDA
Con el ángel San Miguel
y su espada justiciera.
TODAS
¡Descansa en paz!
BERNARDA
Con la llave que todo lo abre
y la mano que todo lo cierra.
TODAS
¡Descansa en paz!
BERNARDA
Con los bienaventurados
y las lucecitas del campo.
TODAS
¡Descansa en paz!
BERNARDA
Con nuestra santa caridad
y las almas de tierra y mar.
TODAS
¡Descansa en paz!

BERNARDA

Concede el reposo a tu siervo Antonio María Benavides y dale la corona de tu santa gloria.

TODAS

Amén.

BERNARDA *(Se pone de pie y canta.)*

«Requiem aeternam dona eis, Domine.»

TODAS *(De pie y cantando al modo gregoriano.)*

«Et lux perpetua luceat eis.» *(Se santiguan.)*

MUJER 1.ª

Salud para rogar por su alma.

(Van desfilando.)

MUJER 3.ª

No te faltará la hogaza de pan caliente.

MUJER 2.ª

Ni el techo para tus hijas.

(Van desfilando todas por delante de BERNARDA *y saliendo. Sale* ANGUSTIAS *por otra puerta, la que da al patio.)*

MUJER 4.ª

El mismo lujo de tu casamiento lo sigas disfrutando.

PONCIA *(Entrando con una bolsa.)*

De parte de los hombres esta bolsa de dineros para responsos.

BERNARDA

Dales las gracias y échales una copa de aguardiente.

MUCHACHA *(A* MAGDALENA.*)*

Magdalena.

BERNARDA *(A sus* HIJAS. *A* MAGDALENA *que inicia el llanto.)*

Chissssss. *(Golpea con el bastón. Salen todas. A las*

que se han ido.) ¡Andar a vuestras cuevas a criticar todo lo que habéis visto! Ojalá tardéis muchos años en volver a pasar el arco de mi puerta.

PONCIA

No tendrás queja ninguna. Ha venido todo el pueblo.

BERNARDA

Sí; para llenar mi casa con el sudor de sus refajos y el veneno de sus lenguas.

AMELIA

¡Madre, no hable usted así!

BERNARDA

Es así como se tiene que hablar en este maldito pueblo sin río, pueblo de pozos, donde siempre se bebe el agua con el miedo de que esté envenenada.

PONCIA

¡Cómo han puesto la solería!

BERNARDA

Igual que si hubiese pasado por ella una manada de cabras. *(La* PONCIA *limpia el suelo.)* Niña, dame un abanico.

ADELA

Tome usted. *(Le da un abanico redondo con flores rojas y verdes.)*

BERNARDA *(Arrojando el abanico al suelo.)*

¿Es éste el abanico que se da a una viuda? Dame uno negro y aprende a respetar el luto de tu padre.

MARTIRIO

Tome usted el mío.

BERNARDA

¿Y tú?

MARTIRIO

Yo no tengo calor.

BERNARDA

Pues busca otro, que te hará falta. En ocho años que

dure el luto no ha de entrar en esta casa el viento de la calle. Haceros cuenta que hemos tapiado con ladrillos puertas y ventanas. Así pasó en casa de mi padre y en casa de mi abuelo. Mientras, podéis empezar a bordaros el ajuar. En el arca tengo veinte piezas de hilo con el que podréis cortar sábanas y embozos. Magdalena puede bordarlas.

MAGDALENA
Lo mismo me da.

ADELA *(Agria.)*
Si no queréis bordarlas, irán sin bordados. Así las tuyas lucirán más.

MAGDALENA
Ni las mías ni las vuestras. Sé que yo no me voy a casar. Prefiero llevar sacos al molino. Todo menos estar sentada días y días dentro de esta sala oscura.

BERNARDA
Eso tiene ser mujer.

MAGDALENA
Malditas sean las mujeres.

BERNARDA
Aquí se hace lo que yo mando. Ya no puedes ir con el cuento a tu padre. Hilo y aguja para las hembras. Látigo y mula para el varón. Eso tiene la gente que nace con posibles.

(Sale ADELA.)

VOZ
Bernarda, ¡déjame salir!

BERNARDA *(En voz alta.)*
¡Dejadla ya!

(Sale la CRIADA 1.ª)

CRIADA

Me ha costado mucho trabajo sujetarla. A pesar de sus ochenta años, tu madre es fuerte como un roble.

BERNARDA

Tiene a quién parecérsele. Mi abuela fue igual.

CRIADA

Tuve durante el duelo que taparle varias veces la boca con un costal vacío porque quería llamarte para que le dieras agua de fregar siquiera, para beber, y carne de perro, que es lo que ella dice que le das.

MARTIRIO

¡Tiene mala intención!

BERNARDA *(A la* CRIADA.)

Déjala que se desahogue en el patio.

CRIADA

Ha sacado del cofre sus anillos y los pendientes de amatistas, se los ha puesto y me ha dicho que se quiere casar.

(Las HIJAS *ríen.)*

BERNARDA

Ve con ella y ten cuidado que no se acerque al pozo.

CRIADA

No tengas miedo que se tire.

BERNARDA

No es por eso. Pero desde aquel sitio las vecinas pueden verla desde su ventana.

(Sale la CRIADA.)

MARTIRIO

Nos vamos a cambiar la ropa.

BERNARDA

Sí; pero no el pañuelo de la cabeza. *(Entra* ADELA.*)* ¿Y Angustias?

ADELA *(Con retintín.)*

La he visto asomada a la rendija del portón. Los hombres se acababan de ir.

BERNARDA

¿Y tú a qué fuiste también al portón?

ADELA

Me llegué a ver si habían puesto las gallinas.

BERNARDA

¡Pero el duelo de los hombres habría salido ya!

ADELA *(Con intención.)*

Todavía estaba un grupo parado por fuera.

BERNARDA *(Furiosa.)*

¡Angustias! ¡Angustias!

ANGUSTIAS *(Entrando.)*

¿Qué manda usted?

BERNARDA

¿Qué mirabas y a quién?

ANGUSTIAS

A nadie.

BERNARDA

¿Es decente que una mujer de tu clase vaya con el anzuelo detrás de un hombre el día de la misa de su padre? ¡Contesta! ¿A quién mirabas?

(Pausa.)

ANGUSTIAS

Yo...

BERNARDA

¡Tú!

ANGUSTIAS

¡A nadie!

BERNARDA *(Avanzando con el bastón.)*
¡Suave! ¡Dulzarrona! *(Le da.)*
PONCIA *(Corriendo.)*
¡Bernarda, cálmate! *(La sujeta.)*

(ANGUSTIAS *llora.)*

BERNARDA
¡Fuera de aquí todas! *(Salen.)*
PONCIA
Ella lo ha hecho sin dar alcance a lo que hacía, que está francamente mal. ¡Ya me chocó a mí verla escabullirse hacia el patio! Luego estuvo detrás de una ventana oyendo la conversación que traían los hombres, que, como siempre, no se puede oír.
BERNARDA
¡A eso vienen a los duelos! *(Con curiosidad.)* ¿De qué hablaban?
PONCIA
Hablaban de Paca la Roseta. Anoche ataron a su marido a un pesebre y a ella se la llevaron a la grupa del caballo hasta lo alto del olivar.
BERNARDA
¿Y ella?
PONCIA
Ella, tan conforme. Dicen que iba con los pechos fuera y Maximiliano la llevaba cogida como si tocara la guitarra. ¡Un horror!
BERNARDA
¿Y qué pasó?
PONCIA
Lo que tenía que pasar. Volvieron casi de día. Paca la Roseta traía el pelo suelto y una corona de flores en la cabeza.

BERNARDA

Es la única mujer mala que tenemos en el pueblo.

PONCIA

Porque no es de aquí. Es de muy lejos. Y los que fueron con ella son también hijos de forasteros. Los hombres de aquí no son capaces de eso.

BERNARDA

No; pero les gusta verlo y comentarlo y se chupan los dedos de que esto ocurra.

PONCIA

Contaban muchas cosas más.

BERNARDA *(Mirando a un lado y otro con cierto temor.)*

¿Cuáles?

PONCIA

Me da vergüenza referirlas.

BERNARDA

Y mi hija las oyó.

PONCIA

¡Claro!

BERNARDA

Ésa sale a sus tías; blancas y untosas que ponían ojos de carnero al piropo de cualquier barberillo. ¡Cuánto hay que sufrir y luchar para hacer que las personas sean decentes y no tiren al monte demasiado!

PONCIA

¡Es que tus hijas están ya en edad de merecer! Demasiada poca guerra te dan. Angustias ya debe tener mucho más de los treinta.

BERNARDA

Treinta y nueve justos.

PONCIA

Figúrate. Y no ha tenido nunca novio...

BERNARDA *(Furiosa.)*

¡No, no ha tenido novio ninguna ni les hace falta! Pueden pasarse muy bien.

PONCIA

No he querido ofenderte.

BERNARDA

No hay en cien leguas a la redonda quien se pueda acercar a ellas. Los hombres de aquí no son de su clase. ¿Es que quieres que las entregue a cualquier gañán?

PONCIA

Debías haberte ido a otro pueblo.

BERNARDA

Eso, ¡a venderlas!

PONCIA

No, Bernarda; a cambiar... ¡Claro que en otros sitios ellas resultan las pobres!

BERNARDA

¡Calla esa lengua atormentadora!

PONCIA

Contigo no se puede hablar. ¿Tenemos o no tenemos confianza?

BERNARDA

No tenemos. Me sirves y te pago. ¡Nada más!

CRIADA 1.ª *(Entrando.)*

Ahí está don Arturo, que viene a arreglar las particiones.

BERNARDA

Vamos. *(A la* CRIADA.) Tú empieza a blanquear el patio. *(A* LA PONCIA.) Y tú ve guardando en el arca grande toda la ropa del muerto.

PONCIA

Algunas cosas las podríamos dar...

BERNARDA

Nada. ¡Ni un botón! ¡Ni el pañuelo con que le hemos tapado la cara! *(Sale lentamente apoyada en el bastón y al salir, vuelve la cabeza y mira a sus criadas. Las criadas salen después.)*

(*Entran* AMELIA *y* MARTIRIO.)

AMELIA
¿Has tomado la medicina?

MARTIRIO
¡Para lo que me va a servir!

AMELIA
Pero la has tomado.

MARTIRIO
Ya hago las cosas sin fe, pero como un reloj.

AMELIA
Desde que vino el médico nuevo estás más animada.

MARTIRIO
Yo me siento lo mismo.

AMELIA
¿Te fijaste? Adelaida no estuvo en el duelo.

MARTIRIO
Ya lo sabía. Su novio no la deja salir ni al tranco de la calle. Antes era alegre. Ahora ni polvos se echa en la cara.

AMELIA
Ya no sabe una si es mejor tener novio o no.

MARTIRIO
Es lo mismo.

AMELIA
De todo tiene la culpa esta crítica que no nos deja vivir. Adelaida habrá pasado mal rato.

MARTIRIO
Le tienen miedo a nuestra madre. Es la única que conoce la historia de su padre y el origen de sus tierras. Siempre que viene le tira puñaladas con el asunto. Su

padre mató en Cuba al marido de su primera mujer para casarse con ella, luego aquí la abandonó y se fue con otra que tenía una hija y luego tuvo relaciones con esta muchacha, la madre de Adelaida, y casó con ella después de haber muerto loca la segunda mujer.

AMELIA

¿Y ese infame por qué no está en la cárcel?

MARTIRIO

Porque los hombres se tapan unos a otros las cosas de esta índole y nadie es capaz de delatar.

AMELIA

Pero Adelaida no tiene culpa de esto.

MARTIRIO

No. Pero las cosas se repiten. Yo veo que todo es una terrible repetición. Y ella tiene el mismo sino de su madre y de su abuela, mujeres las dos del que la engendró.

AMELIA

¡Qué cosa más grande!

MARTIRIO

Es preferible no ver a un hombre nunca. Desde niña les tuve miedo. Los veía en el corral uncir los bueyes y levantar los costales de trigo entre voces y zapatazos y siempre tuve miedo de crecer por temor de encontrarme de pronto abrazada por ellos. Dios me ha hecho débil y fea y los ha apartado definitivamente de mí.

AMELIA

¡Eso no digas! Enrique Humanes estuvo detrás de ti y le gustabas.

MARTIRIO

¡Invenciones de la gente! Una vez estuve en camisa detrás de la ventana hasta que fue de día porque me avisó con la hija de su gañán que iba a venir y no vino. Fue todo cosa de lenguas. Luego se casó con otra que tenía más que yo.

AMELIA

Y fea como un demonio.

MARTIRIO

¡Qué les importa a ellos la fealdad! A ellos les importa la tierra, las yuntas y una perra sumisa que les dé de comer.

AMELIA

¡Ay! *(Entra* MAGDALENA.)

MAGDALENA

¿Qué hacéis?

MARTIRIO

Aquí.

AMELIA

¿Y tú?

MAGDALENA

Vengo de correr las cámaras. Por andar un poco. De ver los cuadros bordados en cañamazo de nuestra abuela, el perrito de lanas y el negro luchando con el león que tanto nos gustaba de niñas. Aquélla era una época más alegre. Una boda duraba diez días y no se usaban las malas lenguas. Hoy hay más finura, las novias se ponen velo blanco como en las poblaciones y se bebe vino de botella, pero nos pudrimos por el qué dirán.

MARTIRIO

¡Sabe Dios lo que entonces pasaría!

AMELIA *(A* MAGDALENA.)

Llevas desabrochados los cordones de un zapato.

MAGDALENA

¡Qué más da!

AMELIA

¡Te los vas a pisar y te vas a caer!

MAGDALENA

¡Una menos!

MARTIRIO

¿Y Adela?

MAGDALENA

¡Ah! Se ha puesto el traje verde que se hizo para estrenar el día de su cumpleaños, se ha ido al corral, y ha comenzado a voces: «¡Gallinas, gallinas, miradme!» ¡Me he tenido que reír!

AMELIA

¡Si la hubiera visto madre!

MAGDALENA

¡Pobrecilla! Es la más joven de nosotras y tiene ilusión. ¡Daría algo por verla feliz!

(Pausa. ANGUSTIAS *cruza la escena con unas toallas en la mano.)*

ANGUSTIAS

¿Qué hora es?

MARTIRIO

Ya deben ser las doce.

ANGUSTIAS

¿Tanto?

AMELIA

Estarán al caer.

(Sale ANGUSTIAS.)

MAGDALENA *(Con intención.)*

¿Sabéis ya la cosa...? *(Señalando a* ANGUSTIAS.)

AMELIA

No.

MAGDALENA

¡Vamos!

MARTIRIO

¡No sé a qué cosa te refieres...!

MAGDALENA

¡Mejor que yo lo sabéis las dos, siempre cabeza con

cabeza como dos ovejitas, pero sin desahogaros con nadie! ¡Lo de Pepe el Romano!

AMELIA
¡Ah!

MAGDALENA *(Remedándola.)*
¡Ah! Ya se comenta por el pueblo. Pepe el Romano viene a casarse con Angustias. Anoche estuvo rondando la casa y creo que pronto va a mandar un emisario.

MARTIRIO
¡Yo me alegro! Es buen hombre.

AMELIA
Yo también. Angustias tiene buenas condiciones.

MAGDALENA
Ninguna de las dos os alegráis.

MARTIRIO
¡Magdalena! ¡Mujer!

MAGDALENA
Si viniera por el tipo de Angustias, por Angustias como mujer, yo me alegraría; pero viene por el dinero. Aunque Angustias es nuestra hermana, aquí estamos en familia y reconocemos que está vieja, enfermiza y que siempre ha sido la que ha tenido menos mérito de todas nosotras. Porque si con veinte años parecía un palo vestido, ¡qué será ahora que tiene cuarenta!

MARTIRIO
No hables así. La suerte viene a quien menos la aguarda.

AMELIA
¡Después de todo dice la verdad! ¡Angustias tiene el dinero de su padre, es la única rica de la casa y por eso ahora que nuestro padre ha muerto y ya se harán particiones vienen por ella!

MAGDALENA
Pepe el Romano tiene veinticinco años y es el mejor

tipo de todos estos contornos; lo natural sería que te pretendiera a ti, Amelia, o [a] nuestra Adela, que tiene veinte años, pero no que venga a buscar lo más oscuro de esta casa, a una mujer que, como su padre, habla con la nariz.

MARTIRIO

¡Puede que a él le guste!

MAGDALENA

¡Nunca he podido resistir tu hipocresía!

MARTIRIO

¡Dios nos valga!

(*Entra* ADELA.)

MAGDALENA

¿Te han visto ya las gallinas?

ADELA

¿Y qué querías que hiciera?

AMELIA

¡Si te ve nuestra madre te arrastra del pelo!

ADELA

Tenía mucha ilusión con el vestido. Pensaba ponérmelo el día que vamos a comer sandías a la noria. No hubiera habido otro igual.

MARTIRIO

¡Es un vestido precioso!

ADELA

Y me está muy bien. Es lo que mejor ha cortado Magdalena.

MAGDALENA

¿Y las gallinas qué te han dicho?

ADELA

Regalarme unas cuantas pulgas que me han acribillado las piernas. *(Ríen.)*

MARTIRIO
Lo que puedes hacer es teñirlo de negro.

MAGDALENA
¡Lo mejor que puede hacer es regalárselo a Angustias para su boda con Pepe el Romano!

ADELA *(Con emoción contenida.)*
¡Pero Pepe el Romano...!

AMELIA
¿No lo has oído decir?

ADELA
No.

MAGDALENA
¡Pues ya lo sabes!

ADELA
¡Pero si no puede ser!

MAGDALENA
¡El dinero lo puede todo!

ADELA
¿Por eso ha salido detrás del duelo y estuvo mirando por el portón? *(Pausa.)* Y ese hombre es capaz de...

MAGDALENA
Es capaz de todo.

(Pausa.)

MARTIRIO
¿Qué piensas, Adela?

ADELA
Pienso que este luto me ha cogido en la peor época de mi vida para pasarlo.

MAGDALENA
Ya te acostumbrarás.

ADELA *(Rompiendo a llorar con ira.)*
No, no me acostumbraré. Yo no quiero estar encerrada. ¡No quiero que se me pongan las carnes como a vosotras! ¡No quiero perder mi blancura en estas habitaciones! ¡Mañana me pondré mi vestido verde y me echaré a pasear por la calle! ¡Yo quiero salir!

(Entra la CRIADA 1.ª)

MAGDALENA *(Autoritaria.)*
¡Adela!

CRIADA 1.ª
¡La pobre! ¡Cuánto ha sentido a su padre! *(Sale.)*

MARTIRIO
¡Calla!

AMELIA
Lo [que] sea de una será de todas.

(ADELA *se calma.)*

MAGDALENA
Ha estado a punto de oírte la criada.

CRIADA *(Apareciendo.)*
Pepe el Romano viene por lo alto de la calle.

(AMELIA, MARTIRIO *y* MAGDALENA *corren presurosas.)*

MAGDALENA
¡Vamos a verlo! *(Salen rápidas.)*

CRIADA *(A* ADELA.)
¿Tú no vas?

ADELA
No me importa.

CRIADA
Como dará la vuelta a la esquina, desde la ventana de tu cuarto se verá mejor. *(Sale la* CRIADA.)

(ADELA *queda en escena dudando; después de un instante se va también rápida hacia su habitación. Salen* BERNARDA *y* LA PONCIA.)

BERNARDA
¡Malditas particiones!

PONCIA
¡¡Cuánto dinero le queda a Angustias!!

BERNARDA
Sí.

PONCIA
Y a las otras bastante menos.

BERNARDA
Ya me lo has dicho tres veces y no te he querido replicar. Bastante menos, mucho menos. No me lo recuerdes más.

(Sale ANGUSTIAS *muy compuesta de cara.)*

¡Angustias!

ANGUSTIAS
Madre.

BERNARDA
¿Pero has tenido valor de echarte polvos en la cara? ¿Has tenido valor de lavarte la cara el día de la misa de tu padre?

ANGUSTIAS
No era mi padre. El mío murió hace tiempo. ¿Es que ya no lo recuerda usted?

BERNARDA

¡Más debes a este hombre, padre de tus hermanas, que al tuyo! Gracias a este hombre tienes colmada tu fortuna.

ANGUSTIAS

¡Eso lo teníamos que ver!

BERNARDA

¡Aunque fuera por decencia! Por respeto.

ANGUSTIAS

Madre, déjeme usted salir.

BERNARDA

¿Salir? Después de que te hayas quitado esos polvos de la cara: ¡suavona! ¡yeyo! ¡espejo de tus tías! *(Le quita violentamente con su pañuelo los polvos.)* ¡Ahora vete!

PONCIA

¡Bernarda, no seas tan inquisitiva!

BERNARDA

Aunque mi madre esté loca, yo estoy con mis cinco sentidos y sé perfectamente lo que hago.

(Entran todas.)

MAGDALENA

¿Qué pasa?

BERNARDA

No pasa nada.

MAGDALENA *(A* ANGUSTIAS.)

Si es que discutís por las particiones, tú que eres la más rica te puedes quedar con todo.

ANGUSTIAS

¡Guárdate la lengua en la madriguera!

BERNARDA *(Golpeando con el bastón en el suelo.)*

¡No os hagáis ilusiones de que vais a poder conmigo! ¡Hasta que salga de esta casa con los pies adelante mandaré en lo mío y en lo vuestro!

(Se oyen unas voces y entra en escena MARÍA JOSEFA, *la madre de* BERNARDA, *viejísima, ataviada con flores en la cabeza y en el pecho.)*

MARÍA JOSEFA
Bernarda, ¿dónde está mi mantilla? Nada de lo que tengo quiero que sea para vosotras: ni mis anillos ni mi traje negro de moaré. Porque ninguna de vosotras se va a casar. ¡Ninguna! Bernarda: ¡dame mi gargantilla de perlas!

BERNARDA *(A la* CRIADA.)
¿Por qué la habéis dejado entrar?

CRIADA *(Temblando.)*
¡Se me escapó!

MARÍA JOSEFA
Me escapé porque me quiero casar, porque quiero casarme con un varón hermoso de la orilla del mar, ya que aquí los hombres huyen de las mujeres.

BERNARDA
¡Calle usted, madre!

MARÍA JOSEFA
No, no callo. No quiero ver a estas mujeres solteras rabiando por la boda, haciéndose polvo el corazón, y yo me quiero ir a mi pueblo. ¡Bernarda, yo quiero un varón para casarme y tener alegría!

BERNARDA
¡Encerradla!

MARÍA JOSEFA
¡Déjame salir, Bernarda!

(La CRIADA *coge a* MARÍA JOSEFA.)

BERNARDA
¡Ayudarla vosotras!

(Todas arrastran a la vieja.)

MARÍA JOSEFA
¡Quiero irme de aquí, Bernarda! A casarme a la orilla del mar, a la orilla del mar.

Telón rápido

ACTO SEGUNDO

Habitación blanca del interior de la casa de BERNARDA. *Las puertas de la izquierda dan a los dormitorios. Las* HIJAS *de* BERNARDA *están sentadas en sillas bajas cosiendo.* MAGDALENA *borda. Con ellas está* LA PONCIA.

ANGUSTIAS
Ya he cortado la tercer sábana.

MARTIRIO
Le corresponde a Amelia.

MAGDALENA
Angustias: ¿pongo también las iniciales de Pepe?

ANGUSTIAS *(Seca.)*
No.

MAGDALENA *(A voces.)*
Adela, ¿no vienes?

AMELIA
Estará echada en la cama.

PONCIA
Ésa tiene algo. La encuentro sin sosiego, temblona, asustada, como si tuviera una lagartija entre los pechos.

MARTIRIO
No tiene ni más ni menos que lo que tenemos todas.

MAGDALENA
Todas menos Angustias.

ANGUSTIAS
Yo me encuentro bien, y al que le duela, que reviente.

MAGDALENA
Desde luego hay que reconocer que lo mejor que has tenido siempre ha sido el talle y la delicadeza.

ANGUSTIAS
Afortunadamente pronto voy a salir de este infierno.

MAGDALENA
¡A lo mejor no sales!

MARTIRIO
¡Dejar esa conversación!

ANGUSTIAS
Y además, ¡más vale onza en el arca que ojos negros en la cara!

MAGDALENA
Por un oído me entra y por otro me sale.

AMELIA *(A* LA PONCIA.)
Abre la puerta del patio a ver si nos entra un poco el fresco.

(LA PONCIA *lo hace.)*

MARTIRIO
Esta noche pasada no me podía quedar dormida del calor.

AMELIA
¡Yo tampoco!

MAGDALENA
Yo me levanté a refrescarme. Había un nublo negro de tormenta y hasta cayeron algunas gotas.

PONCIA
Era la una de la madrugada y salía fuego de la tierra. También me levanté yo. Todavía estaba Angustias con Pepe en la ventana.

MAGDALENA *(Con ironía.)*
¿Tan tarde? ¿A qué hora se fue?
ANGUSTIAS
Magdalena, ¿a qué preguntas si lo viste?
AMELIA
Se iría a eso de la una y media.
ANGUSTIAS
Sí. ¿Tú por qué lo sabes?
AMELIA
Lo sentí toser y oí los pasos de su jaca.
PONCIA
¡Pero si yo lo sentí marchar a eso de las cuatro!
ANGUSTIAS
¡No sería él!
PONCIA
¡Estoy segura!
AMELIA
¡A mí también me pareció!
MAGDALENA
¡Qué cosa más rara!

(Pausa.)

PONCIA
Oye, Angustias. ¿Qué fue lo que te dijo la primera vez que se acercó a tu ventana?
ANGUSTIAS
Nada, ¡qué me iba a decir! Cosas de conversación.
MARTIRIO
Verdaderamente es raro que dos personas que no se conocen se vean de pronto en una reja y ya novios.
ANGUSTIAS
Pues a mí no me chocó.
AMELIA
A mí me daría no sé qué.

ANGUSTIAS
No, porque cuando un hombre se acerca a una reja ya sabe por los que van y vienen, llevan y traen, que se le va a decir que sí.

MARTIRIO
Bueno; pero él te lo tendría que decir.

ANGUSTIAS
¡Claro!

AMELIA *(Curiosa.)*
¿Y cómo te lo dijo?

ANGUSTIAS
Pues nada: «Ya sabes que ando detrás de ti, necesito una mujer buena, modosa, ¡y ésa eres tú si me das la conformidad!»

AMELIA
¡A mí me da vergüenza de estas cosas!

ANGUSTIAS
¡Y a mí, pero hay que pasarlas!

PONCIA
¿Y habló más?

ANGUSTIAS
Sí; siempre habló él.

MARTIRIO
¿Y tú?

ANGUSTIAS
Yo no hubiera podido. Casi se me salía el corazón por la boca. Era la primera vez que estaba sola de noche con un hombre.

MAGDALENA
Y un hombre tan guapo.

ANGUSTIAS
¡No tiene mal tipo!

PONCIA
Esas cosas pasan entre personas ya un poco instruidas

que hablan y dicen y mueven la mano... La primera vez que mi marido Evaristo el Colorín vino a mi ventana... ja, ja, ja.

AMELIA
¿Qué pasó?

PONCIA
Era muy oscuro. Lo vi acercarse y al llegar me dijo: «Buenas noches.» «Buenas noches», le dije yo, y nos quedamos callados más de media hora. Me corría el sudor por todo el cuerpo. Entonces Evaristo se acercó, se acercó que se quería meter por los hierros, y dijo con voz muy baja: «¡Ven que te tiente!»

(Ríen todas. AMELIA *se levanta corriendo y espía por una puerta.)*

AMELIA
¡Ay! ¡Creí que llegaba nuestra madre!

MAGDALENA
¡Buenas nos hubiera puesto! *(Siguen riendo.)*

AMELIA
Chissss... ¡Que nos va a oír!

PONCIA
Luego se portó bien. En vez de darle por otra cosa le dio por criar colorines hasta que murió. A vosotras que sois solteras, os conviene saber de todos modos que el hombre a los quince días de boda deja la cama por la mesa y luego la mesa por la tabernilla, y la que no se conforma se pudre llorando en un rincón.

AMELIA
Tú te conformaste.

PONCIA
¡Yo pude con él!

MARTIRIO
¿Es verdad que le pegaste algunas veces?

PONCIA
Sí, y por poco lo dejo tuerto.

MAGDALENA
¡Así debían ser todas las mujeres!

PONCIA
Yo tengo la escuela de tu madre. Un día me dijo no sé qué cosa y le maté todos los colorines con la mano del almirez. *(Ríen.)*

MAGDALENA
Adela, ¡niña! No te pierdas esto.

AMELIA
Adela.

(Pausa.)

MAGDALENA
¡Voy a ver! *(Entra.)*

PONCIA
¡Esa niña está mala!

MARTIRIO
Claro, ¡no duerme apenas!

PONCIA
¿Pues qué hace?

MARTIRIO
¡Yo qué sé lo que hace!

PONCIA
Mejor lo sabrás tú que yo, que duermes pared por medio.

ANGUSTIAS
La envidia la come.

AMELIA
No exageres.

ANGUSTIAS
Se lo noto en los ojos. Se le está poniendo mirar de loca.

MARTIRIO
No habléis de locos. Aquí es el único sitio donde no se puede pronunciar esta palabra.

(*Sale* MAGDALENA *con* ADELA.)

MAGDALENA
Pues ¿no estaba dormida?

ADELA
Tengo mal cuerpo.

MARTIRIO *(Con intención.)*
¿Es que no has dormido bien esta noche?

ADELA
Sí.

MARTIRIO
¿Entonces?

ADELA *(Fuerte.)*
¡Déjame ya! ¡Durmiendo o velando no tienes por qué meterte en lo mío! ¡Yo hago con mi cuerpo lo que me parece!

MARTIRIO
¡Sólo es interés por ti!

ADELA
Interés o inquisición. ¿No estabais cosiendo? ¡Pues seguir! ¡Quisiera ser invisible, pasar por las habitaciones sin que me preguntarais dónde voy!

CRIADA *(Entra.)*
Bernarda os llama. Está el hombre de los encajes. *(Salen.)*

(Al salir, MARTIRIO *mira fijamente a* ADELA.)

ADELA

¡No me mires más! Si quieres te daré mis ojos, que son frescos, y mis espaldas para que te compongas la joroba que tienes, pero vuelve la cabeza cuando yo pase.

PONCIA

Adela, ¡que es tu hermana y además la que más te quiere!

ADELA

Me sigue a todos lados. A veces se asoma a mi cuarto para ver si duermo. No me deja respirar. Y siempre: «¡Qué lástima de cara! ¡qué lástima de cuerpo que no va a ser para nadie!» ¡Y eso no! ¡Mi cuerpo será de quien yo quiera!

PONCIA *(Con intención y en voz baja.)*

De Pepe el Romano, ¿no es eso?

ADELA *(Sobrecogida.)*

¿Qué dices?

PONCIA

¡Lo que digo, Adela!

ADELA

¡Calla!

PONCIA *(Alto.)*

¿Crees que no me he fijado?

ADELA

¡Baja la voz!

PONCIA

¡Mata esos pensamientos!

ADELA

¿Qué sabes tú?

PONCIA

Las viejas vemos a través de las paredes. ¿Dónde vas de noche cuando te levantas?

ADELA

¡Ciega debías estar!

PONCIA

Con la cabeza y las manos llenas de ojos cuando se trata de lo que se trata. Por mucho que pienso no sé lo que te propones. ¿Por qué te pusiste casi desnuda, con la luz encendida y la ventana abierta al pasar Pepe el segundo día que vino a hablar con tu hermana?

ADELA

¡Eso no es verdad!

PONCIA

¡No seas como los niños chicos! Deja en paz a tu hermana, y si Pepe el Romano te gusta, te aguantas. (ADELA *llora.*) Además, ¿quién dice que no te puedes casar con él? Tu hermana Angustias es una enferma. Ésa no resiste el primer parto. Es estrecha de cintura, vieja, y con mi conocimiento te digo que se morirá. Entonces Pepe hará lo que hacen todos los viudos de esta tierra: se casará con la más joven, la más hermosa, y ésa eres tú. Alimenta esa esperanza, olvídalo, lo que quieras, pero no vayas contra la ley de Dios.

ADELA

¡Calla!

PONCIA

¡No callo!

ADELA

Métete en tus cosas, ¡oledora! ¡pérfida!

PONCIA

¡Sombra tuya he de ser!

ADELA

En vez de limpiar la casa y acostarte para rezar a tus muertos, buscas como una vieja marrana asuntos de hombres y mujeres para babosear en ellos.

PONCIA

¡Velo!, para que las gentes no escupan al pasar por esta puerta.

ADELA

¡Qué cariño tan grande te ha entrado de pronto por mi hermana!

PONCIA

No os tengo ley a ninguna, pero quiero vivir en casa decente. ¡No quiero mancharme de vieja!

ADELA

Es inútil tu consejo. Ya es tarde. No por encima de ti, que eres una criada: por encima de mi madre saltaría para apagarme este fuego que tengo levantado por piernas y boca. ¿Qué puedes decir de mí? ¿Que me encierro en mi cuarto y no abro la puerta? ¿Que no duermo? ¡Soy más lista que tú! Mira a ver si puedes agarrar la liebre con tus manos.

PONCIA

No me desafíes. ¡Adela, no me desafíes! Porque yo puedo dar voces, encender luces y hacer que toquen las campanas.

ADELA

Trae cuatro mil bengalas amarillas y ponlas en las bardas del corral. Nadie podrá evitar que suceda lo que tiene que suceder.

PONCIA

¡Tanto te gusta ese hombre!

ADELA

¡Tanto! Mirando sus ojos me parece que bebo su sangre lentamente.

PONCIA

Yo no te puedo oír.

ADELA

¡Pues me oirás! Te he tenido miedo. ¡Pero ya soy más fuerte que tú!

(*Entra* ANGUSTIAS.)

ANGUSTIAS

¡Siempre discutiendo!

PONCIA

Claro. Se empeña [en] que con el calor que hace vaya a traerle no sé qué cosa de la tienda.

ANGUSTIAS

¿Me compraste el bote de esencia?

PONCIA

El más caro. Y los polvos. En la mesa de tu cuarto los he puesto.

(Sale ANGUSTIAS.*)*

ADELA

¡Y chitón!

PONCIA

¡Lo veremos!

(Entran MARTIRIO, AMELIA *y* MAGDALENA.*)*

MAGDALENA *(A* ADELA.*)*

¿Has visto los encajes?

AMELIA

Los de Angustias para sus sábanas de novia son preciosos.

ADELA *(A* MARTIRIO, *que trae unos encajes.)*

¿Y éstos?

MARTIRIO

Son para mí. Para una camisa.

ADELA *(Con sarcasmo.)*

¡Se necesita buen humor!

MARTIRIO *(Con intención.)*

Para verlos yo. No necesito lucirme ante nadie.

PONCIA
Nadie la ve a una en camisa.

MARTIRIO *(Con intención y mirando a* ADELA.)
¡A veces! Pero me encanta la ropa interior. Si fuera rica la tendría de holanda. Es uno de los pocos gustos que me quedan.

PONCIA
Estos encajes son preciosos para las gorras de niño, para manteruelos de cristianar. Yo nunca pude usarlos en los míos. A ver si ahora Angustias los usa en los suyos. Como le dé por tener crías, vais a estar cosiendo mañana y tarde.

MAGDALENA
Yo no pienso dar una puntada.

AMELIA
Y mucho menos cuidar niños ajenos. Mira tú cómo están las vecinas del callejón, sacrificadas por cuatro monigotes.

PONCIA
Ésas están mejor que vosotras. ¡Siquiera allí se ríe y se oyen porrazos!

MARTIRIO
Pues vete a servir con ellas.

PONCIA
No. ¡Ya me ha tocado en suerte este convento!

(Se oyen unos campanillos lejanos como a través de varios muros.)

MAGDALENA
Son los hombres que vuelven al trabajo.

PONCIA
Hace un minuto dieron las tres.

MARTIRIO
¡Con este sol!

ADELA *(Sentándose.)*

¡Ay, quién pudiera salir también a los campos!

MAGDALENA *(Sentándose.)*

¡Cada clase tiene que hacer lo suyo!

MARTIRIO *(Sentándose.)*

¡Así es!

AMELIA *(Sentándose.)*

¡Ay!

PONCIA

No hay alegría como la de los campos en esta época. Ayer de mañana llegaron los segadores. Cuarenta o cincuenta buenos mozos.

MAGDALENA

¿De dónde son este año?

PONCIA

De muy lejos. Vinieron de los montes. ¡Alegres! ¡Como árboles quemados! ¡Dando voces y arrojando piedras! Anoche llegó al pueblo una mujer vestida de lentejuelas y que bailaba con un acordeón, y quince de ellos la contrataron para llevársela al olivar. Yo los vi de lejos. El que la contrataba era un muchacho de ojos verdes, apretado como una gavilla de trigo.

AMELIA

¿Es eso cierto?

ADELA

¡Pero es posible!

PONCIA

Hace años vino otra de éstas y yo misma di dinero a mi hijo mayor para que fuera. Los hombres necesitan estas cosas.

ADELA

Se les perdona todo.

AMELIA

Nacer mujer es el mayor castigo.

MAGDALENA
Y ni nuestros ojos siquiera nos pertenecen.

(Se oye un canto lejano que se va acercando.)

PONCIA
Son ellos. Traen unos cantos preciosos.

AMELIA
Ahora salen a segar.

CORO
Ya salen los segadores
en busca de las espigas.
Se llevan los corazones
de las muchachas que miran.

(Se oyen panderos y carrañacas. Pausa. Todas oyen en un silencio traspasado por el sol.)

AMELIA
¡Y no les importa el calor!

MARTIRIO
Siegan entre llamaradas.

ADELA
Me gustaría poder segar para ir y venir. Así se olvida lo que nos muerde.

MARTIRIO
¿Qué tienes tú que olvidar?

ADELA
Cada una sabe sus cosas.

MARTIRIO *(Profunda.)*
¡Cada una!

PONCIA
¡Callar! ¡Callar!

CORO

(Muy lejano.)
Abrir puertas y ventanas
las que vivís en el pueblo;
el segador pide rosas
para adornar su sombrero.

PONCIA

¡Qué canto!

MARTIRIO *(Con nostalgia.)*
Abrir puertas y ventanas
las que vivís en el pueblo...

ADELA *(Con pasión.)*
... El segador pide rosas
para adornar su sombrero.

(Se va alejando el cantar.)

PONCIA

Ahora dan la vuelta a la esquina.

ADELA

Vamos a verlos por la ventana de mi cuarto.

PONCIA

Tened cuidado con no entreabrirla mucho, porque son capaces de dar un empujón para ver quién mira.

(Se van las tres. MARTIRIO *queda sentada en la silla baja con la cabeza entre las manos.)*

AMELIA *(Acercándose.)*
¿Qué te pasa?

MARTIRIO

Me sienta mal el calor.

AMELIA

¿No es más que eso?

MARTIRIO

Estoy deseando que llegue noviembre, los días de lluvia, la escarcha, todo lo que no sea este verano interminable.

AMELIA

Ya pasará y volverá otra vez.

MARTIRIO

¡Claro! *(Pausa.)* ¿A qué hora te dormiste anoche?

AMELIA

No sé. Yo duermo como un tronco. ¿Por qué?

MARTIRIO

Por nada, pero me pareció oír gente en el corral.

AMELIA

¿Sí?

MARTIRIO

Muy tarde.

AMELIA

¿Y no tuviste miedo?

MARTIRIO

No. Ya lo he oído otras noches.

AMELIA

Debíamos tener cuidado. ¿No serían los gañanes?

MARTIRIO

Los gañanes llegan a las seis.

AMELIA

Quizá una mulilla sin desbravar.

MARTIRIO *(Entre dientes y llena de segunda intención.)*

Eso, ¡eso!, una mulilla sin desbravar.

AMELIA

¡Hay que prevenir!

MARTIRIO

¡No, no! No digas nada, puede ser un volunto mío.

AMELIA

Quizá. *(Pausa.* AMELIA *inicia el mutis.)*

MARTIRIO
¡Amelia!

AMELIA *(En la puerta.)*
¿Qué?

(Pausa.)

MARTIRIO
Nada.

(Pausa.)

AMELIA
¿Por qué me llamaste?

(Pausa.)

MARTIRIO
Se me escapó. Fue sin darme cuenta.

(Pausa.)

AMELIA
Acuéstate un poco.

ANGUSTIAS *(Entrando furiosa en escena, de modo que haya un gran contraste con los silencios anteriores.)* ¿Dónde está el retrato de Pepe que tenía yo debajo de mi almohada? ¿Quién de vosotras lo tiene?

MARTIRIO
Ninguna.

AMELIA
Ni que Pepe fuera un San Bartolomé de plata.

(Entran PONCIA, MAGDALENA *y* ADELA.)

ANGUSTIAS
¿Dónde está el retrato?

ADELA
¿Qué retrato?

ANGUSTIAS
Una de vosotras me lo ha escondido.

MAGDALENA
¿Tienes la desvergüenza de decir esto?

ANGUSTIAS
Estaba en mi cuarto y no está.

MARTIRIO
¿Y no se habrá escapado a medianoche al corral? A Pepe le gusta andar con la luna.

ANGUSTIAS
¡No me gastes bromas! Cuando venga se lo contaré.

PONCIA
¡Eso, no! ¡Porque aparecerá! *(Mirando a* ADELA.)

ANGUSTIAS
¡Me gustaría saber cuál de vosotras lo tiene!

ADELA *(Mirando a* MARTIRIO.)
¡Alguna! ¡Todas menos yo!

MARTIRIO *(Con intención.)*
¡Desde luego!

BERNARDA *(Entrando con su bastón.)*
¡Qué escándalo es éste en mi casa y con el silencio del peso del calor! Estarán las vecinas con el oído pegado a los tabiques.

ANGUSTIAS
Me han quitado el retrato de mi novio.

BERNARDA *(Fiera.)*
¿Quién?, ¿quién?

ANGUSTIAS
¡Éstas!

BERNARDA
¿Cuál de vosotras? *(Silencio.)* ¡Contestarme! *(Silencio. A* PONCIA.) Registra los cuartos, mira por las camas.

Esto tiene no ataros más cortas. ¡Pero me vais a soñar! *(A* ANGUSTIAS.) ¿Estás segura?

ANGUSTIAS

Sí.

BERNARDA

¿Lo has buscado bien?

ANGUSTIAS

Sí, madre.

(Todas están de pie en medio de un embarazoso silencio.)

BERNARDA

Me hacéis al final de mi vida beber el veneno más amargo que una madre puede resistir. *(A* PONCIA.) ¿No lo encuentras?

(Sale PONCIA.)

PONCIA

Aquí está.

BERNARDA

¿Dónde lo has encontrado?

PONCIA

Estaba...

BERNARDA

Dilo sin temor.

PONCIA *(Extrañada.)*

Entre las sábanas de la cama de Martirio.

BERNARDA *(A* MARTIRIO.)

¿Es verdad?

MARTIRIO

¡Es verdad!

BERNARDA *(Avanzando y golpeándola con el bastón.)*

¡Mala puñalada te den, mosca muerta! ¡Sembradura de vidrios!

MARTIRIO *(Fiera.)*
¡No me pegue usted, madre!
BERNARDA
¡Todo lo que quiera!
MARTIRIO
¡Si yo la dejo! ¿Lo oye? ¡Retírese usted!
PONCIA
¡No faltes a tu madre!
ANGUSTIAS *(Cogiendo a* BERNARDA.)
¡Déjela!, ¡por favor!
BERNARDA
Ni lágrimas te quedan en esos ojos.
MARTIRIO
No voy a llorar para darle gusto.
BERNARDA
¿Por qué has cogido el retrato?
MARTIRIO
¿Es que yo no puedo gastar una broma a mi hermana? ¡Para qué otra cosa lo iba a querer!
ADELA *(Saltando llena de celos.)*
No ha sido broma, que tú no has gustado jamás de juegos. Ha sido otra cosa que te reventaba en el pecho por querer salir. Dilo ya claramente.
MARTIRIO
¡Calla y no me hagas hablar, que si hablo se van a juntar las paredes unas con otras de vergüenza!
ADELA
¡La mala lengua no tiene fin para inventar!
BERNARDA
¡Adela!
MAGDALENA
Estáis locas.
AMELIA
Y nos apedreáis con malos pensamientos.

MARTIRIO

¡Otras hacen cosas más malas!

ADELA

Hasta que se pongan en cueros de una vez y se las lleve el río.

BERNARDA

¡Perversa!

ANGUSTIAS

Yo no tengo la culpa de que Pepe el Romano se haya fijado en mí.

ADELA

¡Por tus dineros!

ANGUSTIAS

¡Madre!

BERNARDA

¡Silencio!

MARTIRIO

Por tus marjales y tus arboledas.

MAGDALENA

¡Eso es lo justo!

BERNARDA

¡Silencio digo! Yo veía la tormenta venir, pero no creía que estallara tan pronto. ¡Ay qué pedrisco de odio habéis echado sobre mi corazón! Pero todavía no soy anciana y tengo cinco cadenas para vosotras y esta casa levantada por mi padre para que ni las hierbas se enteren de mi desolación. ¡Fuera de aquí! *(Salen.* BERNARDA *se sienta desolada.* LA PONCIA *está de pie arrimada a los muros.* BERNARDA *reacciona, da un golpe en el suelo y dice:)* ¡Tendré que sentarles la mano! Bernarda: ¡acuérdate que ésta es tu obligación!

PONCIA

¿Puedo hablar?

BERNARDA
Habla. Siento que hayas oído. Nunca está bien una extraña en el centro de la familia.

PONCIA
Lo visto, visto está.

BERNARDA
Angustias tiene que casarse en seguida.

PONCIA
Claro; hay que retirarla de aquí.

BERNARDA
No a ella. ¡A él!

PONCIA
Claro, ¡a él hay que alejarlo de aquí! Piensas bien.

BERNARDA
No pienso. Hay cosas que no se pueden ni se deben pensar. Yo ordeno.

PONCIA
¿Y tú crees que él querrá marcharse?

BERNARDA *(Levantándose.)*
¿Qué imagina tu cabeza?

PONCIA
Él, claro, ¡se casará con Angustias!

BERNARDA
Habla, te conozco demasiado para saber que ya me tienes preparada la cuchilla.

PONCIA
Nunca pensé que se llamara asesinato al aviso.

BERNARDA
¿Me tienes que prevenir algo?

PONCIA
Yo no acuso, Bernarda: yo sólo te digo: abre los ojos y verás.

BERNARDA
¿Y verás qué?

PONCIA

Siempre has sido lista. Has visto lo malo de las gentes a cien leguas; muchas veces creí que adivinabas los pensamientos. Pero los hijos son los hijos. Ahora estás ciega.

BERNARDA

¿Te refieres a Martirio?

PONCIA

Bueno, a Martirio... *(Con curiosidad.)* ¿Por qué habrá escondido el retrato?

BERNARDA *(Queriendo ocultar a su hija.)*

Después de todo, ella dice que ha sido una broma. ¿Qué otra cosa puede ser?

PONCIA *(Con sorna.)*

¿Tú lo crees así?

BERNARDA *(Enérgica.)*

No lo creo. ¡Es así!

PONCIA

Basta. Se trata de lo tuyo. Pero si fuera la vecina de enfrente, ¿qué sería?

BERNARDA

Ya empiezas a sacar la punta del cuchillo.

PONCIA *(Siempre con crueldad.)*

No, Bernarda: aquí pasa una cosa muy grande. Yo no te quiero echar la culpa, pero tú no has dejado a tus hijas libres. Martirio es enamoradiza, digas tú lo que quieras. ¿Por qué no la dejaste casar con Enrique Humanes? ¿Por qué el mismo día que iba a venir a la ventana le mandaste recado que no viniera?

BERNARDA *(Fuerte.)*

¡Y lo haría mil veces! ¡Mi sangre no se junta con la de los Humanes mientras yo viva! Su padre fue gañán.

PONCIA

¡Y así te va a ti con esos humos!

BERNARDA
Los tengo porque puedo tenerlos. Y tú no los tienes porque sabes muy bien cuál es tu origen.

PONCIA *(Con odio.)*
¡No me lo recuerdes! Estoy ya vieja. Siempre agradecí tu protección.

BERNARDA *(Crecida.)*
¡No lo parece!

PONCIA *(Con odio envuelto en suavidad.)*
A Martirio se le olvidará esto.

BERNARDA
Y si no lo olvida peor para ella. No creo que ésta sea «la cosa muy grande» que aquí pasa. Aquí no pasa nada. ¡Eso quisieras tú! Y si pasara algún día, estáte segura que no traspasaría las paredes.

PONCIA
¡Eso no lo sé yo! En el pueblo hay gentes que leen también de lejos los pensamientos escondidos.

BERNARDA
¡Cómo gozarías de vernos a mí y a mis hijas camino del lupanar!

PONCIA
¡Nadie puede conocer su fin!

BERNARDA
¡Yo sí sé mi fin! ¡Y el de mis hijas! El lupanar se queda para alguna mujer ya difunta...

PONCIA *(Fiera.)*
¡Bernarda, respeta la memoria de mi madre!

BERNARDA
¡No me persigas tú con tus malos pensamientos!

(Pausa.)

PONCIA
Mejor será que no me meta en nada.

BERNARDA

Eso es lo que debías hacer. Obrar y callar a todo es la obligación de los que viven a sueldo.

PONCIA

Pero no se puede. ¿A ti no te parece que Pepe estaría mejor casado con Martirio o... ¡sí!, o con Adela?

BERNARDA

No me parece.

PONCIA *(Con intención.)*

Adela. ¡Ésa es la verdadera novia del Romano!

BERNARDA

Las cosas no son nunca a gusto nuestro.

PONCIA

Pero les cuesta mucho trabajo desviarse de la verdadera inclinación. A mí me parece mal que Pepe esté con Angustias, y a las gentes, y hasta al aire. ¡Quién sabe si se saldrán con la suya!

BERNARDA

¡Ya estamos otra vez!... Te deslizas para llenarme de malos sueños. Y no quiero entenderte, porque si llegara al alcance de todo lo que dices te tendría que arañar.

PONCIA

¡No llegará la sangre al río!

BERNARDA

¡Afortunadamente mis hijas me respetan y jamás torcieron mi voluntad!

PONCIA

¡Eso sí! Pero en cuanto las dejes sueltas se te subirán al tejado.

BERNARDA

¡Ya las bajaré tirándoles cantos!

PONCIA

¡Desde luego eres la más valiente!

BERNARDA

¡Siempre gasté sabrosa pimienta!

PONCIA

¡Pero lo que son las cosas! A su edad ¡hay que ver el entusiasmo de Angustias con su novio! ¡Y él también parece muy picado! Ayer me contó mi hijo mayor que a las cuatro y media de la madrugada que pasó por la calle con la yunta, estaban hablando todavía.

BERNARDA

¡A las cuatro y media!

ANGUSTIAS *(Saliendo.)*

¡Mentira!

PONCIA

Eso me contaron.

BERNARDA *(A* ANGUSTIAS.)

¡Habla!

ANGUSTIAS

Pepe lleva más de una semana marchándose a la una. Que Dios me mate si miento.

MARTIRIO *(Saliendo.)*

Yo también lo sentí marcharse a las cuatro.

BERNARDA

¿Pero lo viste con tus ojos?

MARTIRIO

No quise asomarme. ¿No habláis ahora por la ventana del callejón?

ANGUSTIAS

Yo hablo por la ventana de mi dormitorio.

(Aparece ADELA *en la puerta.)*

MARTIRIO

Entonces...

BERNARDA

¿Qué es lo que pasa aquí?

PONCIA

¡Cuida de enterarte! Pero, desde luego, Pepe estaba a las cuatro de la madrugada en una reja de tu casa.

BERNARDA

¿Lo sabes seguro?

PONCIA

Seguro no se sabe nada en esta vida.

ADELA

Madre, no oiga usted a quien nos quiere perder a todas.

BERNARDA

¡Ya sabré enterarme! Si las gentes del pueblo quieren levantar falsos testimonios, se encontrarán con mi pedernal. No se hable de este asunto. Hay a veces una ola de fango que levantan los demás para perdernos.

MARTIRIO

A mí no me gusta mentir.

PONCIA

Y algo habrá.

BERNARDA

No habrá nada. Nací para tener los ojos abiertos. Ahora vigilaré sin cerrarlos ya hasta que me muera.

ANGUSTIAS

Yo tengo derecho a enterarme.

BERNARDA

Tú no tienes derecho más que a obedecer. Nadie me traiga ni me lleve. *(A* PONCIA.) Y tú te metes en los asuntos de tu casa. ¡Aquí no se vuelve a dar un paso que yo no sienta!

CRIADA *(Entrando.)*

¡En lo alto de la calle hay un gran gentío, y todos los vecinos están en sus puertas!

BERNARDA *(A* PONCIA.)

¡Corre a enterarte de lo que pasa! *(Las mujeres corren para salir.)* ¿Dónde vais? Siempre os supe mujeres ventaneras y rompedoras de su luto. ¡Vosotras, al patio!

(Salen y sale BERNARDA. *Se oyen rumores lejanos. Entran* MARTIRIO *y* ADELA *que se quedan escuchando y sin atreverse a dar un paso más de la puerta de salida.)*

MARTIRIO
Agradece a la casualidad que no desaté mi lengua.

ADELA
También hubiera hablado yo.

MARTIRIO
¿Y qué ibas a decir? ¡Querer no es hacer!

ADELA
Hace la que puede y la que se adelanta. Tú querías pero no has podido.

MARTIRIO
No seguirás mucho tiempo.

ADELA
¡Lo tendré todo!

MARTIRIO
Yo romperé tus abrazos.

ADELA *(Suplicante.)*
¡Martirio, déjame!

MARTIRIO
¡De ninguna!

ADELA
¡Él me quiere para su casa!

MARTIRIO
¡He visto cómo te abrazaba!

ADELA
Yo no quería. He ido como arrastrada por una maroma.

MARTIRIO
¡Primero muerta!

(Se asoman MAGDALENA *y* ANGUSTIAS. *Se siente crecer el tumulto.)*

PONCIA *(Entrando con* BERNARDA.)
¡Bernarda!

BERNARDA
¿Qué ocurre?

PONCIA
La hija de la Librada, la soltera, tuvo un hijo no se sabe con quién.

ADELA
¿Un hijo?

PONCIA
Y para ocultar su vergüenza lo mató y lo metió debajo de unas piedras, pero unos perros con más corazón que muchas criaturas, lo sacaron y como llevados por la mano de Dios lo han puesto en el tranco de su puerta. Ahora la quieren matar. La traen arrastrando por la calle abajo, y por las trochas y los terrenos del olivar vienen los hombres corriendo, dando unas voces que estremecen los campos.

BERNARDA
Sí, que vengan todos con varas de olivo y mangos de azadones, que vengan todos para matarla.

ADELA
¡No, no, para matarla no!

MARTIRIO
Sí, y vamos a salir también nosotras.

BERNARDA
Y que pague la que pisotea su decencia.

(Fuera se oye un grito de mujer y un gran rumor.)

ADELA

¡Que la dejen escapar! ¡No salgáis vosotras!

MARTIRIO *(Mirando a* ADELA.)

¡Que pague lo que debe!

BERNARDA *(Bajo el arco.)*

¡Acabar con ella antes que lleguen los guardias! ¡Carbón ardiendo en el sitio de su pecado!

ADELA *(Cogiéndose el vientre.)*

¡No! ¡No!

BERNARDA

¡Matadla! ¡Matadla!

Telón

ACTO TERCERO

Cuatro paredes blancas ligeramente azuladas del patio interior de la casa de BERNARDA. *Es de noche. El decorado ha de ser de una perfecta simplicidad. Las puertas iluminadas por la luz de los interiores dan un tenue fulgor a la escena*

En el centro, una mesa con un quinqué, donde están comiendo BERNARDA *y sus* HIJAS. LA PONCIA *las sirve.* PRUDENCIA *está sentada aparte*

Al levantarse el telón hay un gran silencio, interrumpido por el ruido de platos y cubiertos

PRUDENCIA
Ya me voy. Os he hecho una visita larga. *(Se levanta.)*

BERNARDA
Espérate, mujer. No nos vemos nunca.

PRUDENCIA
¿Han dado el último toque para el rosario?

PONCIA
Todavía no.

(PRUDENCIA *se sienta.)*

BERNARDA
¿Y tu marido cómo sigue?

PRUDENCIA
Igual.

BERNARDA
Tampoco lo vemos.

PRUDENCIA
Ya sabes sus costumbres. Desde que se peleó con sus hermanos por la herencia no ha salido por la puerta de la calle. Pone una escalera y salta las tapias del corral.

BERNARDA
Es un verdadero hombre. ¿Y con tu hija...?

PRUDENCIA
No la ha perdonado.

BERNARDA
Hace bien.

PRUDENCIA
No sé qué te diga. Yo sufro por esto.

BERNARDA
Una hija que desobedece deja de ser hija para convertirse en enemiga.

PRUDENCIA
Yo dejo que el agua corra. No me queda más consuelo que refugiarme en la iglesia, pero como me estoy quedando sin vista tendré que dejar de venir para que no jueguen con una los chiquillos. *(Se oye un gran golpe como dado en los muros.)* ¿Qué es eso?

BERNARDA
El caballo garañón, que está encerrado y da coces contra el muro. *(A voces.)* ¡Trabadlo y que salga al corral! *(En voz baja.)* Debe tener calor.

PRUDENCIA
¿Vais a echarle las potras nuevas?

BERNARDA
Al amanecer.

PRUDENCIA
Has sabido acrecentar tu ganado.

BERNARDA
A fuerza de dinero y sinsabores.

PONCIA *(Interviniendo.)*
¡Pero tiene la mejor manada de estos contornos! Es una lástima que esté bajo de precio.

BERNARDA
¿Quieres un poco de queso y miel?

PRUDENCIA
Estoy desganada.

(Se oye otra vez el golpe.)

PONCIA
¡Por Dios!

PRUDENCIA
¡Me ha retemblado dentro del pecho!

BERNARDA *(Levantándose furiosa.)*
¿Hay que decir las cosas dos veces? ¡Echadlo que se revuelque en los montones de paja! *(Pausa, y como hablando con los gañanes.)* Pues encerrad las potras en la cuadra, pero dejadlo libre, no sea que nos eche abajo las paredes. *(Se dirige a la mesa y se sienta otra vez.)* ¡Ay qué vida!

PRUDENCIA
Bregando como un hombre.

BERNARDA
Así es. (ADELA *se levanta de la mesa.)* ¿Dónde vas?

ADELA
A beber agua.

BERNARDA *(En alta voz.)*
Trae un jarro de agua fresca. *(A* ADELA.) Puedes sentarte.

(ADELA *se sienta.)*

PRUDENCIA
Y Angustias, ¿cuándo se casa?

BERNARDA
Vienen a pedirla dentro de tres días.

PRUDENCIA
¡Estarás contenta!

ANGUSTIAS
¡Claro!

AMELIA *(A* MAGDALENA.)
Ya has derramado la sal.

MAGDALENA
Peor suerte que tienes no vas a tener.

AMELIA
Siempre trae mala sombra.

BERNARDA
¡Vamos!

PRUDENCIA *(A* ANGUSTIAS.)
¿Te ha regalado ya el anillo?

ANGUSTIAS
Mírelo usted. *(Se lo alarga.)*

PRUDENCIA
Es precioso. Tres perlas. En mi tiempo las perlas significaban lágrimas.

ANGUSTIAS
Pero ya las cosas han cambiado.

ADELA
Yo creo que no. Las cosas significan siempre lo mismo. Los anillos de pedida deben ser de diamantes.

PRUDENCIA
Es más propio.

BERNARDA
Con perlas o sin ellas, las cosas son como una se las propone.

MARTIRIO
O como Dios dispone.
PRUDENCIA
Los muebles me han dicho que son preciosos.
BERNARDA
Dieciséis mil reales he gastado.
PONCIA *(Interviniendo.)*
Lo mejor es el armario de luna.
PRUDENCIA
Nunca vi un mueble de éstos.
BERNARDA
Nosotras tuvimos arca.
PRUDENCIA
Lo preciso es que todo sea para bien.
ADELA
Que nunca se sabe.
BERNARDA
No hay motivo para que no lo sea.

(Se oyen lejanísimas unas campanas.)

PRUDENCIA
El último toque. *(A* ANGUSTIAS.*)* Ya vendré a que me enseñes la ropa.
ANGUSTIAS
Cuando usted quiera.
PRUDENCIA
Buenas noches nos dé Dios.
BERNARDA
Adiós, Prudencia.
LAS CINCO *(A la vez.)*
Vaya usted con Dios.

(Pausa. Sale PRUDENCIA.*)*

BERNARDA

Ya hemos comido. *(Se levantan.)*

ADELA

Voy a llegarme hasta el portón para estirar las piernas y tomar un poco el fresco.

(MAGDALENA *se sienta en una silla baja retrepada contra la pared.)*

AMELIA

Yo voy contigo.

MARTIRIO

Y yo.

ADELA *(Con odio contenido.)*

No me voy a perder.

AMELIA

La noche quiere compaña.

(Salen. BERNARDA *se sienta y* ANGUSTIAS *está arreglando la mesa.)*

BERNARDA

Ya te he dicho que quiero que hables con tu hermana Martirio. Lo que pasó del retrato fue una broma y lo debes olvidar.

ANGUSTIAS

Usted sabe que ella no me quiere.

BERNARDA

Cada uno sabe lo que piensa por dentro. Yo no me meto en los corazones, pero quiero buena fachada y armonía familiar. ¿Lo entiendes?

ANGUSTIAS

Sí.

BERNARDA

Pues ya está.

MAGDALENA *(Casi dormida.)*
Además ¡si te vas a ir antes de nada! *(Se duerme.)*

ANGUSTIAS
¡Tarde me parece!

BERNARDA
¿A qué hora terminaste anoche de hablar?

ANGUSTIAS
A las doce y media.

BERNARDA
¿Qué cuenta Pepe?

ANGUSTIAS
Yo lo encuentro distraído. Me habla siempre como pensando en otra cosa. Si le pregunto qué le pasa, me contesta: «Los hombres tenemos nuestras preocupaciones.»

BERNARDA
No le debes preguntar. Y cuando te cases, menos. Habla si él habla y míralo cuando te mire. Así no tendrás disgustos.

ANGUSTIAS
Yo creo, madre, que él me oculta muchas cosas.

BERNARDA
No procures descubrirlas, no le preguntes y, desde luego, que no te vea llorar jamás.

ANGUSTIAS
Debía estar contenta y no lo estoy.

BERNARDA
Eso es lo mismo.

ANGUSTIAS
Muchas veces miro a Pepe con mucha fijeza y se me borra a través de los hierros, como si lo tapara una nube de polvo de las que levantan los rebaños.

BERNARDA
Eso son cosas de debilidad.

ANGUSTIAS

¡Ojalá!

BERNARDA

¿Viene esta noche?

ANGUSTIAS

No. Fue con su madre a la capital.

BERNARDA

Así nos acostaremos antes. ¡Magdalena!

ANGUSTIAS

Está dormida.

(Entran ADELA, MARTIRIO *y* AMELIA.)

AMELIA

¡Qué noche más oscura!

ADELA

No se ve a dos pasos de distancia.

MARTIRIO

Una buena noche para ladrones, para el que necesite escondrijo.

ADELA

El caballo garañón estaba en el centro del corral. ¡Blanco! Doble de grande. Llenando todo lo oscuro.

AMELIA

Es verdad. Daba miedo. ¡Parecía una aparición!

ADELA

Tiene el cielo unas estrellas como puños.

MARTIRIO

Ésta se puso a mirarlas de modo que se iba a tronchar el cuello.

ADELA

¿Es que no te gustan a ti?

MARTIRIO

A mí las cosas de tejas arriba no me importan nada. Con lo que pasa dentro de las habitaciones tengo bastante.

ADELA

Así te va a ti.

BERNARDA

A ella le va en lo suyo como a ti en lo tuyo.

ANGUSTIAS

Buenas noches.

ADELA

¿Ya te acuestas?

ANGUSTIAS

Sí; esta noche no viene Pepe. *(Sale.)*

ADELA

Madre: ¿por qué cuando se corre una estrella o luce un relámpago se dice:

Santa Bárbara bendita,
que en el cielo estás escrita
con papel y agua bendita?

BERNARDA

Los antiguos sabían muchas cosas que hemos olvidado.

AMELIA

Yo cierro los ojos para no verlas.

ADELA

Yo, no. A mí me gusta ver correr lleno de lumbre lo que está quieto y quieto años enteros.

MARTIRIO

Pero estas cosas nada tienen que ver con nosotros.

BERNARDA

Y es mejor no pensar en ellas.

ADELA

¡Qué noche más hermosa! Me gustaría quedarme hasta muy tarde para disfrutar el fresco del campo.

BERNARDA

Pero hay que acostarse. ¡Magdalena!

AMELIA

Está en el primer sueño.

BERNARDA

¡Magdalena!

MAGDALENA *(Disgustada.)*

¡Dejarme en paz!

BERNARDA

¡A la cama!

MAGDALENA *(Levantándose malhumorada.)*

¡No la dejáis a una tranquila! *(Se va refunfuñando.)*

AMELIA

Buenas noches. *(Se va.)*

BERNARDA

Andar vosotras también.

MARTIRIO

¿Cómo es que esta noche no viene el novio de Angustias?

BERNARDA

Fue de viaje.

MARTIRIO *(Mirando a* ADELA.*)*

¡Ah!

ADELA

Hasta mañana. *(Sale.)*

(MARTIRIO *bebe agua y sale lentamente, mirando hacia la puerta del corral. Sale* LA PONCIA.)

PONCIA

¿Estás todavía aquí?

BERNARDA

Disfrutando este silencio y sin lograr ver por parte alguna la «cosa tan grande» que aquí pasa, según tú.

PONCIA

Bernarda: dejemos esa conversación.

BERNARDA
En esta casa no hay un sí ni un no. Mi vigilancia lo puede todo.

PONCIA
No pasa nada por fuera. Eso es verdad. Tus hijas están y viven como metidas en alacenas. Pero ni tú ni nadie puede vigilar por el interior de los pechos.

BERNARDA
Mis hijas tienen la respiración tranquila.

PONCIA
Esto te importa a ti que eres su madre. A mí, con servir tu casa tengo bastante.

BERNARDA
Ahora te has vuelto callada.

PONCIA
Me estoy en mi sitio, y en paz.

BERNARDA
Lo que pasa es que no tienes nada que decir. Si en esta casa hubiera hierbas, ya te encargarías de traer a pastar las ovejas del vecindario.

PONCIA
Yo tapo más de lo que te figuras.

BERNARDA
¿Sigue tu hijo viendo a Pepe a las cuatro de la mañana? ¿Siguen diciendo todavía la mala letanía de esta casa?

PONCIA
No dicen nada.

BERNARDA
Porque no pueden. Porque no hay carne donde morder. ¡A la vigilia de mis ojos se debe esto!

PONCIA
Bernarda: yo no quiero hablar porque temo tus intenciones. Pero no estés segura.

BERNARDA

¡Segurísima!

PONCIA

¡A lo mejor de pronto cae un rayo! A lo mejor de pronto, un golpe de sangre te para el corazón.

BERNARDA

Aquí no pasará nada. Ya estoy alerta contra tus suposiciones.

PONCIA

Pues mejor para ti.

BERNARDA

¡No faltaba más!

CRIADA *(Entrando.)*

Ya terminé de fregar los platos. ¿Manda usted algo, Bernarda?

BERNARDA *(Levantándose.)*

Nada. Yo voy a descansar.

PONCIA

¿A qué hora quiere que la llame?

BERNARDA

A ninguna. Esta noche voy a dormir bien. *(Se va.)*

PONCIA

Cuando una no puede con el mar lo más fácil es volver las espaldas para no verlo.

CRIADA

Es tan orgullosa que ella misma se pone una venda en los ojos.

PONCIA

Yo no puedo hacer nada. Quise atajar las cosas, pero ya me asustan demasiado. ¿Tú ves este silencio? Pues hay una tormenta en cada cuarto. El día que estallen nos barrerán a todas. Yo he dicho lo que tenía que decir.

CRIADA

Bernarda cree que nadie puede con ella y no sabe la fuerza que tiene un hombre entre mujeres solas.

PONCIA

No es toda la culpa de Pepe el Romano. Es verdad que el año pasado anduvo detrás de Adela y ésta estaba loca por él, pero ella debió estarse en su sitio y no provocarlo. Un hombre es un hombre.

CRIADA

Hay quien cree que habló muchas noches con Adela.

PONCIA

Es verdad. *(En voz baja.)* Y otras cosas.

CRIADA

No sé lo que va a pasar aquí.

PONCIA

A mí me gustaría cruzar el mar y dejar esta casa de guerra.

CRIADA

Bernarda está aligerando la boda y es posible que nada pase.

PONCIA

Las cosas se han puesto ya demasiado maduras. Adela está decidida a lo que sea y las demás vigilan sin descanso.

CRIADA

¿Y Martirio también...?

PONCIA

Ésa es la peor. Es un pozo de veneno. Ve que el Romano no es para ella y hundiría el mundo si estuviera en su mano.

CRIADA

¡Es que son malas!

PONCIA

Son mujeres sin hombre, nada más. En estas cuestiones se olvida hasta la sangre. ¡Chisssssss! *(Escucha.)*

CRIADA
¿Qué pasa?
PONCIA *(Se levanta.)*
Están ladrando los perros.
CRIADA
Debe haber pasado alguien por el portón.

(Sale ADELA *en enaguas blancas y corpiño.)*

PONCIA
¿No te habías acostado?
ADELA
Voy a beber agua. *(Bebe en un vaso de la mesa.)*
PONCIA
Yo te suponía dormida.
ADELA
Me despertó la sed. ¿Y vosotras no descansáis?
CRIADA
Ahora.

(Sale ADELA.)

PONCIA
Vámonos.
CRIADA
Ganado tenemos el sueño. Bernarda no me deja descanso en todo el día.
PONCIA
Llévate la luz.
CRIADA
Los perros están como locos.
PONCIA
No nos van a dejar dormir.

(Salen. La escena queda casi a oscuras. Sale MARÍA JOSEFA *con una oveja en los brazos.)*

MARÍA JOSEFA

Ovejita, niño mío,
vámonos a la orilla del mar;
la hormiguita estará en su puerta,
yo te daré la teta y el pan.

Bernarda, cara de leoparda,
Magdalena, cara de hiena.
Ovejita.
Meee, meee.
Vamos a los ramos del portal de Belén.
(Ríe.)
Ni tú ni yo queremos dormir.
La puerta sola se abrirá
y en la playa nos meteremos
en una choza de coral.

Bernarda, cara de leoparda,
Magdalena, cara de hiena.
Ovejita.
Mee, Meee.
¡Vamos a los ramos del portal de Belén!
(Se va cantando.)

(Entra ADELA. *Mira a un lado y otro con sigilo y desaparece por la puerta del corral. Sale* MARTIRIO *por otra puerta y queda en angustioso acecho en el centro de la escena. También va en enaguas. Se cubre con pequeño mantón negro de talle. Sale por enfrente de ella* MARÍA JOSEFA.)

MARTIRIO
Abuela, ¿dónde va usted?

MARÍA JOSEFA
¿Vas a abrirme la puerta? ¿Quién eres tú?

MARTIRIO
¿Cómo está aquí?

MARÍA JOSEFA
Me escapé. ¿Tú quién eres?

MARTIRIO
Vaya a acostarse.

MARÍA JOSEFA
Tú eres Martirio. Ya te veo. Martirio: cara de Martirio. ¿Y cuándo vas a tener un niño? Yo he tenido éste.

MARTIRIO
¿Dónde cogió esa oveja?

MARÍA JOSEFA
Ya sé que es una oveja. Pero ¿por qué una oveja no va a ser un niño? Mejor es tener una oveja que no tener nada. Bernarda, cara de leoparda. Magdalena, cara de hiena.

MARTIRIO
No dé voces.

MARÍA JOSEFA
Es verdad. Está todo muy oscuro. Como tengo el pelo blanco crees que no puedo tener crías, y sí, crías y crías y crías. Este niño tendrá el pelo blanco y tendrá otro niño y éste otro, y todos con el pelo de nieve, seremos como las olas, una y otra y otra. Luego nos sentaremos todos y todos tendremos el cabello blanco y seremos espuma. ¿Por qué aquí no hay espumas? Aquí no hay más que mantos de luto.

MARTIRIO
Calle, calle.

MARÍA JOSEFA
Cuando mi vecina tenía un niño yo le llevaba chocolate

y luego ella me lo traía a mí y así siempre, siempre, siempre. Tú tendrás el pelo blanco, pero no vendrán las vecinas. Yo tengo que marcharme, pero tengo miedo de [que] los perros me muerdan. ¿Me acompañarás tú a salir del campo? Yo no quiero campo. Yo quiero casas, pero casas abiertas y las vecinas acostadas en sus camas con sus niños chiquititos y los hombres fuera sentados en sus sillas. Pepe el Romano es un gigante. Todas lo queréis. Pero él os va a devorar porque vosotras sois granos de trigo. No granos de trigo, no. ¡Ranas sin lengua!

MARTIRIO *(Enérgica.)*
Vamos, váyase a la cama. *(La empuja.)*

MARÍA JOSEFA
Sí, pero luego tú me abrirás, ¿verdad?

MARTIRIO
De seguro.

MARÍA JOSEFA *(Llorando.)*
Ovejita, niño mío,
vámonos a la orilla del mar;
la hormiguita estará en su puerta,
yo te daré la teta y el pan.

(Sale. MARTIRIO *cierra la puerta por donde ha salido* MARÍA JOSEFA *y se dirige a la puerta del corral. Allí vacila, pero avanza dos pasos más.)*

MARTIRIO *(En voz baja.)*
Adela. *(Pausa. Avanza hasta la misma puerta. En voz alta.)* ¡Adela!

(Aparece ADELA. *Viene un poco despeinada.)*

ADELA

¿Por qué me buscas?

MARTIRIO

¡Deja a ese hombre!

ADELA

¿Quién eres tú para decírmelo?

MARTIRIO

No es ése el sitio de una mujer honrada.

ADELA

¡Con qué ganas te has quedado de ocuparlo!

MARTIRIO *(En voz más alta.)*

Ha llegado el momento de que yo hable. Esto no puede seguir.

ADELA

Esto no es más que el comienzo. He tenido fuerza para adelantarme. El brío y el mérito que tú no tienes. He visto la muerte debajo de estos techos y he salido a buscar lo que era mío, lo que me pertenecía.

MARTIRIO

Ese hombre sin alma vino por otra. Tú te has atravesado.

ADELA

Vino por el dinero, pero sus ojos los puso siempre en mí.

MARTIRIO

Yo no permitiré que lo arrebates. Él se casará con Angustias.

ADELA

Sabes mejor que yo que no la quiere.

MARTIRIO

Lo sé.

ADELA

Sabes (porque lo has visto) que me quiere a mí.

MARTIRIO *(Desesperada.)*

Sí.

ADELA *(Acercándose.)*

Me quiere a mí, me quiere a mí.

MARTIRIO

Clávame un cuchillo si es tu gusto, pero no me lo digas más.

ADELA

Por eso procuras que no vaya con él. No te importa que abrace a la que no quiere; a mí, tampoco. Ya puede estar cien años con Angustias, pero que me abrace a mí se te hace terrible, porque tú lo quieres también, ¡lo quieres!

MARTIRIO *(Dramática.)*

¡Sí! Déjame decirlo con la cabeza fuera de los embozos. ¡Sí! Déjame que el pecho se me rompa como una granada de amargura. ¡Lo quiero!

ADELA *(En un arranque y abrazándola.)*

Martirio, Martirio, yo no tengo la culpa.

MARTIRIO

¡No me abraces!, no quieras ablandar mis ojos. Mi sangre ya no es la tuya, y aunque quisiera verte como hermana, no te miro ya más que como mujer. *(La rechaza.)*

ADELA

Aquí no hay ningún remedio. La que tenga que ahogarse que se ahogue. Pepe el Romano es mío. Él me lleva a los juncos de la orilla.

MARTIRIO

¡No será!

ADELA

Ya no aguanto el horror de estos techos después de haber probado el sabor de su boca. Seré lo que él quiera que sea. Todo el pueblo contra mí, quemándome con sus dedos de lumbre, perseguida por las que dicen que son decentes, y me pondré delante de todos la corona de espinas que tienen las que son queridas de algún hombre casado.

MARTIRIO

¡Calla!

ADELA

Sí, sí. *(En voz baja.)* Vamos a dormir, vamos a dejar que se case con Angustias, ya no me importa, pero yo me iré a una casita sola donde él me verá cuando quiera, cuando le venga en gana.

MARTIRIO

Eso no pasará mientras yo tenga una gota de sangre en el cuerpo.

ADELA

No a ti, que eres débil. A un caballo encabritado soy capaz de poner de rodillas con la fuerza de mi dedo meñique.

MARTIRIO

No levantes esa voz que me irrita. Tengo el corazón lleno de una fuerza tan mala, que sin quererlo yo, a mí misma me ahoga.

ADELA

Nos enseñan a querer a las hermanas. Dios me ha debido dejar sola en medio de la oscuridad, porque te veo como si no te hubiera visto nunca.

(Se oye un silbido y ADELA *corre a la puerta, pero* MARTIRIO *se le pone delante.)*

MARTIRIO

¿Dónde vas?

ADELA

¡Quítate de la puerta!

MARTIRIO

¡Pasa si puedes!

ADELA
¡Aparta! *(Lucha.)*

MARTIRIO *(A voces.)*
¡Madre, madre!

ADELA
¡Déjame!

(Aparece BERNARDA. *Sale en enaguas, con un mantón negro.)*

BERNARDA
Quietas, quietas. ¡Qué pobreza la mía no poder tener un rayo entre los dedos!

MARTIRIO *(Señalando a* ADELA.)
¡Estaba con él! ¡Mira esas enaguas llenas de paja de trigo!

BERNARDA
¡Ésa es la cama de las mal nacidas! *(Se dirige furiosa hacia* ADELA.)

ADELA *(Haciéndole frente.)*
¡Aquí se acabaron las voces de presidio! (ADELA *arrebata el bastón a su madre y lo parte en dos.)* Esto hago yo con la vara de la dominadora. No dé usted un paso más. ¡En mí no manda nadie más que Pepe!

(Sale MAGDALENA.)

MAGDALENA
¡Adela!

(Salen LA PONCIA *y* ANGUSTIAS.)

ADELA
Yo soy su mujer. *(A* ANGUSTIAS.) Entérate tú y ve al corral a decírselo. Él dominará toda esta casa. ¡Ahí fuera está, respirando como si fuera un león!

ANGUSTIAS
¡Dios mío!
BERNARDA
¡La escopeta! ¿Dónde está la escopeta? *(Sale corriendo.)*

(Aparece AMELIA *por el fondo, que mira aterrada con la cabeza sobre la pared. Sale detrás* MARTIRIO.)

ADELA
¡Nadie podrá conmigo! *(Va a salir.)*
ANGUSTIAS *(Sujetándola.)*
De aquí no sales tú con tu cuerpo en triunfo, ¡ladrona!, ¡deshonra de nuestra casa!
MAGDALENA
¡Déjala que se vaya donde no la veamos nunca más!

(Suena un disparo.)

BERNARDA *(Entrando.)*
Atrévete a buscarlo ahora.
MARTIRIO *(Entrando.)*
Se acabó Pepe el Romano.
ADELA
¡Pepe! ¡Dios mío! ¡Pepe! *(Sale corriendo.)*
PONCIA
¿Pero lo habéis matado?
MARTIRIO
¡No! ¡Salió corriendo en la jaca!
BERNARDA
Fue culpa mía. Una mujer no sabe apuntar.
MAGDALENA
¿Por qué lo has dicho entonces?

MARTIRIO

¡Por ella! ¡Hubiera volcado un río de sangre sobre su cabeza!

PONCIA

Maldita.

MAGDALENA

¡Endemoniada!

BERNARDA

¡Aunque es mejor así! *(Se oye como un golpe.)* ¡Adela! ¡Adela!

PONCIA *(En la puerta.)*

¡Abre!

BERNARDA

Abre. No creas que los muros defienden de la vergüenza.

CRIADA *(Entrando.)*

¡Se han levantado los vecinos!

BERNARDA *(En voz baja como un rugido.)*

¡Abre, porque echaré abajo la puerta! *(Pausa. Todo queda en silencio.)* ¡Adela! *(Se retira de la puerta.)* ¡Trae un martillo! (LA PONCIA *da un empujón y entra. Al entrar da un grito y sale.)* ¿Qué?

PONCIA *(Se lleva las manos al cuello.)*

¡Nunca tengamos ese fin!

(Las hermanas se echan hacia atrás. La CRIADA *se santigua.* BERNARDA *da un grito y avanza.)*

PONCIA

¡No entres!

BERNARDA

No. ¡Yo no! Pepe: irás corriendo vivo por lo oscuro de las alamedas, pero otro día caerás. ¡Descolgarla! ¡Mi hija ha muerto virgen! Llevadla a su cuarto y vestirla como si fuera doncella. ¡Nadie dirá nada! ¡Ella ha muerto virgen! ¡Avisad que al amanecer den dos clamores las campanas!

MARTIRIO

Dichosa ella mil veces que lo pudo tener.

BERNARDA

Y no quiero llantos. La muerte hay que mirarla cara a cara. ¡Silencio! *(A otra hija.)* ¡A callar he dicho! *(A otra hija)* ¡Las lágrimas cuando estés sola! ¡Nos hundiremos todas en un mar de luto! Ella, la hija menor de Bernarda Alba, ha muerto virgen. ¿Me habéis oído? Silencio, silencio he dicho. ¡Silencio!

Telón

Día viernes 19 de junio, 1936.

ÍNDICE

LIBRO DE POEMAS

MARIANA PINEDA

ROMANCERO GITANO

POETA EN NUEVA YORK

POEMA DEL CANTE JONDO

BODAS DE SANGRE

DIVÁN DEL TAMARIT

LLANTO POR IGNACIO SÁNCHEZ MEJÍAS

LA CASA DE BERNARDA ALBA